as patricinhas

CB020645

Zoey Dean

as patricinhas

Tradução
Marcia Heloisa Amarante Gonçalves

BERTRAND BRASIL

Copyright © 2007 *by* Alloy Entertainment
Título original: *Privileged*

Capa: Carolina Vaz
Ilustração de capa: Juliana Montenegro

Editoração: DFL

Texto revisado segundo o novo
Acordo Ortográfico da Língua Portuguesa

2010
Impresso no Brasil
Printed in Brazil

CIP-Brasil. Catalogação na fonte
Sindicato Nacional dos Editores de Livros, RJ

D324p	Dean, Zoey
	As patricinhas/Zoey Dean; tradução Marcia Heloisa Amarante Gonçalves. – Rio de Janeiro: Bertrand Brasil, 2010.
	294p.
	Tradução de: Privileged
	ISBN 978-85-286-1439-8
	1. Romance americano. I. Gonçalves, Marcia Heloisa Amarante. II. Título.
	CDD – 813
10-2791	CDU – 821.111(73)-3

Todos os direitos reservados pela:
EDITORA BERTRAND BRASIL LTDA.
Rua Argentina, 171 – 2º andar – São Cristóvão
20921-380 – Rio de Janeiro – RJ
Tel.: (0xx21) 2585-2070 – Fax: (0xx21) 2585-2087

Não é permitida a reprodução total ou parcial desta obra, por
quaisquer meios, sem a prévia autorização por escrito da Editora

Atendimento e venda direto ao leitor:
mdireto@record.com.br ou (21) 2585-2002

Para o povo da lista VIP da West 26th Street
e para o gênio do mal dos meus sonhos

"Os ricos são muito diferentes de nós."
F. Scott Fitzgerald, *O grande Gatsby*

Escolha a alternativa que melhor preenche as lacunas da frase a seguir:
Trocar heranças de família e possíveis favores sexuais para _____
segurança financeira é _____.

(a) uma mínima; justificável
(b) total; comum em Beverly Hills
(c) uma promessa de; bem anos 90, tipo Uma Linda Mulher
(d) uma razoável; imperdoável
(e) ingressos para um show e; totalmente válido

uando peguei o extrato no caixa automático da loja, já sabia que não vinha boa coisa pela frente. Tinha acabado de sacar 200 dólares e meu saldo estava praticamente zerado. Guardei o dinheiro e o extrato na minha velha mochila e perguntei o que qualquer recém-formada de Yale com uma dívida de 75 mil dólares em empréstimos estudantis perguntaria:

— Se eu tivesse que cobrar para fazer sexo, quanto será que eu conseguiria?

— Depende — respondeu na lata minha melhor amiga, Charma Abrams. Sua forma de falar, com voz nasalada e sem modulação, devia-se às muitas horas com Daria, da MTV. — Você ia querer escolher seus clientes?

— Digamos que a ideia seria ganhar horrores.

— Aí complica. Vamos catar um cafetão em Tompkins Square Park para você. — Charma contemplou seu reflexo no espelho antifurto acima da prateleira de legumes murchos. — Ou, então, vamos perguntar à sua irmã.

Minha irmã. Lily. Como Charma bem sabia, Lily estava interpretando uma garota-rica-que-virou-puta-que-virou-cafetina em *Streets*, a nova peça off-Broadway de Doris Egan. A foto de Lily havia estampado a capa da revista *Time Out* da semana anterior: "Jovem atriz imperdível da temporada."

Minha irmã foi imperdível a vida inteira. Linda de morrer, com talento para cantar e dançar, formada pela Brown — Lily nasceu para ser admirada. Olhando minha imagem no espelho distorcido da loja — altura e peso medianos, tamanho 42 da cintura para cima e 44 da cintura para baixo em um dia magro, cabelo castanho comprido que costumava absorver toda a umidade do ambiente, rosto triangular com olhos amendoados, nariz fino e lábios que pareciam saídos de uma foto "Antes" de um anúncio de lip-plumper — perguntei-me pela milésima vez como era possível que eu e Lily tivéssemos os mesmos genes.

Eu só quis estudar em Yale para, pelo menos uma vez na vida, fazer algo mais impressionante do que ela.

Tenho perfeita noção da imaturidade desse comentário, por sinal.

— Vamos — apressei Charma. — Não quero perder o cara.

Saímos da loja e atravessamos a East Seventh, desviando de alguns corredores e de uma mendiga que conversava unilateralmente com o presidente: "É isso que o senhor chama de política externa, seu babaca?" Era um daqueles dias cristalinos, quente e nublado, nos quais a natureza exibe um derradeiro espetáculo — as últimas folhas teimosas de outono dançando nos galhos, sob a luz ocre do sol de novembro. Eu estava usando o meu jeans sem grife de sempre, uma camiseta branca da Hanes e um velho cardigã azul-marinho, no qual Galbraith, o meu predileto dos nossos três cachorros, costumava dormir quando era filhotinho.

— Onde você marcou com o cara? — perguntou Charma.

— Na esquina da Southwest. — Mapeei os bancos lotados que ladeavam o caminho para pedestres até o coração do parque. Todo mundo estava aproveitando a temperatura amena que certamente não duraria mais um ou dois dias.

— Ele te deu alguma descrição?

— Alto, magro, cabelo preto curto, cavanhaque, orelha direita furada com um piercing bijuteria — recitei. — Ele vai estar com uma camisa vermelha de flanela e jeans Levi's largo.

— Samba-canção ou cuequinha comum? — perguntou Charma.

Ergui uma sobrancelha.

— Ué. Você parece estar a par de todos os detalhes.

— Quando eu disse que tinha 22, ele disse que tinha 29, o que provavelmente significa que tem trinta e poucos e acha que engana. Eu diria boxers. — Avancei direto para um banco vazio à nossa direita. Tarde demais. Três velhinhas polonesas o viram antes.

Charma afastou os cachos loiros dos olhos. — Em relação ao lance do sexo pago; bobagem gastar seus neurônios com isso. E, depois, acho que seus clientes não iam querer que você se lembrasse deles com tantos detalhes assim. Melhor continuar na revista mesmo.

— Ah, como se *isso* não estivesse destruindo meus neurônios dia após dia.

Eu tinha uma graduação acadêmica *magna cum laude* com especialização em inglês e história americana e fui editora de uma coluna no jornal da faculdade. Então, ninguém pode dizer que cheguei a Manhattan com as credenciais erradas. Achei que fosse simples arrumar um trabalho e assinar matérias sérias em um periódico importante de esquerda, como o *The New Yorker*, ou na *Rolling Stone* ou, diabos, até mesmo na *Esquire* — o que só serve para provar que uma menina pode ter 22 anos, ser ridiculamente erudita e, ainda assim, burra como uma porta.

Acontece que todos os formandos de todas as faculdades de elite haviam chegado a Nova York no dia seguinte da formatura querendo os mesmíssimos empregos. Mas muitos tinham algo que eu não tinha. Contatos.

Meu pai é professor do departamento de economia da Universidade de New Hampshire e minha mãe trabalha como enfermeira na assistência médica do campus. Lily e eu fomos criadas em uma velha casa de fazenda lotada de livros, conversas inteligentes e pelo de animais domésticos. Meus pais eram adeptos da vida ecológica. O deles foi eleito o Melhor Adubo Composto pelo *Amantes da Terra*, o jornal verde da região. Não é de se esperar que pais que ganham o Melhor Adubo Composto possam ajudar a filha a arrumar emprego em uma revista fodona de Nova York.

Junho se transformou em julho, que por sua vez se transformou na estufa de agosto, e eu continuava ridiculamente desempregada. Então, em setembro, logo depois do Dia do Trabalho, tive minha primeira e única oferta de emprego. Como estava devendo o aluguel do mês para Charma e sentia que tinha obrigação de sustentar meu corpitcho com outra coisa além de macarrão instantâneo e atum enlatado, ou aceitava ser assistente editorial na *Scoop* ou aprendia a entoar "Que tal experimentar um dos nossos pratos especiais esta noite?", com um sorriso entusiasmado no rosto. Deslizar graciosa carregando comida quente não é um dos meus pontos fortes. Nem o entusiasmo. A escolha estava feita.

A *Scoop* é uma daquelas revistas que todo mundo conhece, embora não necessariamente admita que a compre. É um pouco melhor que a *Star* e bem pior do que a *People*. Até então, entre meus trabalhos de destaque para a revista estava a criação de legendas para mosaicos de fotos, como "Jessica colocou silicone?" e "As loucas férias de Lindsay no México!". Sim, tive que reduzir minhas ambições jornalísticas a um desvio-padrão. Ou a dez.

Enquanto Charma e eu caminhávamos sem pressa, um sujeito com cabelo loiro curto, barba por fazer e uma camiseta velha do Wolfmother sorriu para nós. Ou melhor, para ela. Charma olhou para trás para vê-lo passar, emitindo um assovio de apreciação. Ela é muito melhor do que eu nessas coisas.

Olhei ao meu redor, tentando me situar. Havia um viciado tentando se dar bem à minha esquerda. Na minha frente, duas estudantes adolescentes, com tudo em exagero — maquiagem, cabelo, peitos, pele, botas de salto agulha —, que aparentemente sentiam necessidade de conversar dando gritinhos. Foi então que vi um cara de jeans e camisa de flanela cortando caminho pelas árvores, à minha direita. Bingo. Acenei para ele.

— Megan? — Ele estendeu a mão com unhas levemente imundas, mas eu não estava podendo recusar um cumprimento. Ele tinha algo que eu queria muito, muito mesmo.

— Sou eu, oi, valeu por ter vindo. Pete, não é?

— É.

Um casal com um carrinho de bebê desocupou o banco à nossa esquerda. Sentei e fiz um sinal para Pete me acompanhar. Enquanto isso, percebi Charma conversando com o loiro da cantada, que tinha voltado para falar com ela. Quem poderia culpá-lo por isso? Charma possuía o corpo de curvas naturais que as mulheres pagavam uma fortuna para ter — e, mesmo assim, tinham que se contentar com um implante de silicone.

— Você trouxe? — perguntou Pete, tamborilando os dedos no jeans, impaciente.

— Aqui está. — Meu coração disparou quando abri a mochila, tirando a camiseta branca que há uma hora ainda estava pendurada na parede de tijolos aparentes da nossa sala de estar (onde também havia um futon que servia como minha cama). Na frente da camiseta, havia o desenho de um pássaro empoleirado no braço de um violão, com os dizeres WOODSTOCK: THREE DAYS OF PEACE AND MUSIC. Não só era original do maior show de rock de todos os tempos, como estava autografada por Jimi Hendrix. Dois estudantes de Cornell, que mais tarde viriam a ser meus pais, não arredaram o pé até a apresentação de Hendrix na manhã de segunda-feira. Meu pai conseguiu que a camiseta fosse autografada pelo deus da guitarra em pessoa, e a deu para minha mãe como prova de seu amor e dedicação.

E lá estava eu, passando a camiseta adiante, como prova do *meu* amor e dedicação. Para o fulano de tal. Pete. Isso.

— Como eu disse no site, está como nova — garanti.

Ele esticou sua mão cheia de calos. — Quero olhar de perto.

Hesitei. — Gostaria de ver os ingressos antes.

Ele sacou a carteira e lá estavam eles: dois ingressos de primeira fila para o show dos Strokes no Webster Hall naquela noite. Os ingressos haviam esgotado, em questão de minutos, há um mês. Já tinha tentado de tudo, sem sucesso. Até aquele momento.

Para ser absolutamente sincera, devo dizer que Strokes não é minha banda favorita. Mas meu namorado, James, idolatra os caras. James — com todo o seu intelecto deslumbrante e sua prosa distinta, um sujeito que considera Doris Lessing leitura leve — colocava "Heart in a Cage" no último volume e dançava nu em seu quarto tocando *air guitar*, como um garotinho de 12 anos. Como não amar um cara assim?

Nos conhecemos em uma aula de escrita avançada, em que James rapidamente se consagrou o aluno mais articulado da turma, não achando nada demais discutir — e bem, por sinal — com um professor que acabara de escrever o prefácio da última edição de *Elementos de estilo*.

James chamou minha atenção, é claro. Do meu canto, lá atrás, eu ficava admirada tanto com sua inteligência quanto com sua arrogância ao caminhar até o lugar que merecia, na frente da turma. É incrível o que você consegue observar quando não está preocupada com pessoas olhando do para você.

Cassie Crockett, por exemplo. Tinha um corpo de capa de revista e um cabelo loiro maravilhoso. Mas no primeiro dia de aula, a flagrei mergulhando dois dedos sob o que descobri ser uma maravilhosa peruca. Seus dedos reapareceram segurando uns fios de cabelo castanho-estrume, que ela discretamente descartou no chão. Depois, enfiou os dedos na peruca de novo. E de novo. Tricotilomania — a necessidade obsessivo-compulsiva de arrancar o próprio cabelo. Passei aulas inteiras imaginando como devia ser para Cassie sair com um dos caras que viviam à sua volta. Talvez ela nunca tivesse feito sexo. Talvez tivesse uma regra "acima do pescoço não", em vez de uma "abaixo da cintura não".

Este é o tipo de coisa que passa pela minha cabeça.

Enfim, voltando ao James. Já estávamos assistindo à mesma aula há algumas semanas quando escrevi um texto de cinco mil palavras para o *Daily News* sobre um cruzamento da New Haven onde executivos catavam travestis. Passei uma semana inteira circulando em um café próximo ao local, observando as garotas e seus clientes, decorando cada detalhe. Nosso professor leu um trecho do meu artigo em voz alta, para ilustrar o tipo de especificação que esperava da turma. E fez um gesto em minha direção.

Todas as cabeças se viraram para me olhar. Pude ler em todos os rostos a mesma reação: Ela? *Jura?*

James me encurralou depois da aula. Estava chocada demais para ficar nervosa, depois à vontade demais para lembrar por que deveria estar nervosa. Fomos tomar um café e combinávamos em tudo e todos, de Jonathan Safran Foer (amamos *Tudo se ilumina*) a Donna Tartt (detestamos *A história secreta*). Lily — oráculo de sabedoria romântica — me advertira a nunca, jamais, em hipótese alguma, fazer sexo nos três primeiros encontros. Digamos que acatei seu conselho, já que meu primeiro encontro com James não foi exatamente um encontro. Cinco horas depois do "Vamos tomar um café?", eu já estava na cama do cara.

Viemos juntos para Nova York depois da formatura, embora não tão juntos a ponto de dividirmos um apartamento. Os pais dele tinham um *pied-à-terre* chiquérrimo, todo branco, num prédio do Donald Trump, no Upper West Side, embora chamassem de lar uma mansão de três milhões de dólares em Tenafly, Nova Jersey. O dr. e a sra. Ladeen — ele um estressadíssimo, mas talentoso, cardiologista e ela editora sênior do *New York Review of Books* — ofereceram a James o apartamento com aluguel pago, enquanto ele começava o que certamente seria sua escalada meteórica à fama literária. A expectativa de seus pais não se baseava somente no fato de ele ser talentoso de verdade, mas também no fato de sua mãe ter usado todos os contatos que tinha para garantir-lhe uma vaga como editor júnior na *East Coast*. A *East Coast* é parecida com a *New Yorker*, só que prioriza ainda mais a ficção.

Infelizmente, os pais de James nunca foram muito com a minha cara. Eu bem que tentei, de verdade, mas não havia dúvida de que eles nutriam uma esperança de James reatar com sua ex-namorada, Heather van der Meer, a caçula de uma família amiga deles há anos. De modo que a oferta do apartamento chiquérrimo com aluguel pago não fora extensiva a mim.

Tudo bem. Ainda tínhamos muito tempo. James e eu estávamos felizes. E, naquela noite, ele faria 23 anos. Queria que fosse um aniversário inesquecível, por isso, dividi o que tinha em minha conta bancária: primeiro, jantar e uma garrafa fantástica de vinho no restaurante Prune. Durante a sobremesa, eu sacaria despretensiosamente os ingressos para o show — o que faria com que ele urrasse de alegria e me cobrisse com aquele tipo de demonstração pública de afeto à qual normalmente era alérgico. Depois do show, iríamos para o apartamento dele para a melhor parte da noite. E da manhã seguinte também.

Para finalizar meu plano, tudo que eu precisava fazer era trocar a camiseta Woodstock do meu pai pelos ingressos.

— Vamos fazer a troca ou não vamos? — perguntou Pete, chutando a calçada com seu mocassim cor de café.

Mordi o lábio inferior. Meus pais entenderiam. Claro que sim. Ou, pelo menos, era do que eu queria me convencer. Fizemos a troca. Meu Deus, James vai cair duro para trás!

Enfiei os ingressos na mochila e levantei para me despedir de Pete. Um moleque de cabeça raspada — que não devia ter mais de 14 anos — se aproximou de nós com uma daquelas bicicletas de entrega em domicílio. Ele estava manobrando de um lado para outro, se divertindo em assustar as velhinhas polonesas.

— Obrigada — agradeci a Pete. — Cuide bem da minha... Ei!

O moleque da bicicleta passou voando por mim, roubando minha mochila antes que eu pudesse pendurá-la de novo no ombro.

— Parem esse garoto! — berrei.

Corri atrás dele, Pete correu atrás dele, várias outras pessoas tentaram também. Mas o moleque cortou caminho pelas árvores, pedalando como um louco. Alguns segundos depois o vimos disparado pela Avenue A, com minha mochila sacudindo no guidão.

Foi praticamente como se meus ingressos e meus 200 dólares estivessem me dando tchau.

Escolha a analogia que melhor expressa a relação entre as palavras no exemplo a seguir:

PRÉDIO SEM ELEVADOR NO EAST VILLAGE: REVISTA SCOOP

(a) apartamento clássico de seis cômodos no Upper West Side:
   The New Yorker
(b) apartamento na Cidade do Panamá: USA Today
(c) chalé em Hollywood Hills: Daily Variety
(d) apartamento em Camden, Londres: Blender
(e) loft no SoHo: US Weekly

dois

——— Um garoto branco, esquelético, de cabeça raspada, usando coturnos, bermuda baggy verde, moletom preto e com uma tatuagem nos dedos da mão direita — relatei, cravando o garfo no maior dos dois filés-mignons que eu preparara no forno ancestral do meu apartamento e colocando no prato de James. — E um lado do guidão da bicicleta estava desgastado. Contei tudo isso ao policial.

— Uau, que cheiro delicioso. — James suspirou, apreciando o prato. Colocou o cabelo preto para trás da orelha e piscou seus deslumbrantes olhos cinzentos para mim. — E o que o policial disse?

Coloquei o outro filé no meu prato e voltei para o balcão da cozinha, onde deixara os acompanhamentos. — Ele disse que foi a descrição mais detalhada de um meliante que ele já ouviu na vida e que eu deveria considerar uma carreira na polícia.

— Ou isso, ou você anda assistindo muito *CSI*.

James estava sentado em uma cadeira dobrável, na mesa de madeira da patética cozinha do meu apartamento. Charma achou a mesa na rua — mobília na rua era uma das maiores vantagens de Nova York para os deficientes de salário. Tinha vários palavrões riscados no tampo — ENTUPA-SE DE MERDA E MORRA era o meu favorito. Gostava de pensar que o antigo dono sofria de síndrome de Tourette e tinha um fetiche por objetos cortantes.

O resto da cozinha era igualmente *déclassé*: linóleo preto e branco desgastado, utensílios do século passado e uma pia permanentemente manchada por organismos resistentes a antibióticos. Estava longe, muito longe de ser o restaurante Prune.

Ainda assim, quando levei o purê de batatas e os aspargos à caçarola para a mesa, James abriu um sorriso. Eu havia conseguido me lembrar do seu prato favorito. Era uma versão pobre da surpresa que eu havia planejado, mas eu não tinha outra escolha. Depois de ter elogiado minha capacidade de observação, o policial acrescentara que as chances de encontrar o moleque eram mínimas. E que, mesmo que o encontrassem, tanto minha mochila quanto seu conteúdo já teriam partido desta para melhor há muito tempo. Enquanto isso, Pete teimou que o negócio estava feito, se recusou a devolver minha camiseta e se mandou antes que eu registrasse a ocorrência na delegacia.

Resolvi não contar ao James que eu perdera tanto o dinheiro do jantar no Prune quanto os ingressos de primeira fila para os Strokes. Para que deixá-lo se sentindo culpado? Em vez disso, saquei mais quarenta dólares da minha conta, calamitosamente desfalcada, e comprei ingredientes para preparar um jantar incrível. Como surpresa de aniversário era uma boa merda, mas imaginei que poderia compensar com a sobremesa.

— Cara, perfeito. — James fechou os olhos, em êxtase, enquanto mastigava o filé ao ponto. — Você cancelou seus cartões de crédito e tal? — perguntou.

— Cartão de crédito, no singular — corrigi. Não que o moleque pudesse usá-lo, o meu Visa tinha um limite de dois mil dólares que eu já havia esgotado. Provei meu filé. Delícia. Era uma das poucas coisas que eu sabia preparar bem. — O que seus pais te deram de presente?

Na noite anterior, os pais haviam levado James ao restaurante Bouley. Eu não havia sido convidada, apesar de, no ano anterior, Heather, a Perfeita, ter jantado com eles no Five Hundred Blake Street, sem sombra de dúvida o melhor restaurante de New Haven.

Verdade seja dita que não conheço Heather direito, tendo apenas dado aquela checada amiga em seu perfil no Facebook. Ela era a filha caçula de uma família rica de Rhode Island, cujas origens remontavam a Roger Williams e, atualmente, estava cursando o primeiro ano de direito em Harvard. Heather não só tinha um cérebro, como cabelo loiro e liso, pescoço de cisne e o tipo de lábios carnudos que eu sonhava em ter. Eu, uma simples mortal, que escrevia legendas de fotos para pagar as contas e era uma medida mais gorda da cintura para baixo, obviamente não tinha como competir com ela.

— Meu presente? — A voz de James me trouxe de volta à realidade. — Minha mãe pediu ao John Updike para autografar as primeiras edições de todos os romances do Rabbit para mim.

Enfiei um pedaço de filé na boca e tentei sorrir. O único item de colecionador que eu *tive um dia* foi a camiseta de Woodstock.

Durante os minutos seguintes, continuei comendo, enquanto James me regalava com histórias do trabalho na *East Coast*. Ele fora encarregado de editar os contos de meia dúzia de jovens cantoras e compositoras famosas. Segundo James, eram todos um lixo e ele tivera que reescrever palavra por palavra, enquanto elas recebiam os créditos.

— *Detesto* quando isso acontece — brinquei, tornando a encher nossas taças com um Shiraz australiano que eu achei em promoção. — Tipo quando não recebo crédito pelo que reescrevi sobre Jessica e Ashley competindo para ver quem toma mais injeções para aumentar os lábios.

Ele esticou o braço e segurou minha mão sobre a mesa. — Você não vai ficar presa naquele lugar por muito tempo.

Para um sujeito trabalhando na *East Coast*, era fácil falar. Com o garfo, desenhei pequenos círculos no que havia sobrado do meu purê de batatas. — Se eu pelo menos conseguisse ter uma ideia realmente boa, que Debra pudesse gostar...

Debra Wurtzel era minha editora-chefe. Ela sacava de cultura pop como James sacava de Salinger. As reuniões editoriais eram nas manhãs de segunda-feira e assistentes como eu só participavam por ordens expressas do chefe imediato — no meu caso, Latoya Lincoln, que me convidara duas únicas vezes. Na primeira vez, Debra sequer olhara na minha direção. Mas na segunda me encarou, perguntando: — Megan? Alguma sugestão?

Quando Debra olhou para mim, todos os outros olharam também. Acho que já deve ter ficado claro aqui que ser o centro das atenções não é minha especialidade. Para começar, fico ruborizada. Sério. A sala de reunião mergulhou num silêncio profundo, enquanto meu rosto parecia que ia explodir de tão vermelho. Finalmente, tentei sugerir um artigo sobre uma nova pesquisa correlacionando o peso das celebridades com alterações drásticas no peso médio de mulheres dos 16 aos 20 anos.

A assistente de Debra, Jemma Lithgow, recém-formada em Oxford e vestindo um jeans Seven tamanho-nada, lembrou aos presentes que havíamos feito uma matéria de capa, há pouco tempo, sobre os segredos de dieta das estrelas, de modo que não podíamos voltar atrás e criticar o que havíamos acabado de enaltecer. Ela sequer precisou acrescentar "sua idiota tamanho 44" porque, francamente, o olhar que lançou na minha direção valia mais do que qualquer ofensa.

Desde essa reunião, fui relegada ao purgatório da revista. Os colegas ambiciosos já não sentavam mais comigo durante o almoço no refeitório do quarto andar, visivelmente com medo de serem maculados pela minha condição de *loser*. Pelo menos, o risco de ser chamada para uma reunião editorial de segunda-feira havia diminuído bastante. Eu preferia evitar futuras humilhações públicas, muito obrigada.

Quando James e eu terminamos de comer, empilhei os pratos na pia, tampei o ralo e deixei de molho na água e sabão. Meu edifício pré-guerra — pré-Primeira Guerra Mundial, que fique claro — não tinha instalações hidráulicas adequadas para uma máquina de lavar louça. James se aproximou por trás e levantou meu cabelo para dar um beijo na minha nuca.

— Ei — murmurou com o nariz no meu pescoço. — Estava pensando nos feriados de fim de ano.

Aquele era um assunto interessante. O Dia de Ação de Graças e o Natal estavam chegando, e só havíamos falado sobre isso por alto. — É?

Ele me beijou novamente e depois me enlaçou pela cintura. — Meus pais querem que a gente vá para a Flórida, para nossa casa em Gulf Stream.

A gente?

— Então, você gostaria de ir? — perguntou James. — No Dia de Ação de Graças?

Faltavam apenas dez dias. O convite não fora feito com o que chamaríamos de muita antecedência. Mas, mesmo assim, minha vontade era dar pulinhos de contentamento.

Inclinei minha cabeça para trás para conferir os olhos dele. — Seus pais me convidaram?

— Bem, ainda não — respondeu ele, evasivo. — Eu quis confirmar com você primeiro.

Mau sinal. Não era para ser exatamente o contrário?

— Mas então? — insistiu James, deslizando o dedo dentro da minha camiseta. Ele me beijou novamente e depois tirou minha blusa.

— Acho que... — disse, tentando me concentrar na ideia de não passar Ação de Graças com a minha família. Mas, quando James deslizou a mão para dentro do meu jeans, tudo que consegui responder foi "Ah" e "Ótimo" e então "*Sim*".

Desabotoei a calça dele com uma das mãos, usando a outra para descê-la até seus joelhos. Devo dizer que, além de escrever, tenho outro talento — pelo menos foi o que me disseram. Digamos apenas que ter crescido na sombra do brilho celestial da minha irmã fez com que eu me esforçasse mais.

Falei baixinho no ouvido de James para que ele fosse me esperar na cama, pois tinha uma surpresa de aniversário. Afoito, ele obedeceu.

Abri a geladeira e apanhei o bolo de chocolate com cobertura de café da confeitaria Edelweiss. Eu podia não ter mais ingressos para a primeira fila do Strokes, mas achei que cobrir as partes do meu corpo que ele mais apreciava com cobertura de café poderia compensar.

— Ué, cadê a camiseta de Woodstock? — perguntou ele, da sala de estar/quarto.

Merda. — Decidi guardá-la na casa dos meus pais — respondi, me besuntando toda de cobertura.

Você deve estar se perguntando a essa altura se eu não me senti pelo menos um pouco ridícula. A resposta é: sim. Para falar a verdade, jamais havia passado cobertura de café no bico do peito antes. Nem em qualquer outra parte do corpo. Mas estava decidida, apesar dos pesares, a tornar aquele aniversário inesquecível para James.

Estava dando os retoques finais na parte inferior de minha anatomia, e meio que lamentando o fato de o sabor predileto dele não ser baunilha ou morango, porque cor de café não é a mais indicada para uma abordagem sensual e comestível, quando senti cheiro de fumaça.

Verifiquei a grelha, mas estava desligada. Mesmo assim, o cheiro estava cada vez mais forte. Fui andando, cautelosa, até a porta da sala, e espiei pelo olho mágico. O corredor estava negro. Um átimo depois, o velho alarme de incêndio sobre a minha cabeça começou a soar estridentemente.

— Fogo! — Corri para o quarto, esquecendo completamente do meu corpo nu com cobertura de café. — Tem um incêndio no prédio! O corredor está cheio de fumaça!

James pulou da cama, perdendo todo o seu entusiasmo, os olhos arregalados de pavor. Apanhou depressa a cueca.

— A saída de incêndio! — ordenei, sabendo que não conseguiríamos alcançar as escadas pelo corredor esfumaçado.

Peguei a primeira coisa que vi — um lençol — e me enrolei nele. Pelo que descobri, a cobertura funciona como um adesivo bem razoável. Quem poderia imaginar? James perdeu segundos preciosos para abrir a janela que dava para a saída de incêndio. Quando ele finalmente conseguiu levantá-la, me ajudou a passar e seguiu atrás de mim. Já dava para ouvir a sirene do carro de bombeiros a distância.

Já contei que educação física nunca foi o meu forte? Bem, ao que tudo indica, basta uma boa dose de motivação para eu me transformar em campeã olímpica. Continuamos descendo pela escada. Quando alcançamos a base, no segundo andar, havia uma multidão agrupada na rua acompanhando nossos passos.

Foi então que caí na real: eu estava embrulhada em um lençol branco, colado no meu corpo com cobertura de café; eu não estava usando nada por baixo; e ainda tinha que descer alguns degraus até a calçada. Olhei para James, em busca de uma orientação.

— Vai, *baby* — mandou. — Não pensa, vai.

E lá fui eu. Mas descer uma escada, usando apenas um lençol manchado de cobertura e tentando manter as pernas fechadas como uma boa mocinha mostrou-se... impossível.

Foi assim que dei uma de Sharon Stone para todo o East Village.

Não querendo parecer _____, a funcionária novata da revista manteve sua(s)_____ bem escondida(s).

(a) pouco sofisticada; ignorância

(b) desesperada; mãos trêmulas

(c) metida; ideias brilhantes

(d) gorda; bunda gigante

(e) superqualificada; história de vida

três

Segunda-feira de manhã bem cedo, e lá estava eu, bebericando meu café e saboreando meu segundo donut de geleia, sentada diante de minha irmã Lily, que levava uma colherada de iogurte light à boca fazendo biquinho. Claro que quem devia estar só no iogurte era eu. Mas achei que os acontecimentos do fim de semana me davam direito a uma ingestão caprichada de açúcar.

Meu apartamento estava inabitável. De acordo com nosso senhorio sérvio — pelo menos a parte que conseguimos decifrar —, Charma e eu não poderíamos voltar tão cedo. No mínimo, três semanas. Só nos deixaram fazer uma viagem ao apartamento para resgatar alguns pertences, mas tivemos que usar umas máscaras daquelas que cobrem nariz e boca e ficamos iguais a *aliens* invasores de um filme C de terror. As máscaras foram necessárias, uma vez que tudo no apartamento estava coberto de fuligem.

Durante a missão-resgate, me desembrulhei do lençol e coloquei a primeira coisa que vi no armário — jeans, casaco de moletom e um embrutecido par de mocassins preto, que não estava na moda nem na época em que eu o comprara, no primeiro ano de faculdade. Peguei meu iBook — torcendo para que tivesse sobrevivido — e enchi um saco de lixo com roupas e os 20 dólares de emergência que eu guardava dentro de uma edição de *Uma breve história do tempo*. Eu sabia que mesmo que um viciado se contorcesse pela grade da janela da cozinha jamais roubaria aquele livro.

Dormi no apartamento de James sábado e não tentei retomar a sedução de aniversário. Acredite: se uma multidão de estranhos na calçada te examinasse ginecologicamente com os olhos, você também iria perder sua libido. O apartamento dos pais dele tinha uma pequena máquina de lavar e uma de secar, discretamente escondidas atrás de portas sanfonadas, mas nenhuma das minhas tentativas para remover a fuligem e a fumaça das roupas que eu salvara mostrou-se eficaz.

Na tarde de domingo, James me emprestou sua menor calça jeans, um velho moletom e 100 dólares. Fui direto para a ala 70% de desconto da Century 21. Como estávamos em meados de novembro, as únicas peças com desconto eram roupas de verão e um punhado de sobras do inverno passado, roupas obviamente deixadas para trás porque eram feias demais para serem compradas por qualquer pessoa que pudesse enxergar.

Com 100 dólares, arrematei uma saia rodada transparente lilás e roxa, uma blusinha branca de cotton, uma calça stretch azul-marinho com bolso nos quadris que gritava para o mundo MEGACULOTE CHEGANDO, um suéter marrom e duas camisetinhas de verão em tons "ó que palatáveis" como golfada amarela e vômito verde. Ótimo. Não pude nem recrutar Lily para esta missão — ela ia se apresentar na matinê e depois emendar em uma sessão de fotos para a Gap; estavam fazendo a campanha Futuros Astros, para ser lançada na primavera. A sessão durou até tarde da noite e foi por isso que minha irmã me encontrou para um café no meu trabalho, antes de sua aula matinal de spinning daquela segunda-feira. Mesmo sem maquiagem e com roupas de ginástica, sua aparência era de uma perfeição impecável que deprimia.

— Quando você vai poder voltar para seu apartamento? — perguntou Lily.

O senhorio havia me deixado outro recado de voz no meu celular

— No Natal. Talvez uma semana depois.

Lily engoliu mais uma colherada tamanho PP de iogurte. — Sei que você prefere ficar com James, mas pode morar comigo se quiser.

Eu não chegara a informar a Lily que morar com James não era uma opção, devido à proibição dos pais dele. Parecia ridículo demais.

Minha irmã tem dessas coisas, sabe. Eu sabia que ela ia oferecer seu apartamento arejado na West Seventh-fifth, perto da Amsterdam Avenue, de maneira elegante. Uma das piores coisas em Lily é que, além de ser irritantemente talentosa, ela também é uma boa pessoa. Se fosse uma imbecil egocêntrica, bem que eu poderia detestá-la. Mas como ela não era imbecil, e ainda assim eu a detestava por ser tudo que não sou, estar perto dela fazia com que eu *me* detestasse.

— Ah, eu vou dar um jeito — respondi, tentando desconversar e enfiando o último pedaço do donut de geleia na boca.

— Ah... você está com um pouco de...

Lily fez um gesto no peito. Olhei para baixo. Minha camiseta branca nova estava com geleia de morango entre o botão três e o quatro. Tentei limpar aquilo com um guardanapo, o que só serviu para fazer a mancha rosada ficar maior. Maravilha.

Fomos andando até os elevadores. A revista ocupava o sétimo e o oitavo andar de um prédio de 15 andares na East Twenty-third Street, o qual passara por uma reforma incrível e tinha vista para o Madison Square Park. As outras revistas que pertenciam ao mesmo conglomerado europeu de publicações — inclusive a *Rockit*, a nova concorrente da *Rolling Stone* para a qual eu queria desesperadamente escrever, mas não conseguia sequer ser chamada para uma entrevista — ocupavam o resto do prédio, exceto pela elegante cafeteria que ocupava o andar inteiro onde estávamos. Apertei os dois botões: sobe e desce. Adivinhe qual chegou primeiro.

— Se você mudar de ideia, me liga. — Lily me deu um abraço apressado e entrou no elevador vazio para descer.

Um minuto depois, saí de um elevador lotado, subindo para a *Scoop* e outros andares. Acenei para Brianna, a recepcionista que começara a trabalhar há uma semana. Para chegar à minha baia, precisei passar pela sala de Latoya, que estava com a porta aberta.

— Megan! — chamou ela. — Reunião editorial em dez minutos.

Espero não ter demonstrado em meu rosto o pavor diante daquela convocação. Eu andara preocupada demais com a história do incêndio-sem-ter-onde-morar-mochila-roubada-sem-um-puto para pensar em ideias para uma reunião para a qual tinha certeza absoluta de jamais ser convocada novamente.

Ah-ah.

Debra Wurtzel, minha editora-chefe, conseguia ser simpática e completamente assustadora ao mesmo tempo. Tinha quarenta e poucos anos e um cabelo nigérrimo com um corte reto que ficava na altura dos ombros. Sua meticulosa franja chamava atenção para seus olhos azuis penetrantes, que estavam, como sempre, delineados com kajal azul-escuro. Havia cinco minúsculas argolas de platina enfileiradas na sua orelha direita e uma na orelha esquerda. Estava usando calças de lã pretas, um blazer preto sob medida e camisetas pretas sobrepostas. Quando o último retardatário chegou para a reunião editorial — graças a Deus não fui eu —, ela tirou seus óculos de grau em formato gatinho. Descobri na minha primeira reunião que aquele era o sinal para começar.

Estávamos na sala de reunião do oitavo andar, cujas janelas davam para a Twenty-third Street. Eu me sentei entre a assistente de Debra, Jemma, e Latoya. Sempre cheia de estilo, Jemma ostentava uma diáfana blusa branca sob um espartilho preto Betsy Johnson, uma minissaia xadrez branca e vermelha e sapatos de bico redondo que me fizeram pensar em Minnie Mouse. O único indício de que ela talvez não fosse tão perfeita quanto aparentava eram as cutículas mordiscadas em volta de suas unhas pintadas de rosa-sapatilha-de-balé. Era óbvio que ela também sentia a pressão na pele.

Latoya usava um suéter grosso de cashmere cinza, uma saia preta e várias contas pretas gigantes enroladas no pescoço. Parecia uma discípula do estilo de Debra, o que na certa deveria ser mesmo. Com minha blusa manchada de geleia e uma saia escandalosamente fora de moda, eu parecia a discípula de uma mendiga.

— Vamos começar com Casais Feitos & Desfeitos. — Debra fixou seu olhar em Lisa Weinstock, a editora gordinha e brilhante encarregada do departamento de casais famosos. — O que temos de novo, Lisa?

Lisa afastou sua franja com mechas magenta dos olhos. — Novidades quentíssimas e exclusivas, incluindo problemas no paraíso de Jen e você-sabe-quem. Também conseguimos uma foto de celular de Ashlee paquerando Nick no Bungalow 8, nada como dar em cima do ex da sua irmã para causar sensação.

— Ótimo — disse Debra, enquanto cabeças balançavam em concordância em volta da mesa. É claro que se Debra dissesse que fotos de burros fazendo sexo eram "quentíssimas" as pessoas iriam concordar do mesmo jeito.

— Latoya? — perguntou Debra. — Matéria principal?

Aquele era o departamento para o qual eu trabalhava. A revista publicava um "artigo" semanal ocupando as quatro páginas centrais de cada edição.

— Estou trabalhando numa matéria com a filha de Demi, Rumer — respondeu Latoya. — Os bastidores da sua relação com a mãe, com Bruce, com Ashton, etc. e tal. As fotografias ficaram por conta dela e ela também vai fazer as legendas.

— Ótimo, Latoya. — Debra virou-se ligeiramente até eu ficar em sua linha de fogo. — Megan? Qual sua melhor ideia para uma nova matéria?

Todos os olhos se voltaram em minha direção. Usando toda a minha força de vontade, lutei contra a vermelhidão que se espalhava pelo meu rosto, mas, ao que tudo indica, biofeedback não estava funcionando.

— Bem... Estava pensando em uma matéria sobre... — Pense, Megan, *pense*. — Alguns novos estudos estão sugerindo que um declínio no câncer de mama pode estar ligado ao uso de reposição hormonal por mulheres na menopausa.

Alguém deu um risinho abafado, mas o rosto de Debra permaneceu inescrutável. Ela fez um gesto circular com o dedo, pedindo que eu prosseguisse.

— E isso me fez pensar numa possível relação com outros tipos de hormônio. — Senti meu rosto queimando. — Como as pílulas — concluí.

Debra ergueu as sobrancelhas para Latoya. — Megan conversou sobre isso com você?

— Não. — Latoya não podia ter sido mais enfática.

Aquilo era mau sinal.

— Alguém gostaria de comentar?

Jemma levantou o dedo. — As pessoas leem *Scoop* para *fugir* da realidade, não para ler sobre ela. Câncer? Hormônios? *Menopausa?* Eca.

Não sei se foi meu fim de semana, minha inveja por James poder escrever algo minimamente inteligente ou o fato de ser igualzinha aos meus pais. Fato é que não consegui me controlar. — Você não acha que temos alguma responsabilidade com nossos leitores? — perguntei. — Temos um alcance maior do que a maioria dos jornais. Talvez pudéssemos fazer *algo* com isso.

Jemma ergueu os olhos em um aparente apelo aos céus, tipo "livrai-me desta pessoa". — Escrevemos sobre coisas importantes *o tempo todo*. Acontece que não há nada de ruim que uma estada caríssima numa clínica de reabilitação, uma cirurgia plástica milionária ou então férias astronômicas em uma ilha particular não possa resolver. E este é o espírito da nossa revista.

— Eu acho que... — ensaiou Latoya.

— Um minuto. Vocês não estão sentindo cheiro de *queimado*, não? — Jemma franziu seu irritante narizinho arrebitado, dando a deixa para outros narizes se franzirem também, como coelhinhos em uma feira de animais domésticos. Merda. Meus sapatos. Discretamente, afastei minhas pernas de Jemma e franzi meu nariz também. Surgiu um bafafá ao redor da mesa de reuniões até Debra pedir a Jemma para verificar com os seguranças do prédio o que estava acontecendo.

— Vamos encerrar, gente — disse Debra, enquanto Jemma minnie-mouseou para fora da sala. Foram todos caminhando em direção à porta. Eu estava prestes a me mandar com eles, quando...

— Megan?

Olhei para trás.

— Oi?

Debra equilibrou os óculos no nariz. — Na minha sala, em cinco minutos.

Aquilo era, definitivamente, um *péssimo* sinal.

Escolha a analogia que melhor expressa a relação das palavras no exemplo a seguir:

REESTRUTURAÇÃO EMPRESARIAL: AUTOCONFIANÇA

(a) calça cigarette: modelo obesa

(b) revelação no jornal: notoriedade

(c) Britney Spears: K-Fed

(d) ganhar um Grammy: preço de ingresso

(e) acesso de loucura motivado por álcool: números de bilheteria de estreia

Esperei na porta da sala espaçosa de Debra, ouvindo o vento uivar no canto do edifício. O serviço de meteorologia havia alertado que a primeira frente fria de novembro estava se aproximando. Aquela parecia a metáfora ideal da minha vida.

O rapaz da correspondência passou por mim arrastando seu carrinho, cuidando para não me olhar nos olhos. Até o cara da correspondência sabia que eu era a lepra da revista. Olhei pela parede envidraçada da sala de Debra. Ela estava ao telefone, mas fez um gesto para que eu entrasse.

Entrei na sala dela, pela primeira vez desde que havia sido contratada, e novamente sua sobriedade e leveza me impressionaram. Mesa de vidro, laptop Toshiba, janelas que iam do chão ao teto. Ela fez um gesto para que eu me sentasse em uma das três cadeiras-diretor pretas diante da mesa. O único objeto decorativo em sua sala era um porta-retrato de prata da Tiffany, com uma Debra bem mais jovem, na praia, sorrindo para um menininho. Debra jamais falava sobre sua vida pessoal.

— Está bem. Certo. Ok... Está bem, Laurel, eu te aviso. A gente se fala já, já. — Debra finalmente desligou. — Megan.

— Sim? — disse, entrelaçando as mãos.

— Seus instintos estão me assustando. — Ela girou sua cadeira Aeron para olhar pela imensa janela de vidro.

— Eu sei que minha ideia foi um pouco na contramão — reconheci. Ela estava me olhando como se eu fosse uma barata morta em sua mesa, mas continuei assim mesmo. — Claro que as pessoas gostam de ler sobre os ricos e famosos, mas, quando você para naquele exato momento para pensar, vê que temos uma oportunidade única para alcançar vários tipos de mulheres. O demográfico da *Scoop* é...

— Jemma tem razão, Megan — interrompeu Debra. — Eu já esperava ter te passado das legendas para os artigos, por isso te coloquei no departamento de Latoya. Mas já se passaram dois meses e você não está progredindo.

Meu rosto voltou a pegar fogo. — Tenho certeza de que posso ter ideias melhores. — Fiz uma pausa, caso Debra quisesse me interromper e concordar comigo. Não tive essa sorte.

— Vou ter que te deixar partir, Megan.

Abaixei a cabeça. Me deixar partir? Me *demitir*, ela queria dizer Desempregada? Desempregada *de novo*? Engoli seco. — Eu entendo. Vou lá recolher minhas coisas do...

— Ainda não terminei — cortou Debra.

— Hein?

Ela cruzou os braços. — Gosto de você, Megan. Para falar a verdade, você parece comigo quando tinha a sua idade.

Então ela teria demitido a si mesma, é isso? Pisquei meus olhos, repentinamente cheios d'água.

— Você é esperta. Suas ideias são inteligentes e ousadas. E você escreve bem pra cacete. Tenho consciência de tudo isso. Mas a *Scoop* não combina com você. Você deveria estar escrevendo para uma revista de peso. *East Coast*, *Rolling Stone*. Até mesmo a *Rockit*.

Sério, você acha mesmo?

— Mas eu tenho boas notícias — prosseguiu ela. — Tem um emprego na Flórida. Para dar aulas. São só dois meses, mas acho que você seria perfeita.

Dar aulas? Na Flórida? Por dois meses? Era este o conceito de Debra de *boas notícias*?

Comecei a me levantar novamente. Senti um bolo na garganta e queria ir embora antes que as lágrimas decidissem rolar. — Obrigada por se preocupar comigo, sério mesmo. Mas não sou professora.

Virei de costas para ir embora, mas Debra levantou o dedo.

— Espere. Escute o que tenho a dizer. Um: estamos em pleno novembro, o mercado editorial fica praticamente morto do Dia de Ação de Graças até 1º de janeiro. Ninguém está contratando. Ninguém está sequer agendando entrevistas.

Infelizmente, sabia que ela estava com a razão. De todas as épocas do ano para ser demitida, aquela era a pior.

— Dois. — Ela ergueu outro dedo. — Você não vai ter nenhum gasto. O trabalho oferece hospedagem e comida. E três. Paga melhor do que a *Scoop*. Muito melhor.

Ok, aquilo não estava fazendo o menor sentido. Eu não tinha credenciais para dar aulas. E, mesmo que tivesse, professores não costumam ganhar muito. Que tipo de emprego como professora oferecia hospedagem e comida? Alguma vaga como substituta em uma escola interna de ricos? Não, muito obrigada.

Mas, pensando bem, era preciso considerar a realidade no momento em que pusesse meus pés para fora da *Scoop*: eu não podia morar com James e não queria morar com Lily. Não acharia um emprego e não tinha nenhuma economia no banco para me manter. Voltar para New Hampshire para trabalhar no jornal ecológico não me enchia muito os olhos; nem arrumar um bico na Bloomingdale's embrulhando presentes de Natal para pessoas que, ao contrário de mim, podiam comprá-los.

— Quando exatamente começa esse trabalho? — perguntei, cautelosa.

— Agora mesmo. Tem um carro preto te esperando lá embaixo.

— Agora?

— É. Para levá-la ao aeroporto, se você aceitar.

— Para ir para a Flórida — acrescentei.

— Palm Beach, para ser mais específica. De jato particular.

Jato particular? Para ser *professora*?

— Todos os detalhes vão ser explicados quando você chegar lá. — Debra estava organizando uma pilha de contatos de uma sessão de fotos recente. — E você não tem nada a perder. Se você odiar, é só pegar um avião de volta e vai estar em casa para o noticiário das dez.

— Mas eu... — Não sabia nem qual era o "mas", mas... *mas alguma coisa*. Era tudo bizarro demais.

— Às vezes, você tem que saltar no escuro, Megan — Debra disse, com delicadeza.

Um salto no escuro. Eu não sou do tipo salto no escuro. Observo meticulosamente, examino tudo — isso mesmo. Salto no escuro — não rola. Mas que outra opção eu tinha? E mesmo ela tendo acabado de me demitir, não queria deixar Debra na mão. Pode parecer estranho, mas ainda gostava dela. — Está bem. Eu vou.

Ela sorriu. — Ótimo. Então se apresse.

Levantei, me sentindo entorpecida. — Eu te agradeceria, mas não tenho certeza do que se trata.

— Você leu a *Vanity Fair* deste mês?

Fiz um gesto negativo com a cabeça. Gostava da *Vanity Fair* — estava na minha "lista das dez revistas para as quais gostaria de escrever". Mas andara muito ocupada assistindo à minha vida degringolar para prestar atenção em revistas.

— Então aproveita o voo para dar uma lida nisso aqui.

Ela apanhou uma edição da revista em sua mesa e me entregou. Não perdi meu tempo perguntando por quê. Obviamente *por que* era mais uma peça daquele quebra-cabeça surrealista. Quando a cumprimentei e saí para sempre da sua sala, me senti como Alice entrando na maldita toca do coelho.

Se um jato particular, vindo de Nova York, voa a uma velocidade de 839 quilômetros por hora, quanto tempo demora até aterrissar em Palm Beach, que fica a uma distância de dois mil quilômetros?

(a) uma hora

(b) duas horas

(c) quatro horas

(d) seis horas

(e) E daí? Há um estoque inesgotável de champanhe de graça!

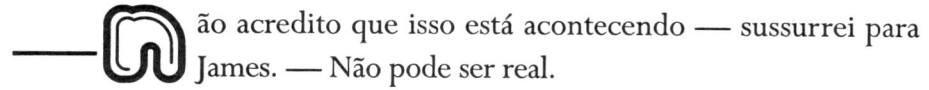

ão acredito que isso está acontecendo — sussurrei para James. — Não pode ser real.

Estávamos no banco traseiro do carro preto que me apanhara na porta do escritório. Não, espera aí, do meu antigo escritório. O motorista eslovaco tinha acabado de atravessar a ponte George Washington rumo a Nova Jersey. Não havia trânsito naquela hora do dia, já que o resto do mundo estava, bem, *no trabalho*.

James passou o braço pelas minhas costas. — Olha, a não ser que estejamos na mesma alucinação, é real, sim. Estranho, muito estranho, mas real.

Estranho era pouco. Fiquei contente por ele ter podido me acompanhar até o aeroporto. Antes de sair do meu *antigo* escritório, liguei para ele e fui atropelando as palavras, tentando explicar o que havia acontecido — explicar que iria para a Flórida, depois de passar rapidamente no apartamento dele para pegar meus achados de liquidação da Century 21 e minha escova de dentes.

— Valeu por ter vindo — agradeci outra vez. Ele inventou uma dor de dente e uma consulta de emergência no dentista só para poder me acompanhar. — Não se esqueça de babar um pouco quando voltar para o trabalho. Anestesia. — Eu estava falando sério.

— Pode deixar. — Ele apertou minha mão enquanto nos aproximávamos de uma placa onde se lia Aeroporto de Teterboro. Aeroporto de Teterboro? Pensei que estivéssemos indo para Newark, mas a julgar pelos prédios baixos e aviões a hélice estacionados por perto, eu não ia para a Flórida em um 757. — Com licença, senhor? — falei com o motorista. — Estamos no lugar certo?

— Não se preocupe. — O motorista tinha um sotaque carregado. Ele me olhou pelo retrovisor. — Sei para onde você está indo. Sua chefe, Debra Wurtzel (que ele pronunciou *Vets-el*), deu instruções ex-plí-ci-tas para Boris. Relaxe e aproveite viagem.

Aproveitar a viagem. Aquilo só podia ser piada. Como eu podia "aproveitar viagem" sem nem "conhecer destino"?

Boris pegou uma estrada de terra, mostrou sua identificação em um posto de segurança e, então — para minha surpresa —, desembocou em plena pista de decolagem. Paramos perto de um jato com 12 janelinhas e as letras LL elegantemente entrelaçadas na cauda.

— Seu avião — anunciou Boris.

— O que é LL? — perguntou James.

— Não faço a menor ideia. — Nem ameacei sair do carro.

James apertou minha mão novamente. — Vai dar tudo certo. Talvez você até tenha tempo para escrever um pouco. E nos vemos daqui a dez dias, no Dia de Ação de Graças.

O que me fez finalmente sair do carro foi lembrar algo que Debra havia me dito — que se eu não gostasse do que me esperava na Flórida, eu podia pegar o mesmo avião e voltar para casa. Então tá.

Agradeci a Boris. Depois, de mãos dadas, eu e James atravessamos a pista até o jato Gulfstream. Uma aeromoça me esperava ao pé da escada. Usava um terninho preto impecável, acinturado, tipo o que as atrizes usavam na década de 1940.

— Senhorita Smith? — ela perguntou, sorridente.

Meu estômago revirava. — Oi.

— Meu nome é Adrienne, sou a comissária. — Detectei um levíssimo sotaque sulista. — A senhorita vai embarcar sozinha, certo?

— A não ser que eu possa sequestrar meu namorado. — Olhei esperançosa para James.

— Trouxe bagagem? — perguntou Adrienne.

— Só isso. — Levantei minha detonada mochila azul-marinho JanSport. — Mas posso carregar...

— Não se preocupe. — Adrienne pegou minha mochila. — Nos vemos a bordo. Decolamos assim que a senhorita estiver pronta. Posso preparar alguma coisa para beber?

Abri a boca, mas não emiti nenhum som.

— Pode decidir a bordo. — Ela sorriu e subiu as escadas, entrando no jatinho.

Eu e James ficamos a sós, em um cenário muito *Casablanca*, exceto por estarmos em Nova Jersey.

— Ligo quando chegar lá. Seja onde *lá* for. E caso eu não volte hoje à noite... — Encostei meu corpo no dele e dei o que esperava ser um beijo inesquecível. E, caprichando na minha imitação de Humphrey Bogart, arrematei: — Nós sempre teremos Teterboro.

* * *

Quarenta minutos, 480 quilômetros e nove mil metros de altitude depois, o jato sobrevoava a Virginia. Tínhamos enfrentado uma boa dose de turbulência, de modo que fiquei presa no meu assento de couro branco, onde bebericava uma garrafa de água FIJI. Finalmente, então, a coisa se estabilizou.

Adrienne se aproximou. — Fique à vontade para dar uma voltinha. O comandante disse que não tem problema. Posso preparar seu almoço?

— Ah, não precisa, estou bem — garanti. — Obrigada mesmo assim.

— Uma refeiçãozinha leve, então — disse ela, piscando para mim.

Enquanto ela se afastava em direção à cozinha de bordo, desengatei o cinto de segurança e fui dar uma volta, já que estivera nervosa demais antes da decolagem para fazer algo além de me aconchegar no primeiro assento que vi, logo atrás da cabine do piloto. Não que andar de avião fosse novidade para mim — uma vez uma turbulência me fez parar na primeira classe. Mas uma boa olhada no interior do Gulfstream foi suficiente para concluir que pessoas que têm jatinhos particulares não são gente como a gente.

Logo atrás de mim, havia um semicírculo de assentos de couro branco, diante de uma tevê 72 polegadas de plasma de alta definição e um aparelho de som dos mais modernos. Cada assento tinha a sua própria mesinha rosa de mármore, com seus próprios compartimentos para copos e pratos. Mais adiante, havia um pequeno cômodo com uma cama queen-size arrumada com lençóis cor-de-rosa. E o banheiro.

Não sei quanto a você, mas sempre achei banheiros de avião verdadeiros pesadelos. Logo no início do voo, têm aquele cheiro de desinfetante capaz de matar todos os germes conhecidos na humanidade. Depois, o cheiro passa a ser outro igualmente violento. Mas aquele banheiro não. As paredes eram de mármore branco, com acabamento em verde. Havia um boxe de vidro com um chuveiro dourado. Uma cadeira giratória de velu-do verde diante de uma penteadeira de mármore branco repleta de cosméticos para o cabelo e para a pele. Uma pilha de macias toalhas brancas repousava em uma prateleira. Deslizei o dedo pelas já familiares iniciais bordadas: LL.

Quando voltei ao meu assento, o comandante estava parado na porta de sua cabine.

— Olá, senhorita Smith. Bem-vinda a bordo. Não se preocupe, acionei o piloto automático.

— Muito prazer — cumprimentei, embora a coisa do piloto automático não me tranquilizasse muito. Quando se está a milhares de quilômetros de altura, gosto de saber que existe uma pessoa de carne e osso controlando tudo.

Embora não tenha tido coragem de dizer isso, reuni a que tinha para fazer uma pergunta.

— O senhor poderia me dizer de quem é este jato?

— Laurel Limoges, ora.

Ah. Ora, ora. Aquilo respondia a todas as minhas dúvidas. E por todas, quero dizer nenhuma. Quem diabos era Laurel Limoges?

— Enfim — prosseguiu o capitão —, gostaria de pedir desculpas pela turbulência. Mas a viagem vai ser tranquila até Palm Beach. — Ele conferiu as horas em seu relógio de pulso. — Devemos aterrissar às quatro da tarde. Se você precisar de alguma coisa, é só falar com Adrienne.

Ele voltou para a sua cabine — ufa —, e eu voltei para o meu assento, a tempo de encontrar Adrienne preparando um lugar para mim na área da televisão. Havia um jogo americano de linho, com guardanapos de linho também, ambos com o maldito monograma LL, talheres de prata, uma taça de cristal e um copo de água.

— Pronta para o almoço, srta. Smith? — Minha *refeiçãozinha leve* consistia em uma salada de pera, endívias e gorgonzola, uma baguete quentinha, vinho tinto e água mineral com gás.

Eu não comia nada desde o donut de geleia com Lily e aquilo parecia o máximo. — Obrigada. De verdade mesmo — agradeci, me acomodando.

— Se precisar de mais alguma coisa, é só me chamar.

— Minha mochila, tem como eu pegar?

— É para já — disse Adrienne, com uma subserviência que beirava o modelo *Stepford Wives*.

Tirei um naco do pão, besuntei com uma generosa quantidade de manteiga e enfiei na boca. Festa bombando em minhas papilas gustativas.

— Aqui está, srta. Smith. — Adrienne apoiou minha mochila no assento vago à minha esquerda. — Mais alguma coisa?

Tomei um gole da minha água com gás. — Não, obrigada. Está tudo maravilhoso.

— Depois da refeição, se você quiser que eu lave sua blusa, é só avisar. Tem uma... — Ela fez um gesto em direção à mancha de geleia, da qual eu havia esquecido completamente. — Leva apenas 45 minutos. Tem um robe pendurado atrás da porta do banheiro, se você quiser.

Ok. Agora eu estava realmente impressionada.

Comi metade da salada e depois catei a *Vanity Fair* na mochila. Havia um artigo do Dominick Dunne sobre um assassinato em Nashville e a condenação do marido dez anos depois. Uma matéria sobre os antigos integrantes do Talking Heads. Ambos interessantes, mas aparentemente irrelevantes para mim e para a Flórida ou, melhor, sobre o motivo de eu estar indo para a Flórida.

Foi então que virei mais uma página e me deparei com uma fotografia imensa de duas adolescentes lindas de morrer, vestidas dos pés à cabeça dentro de uma piscina. A legenda dizia apenas que eram Sage e Rose Baker, de Palm Beach, Flórida.

AS FABULOSAS GÊMEAS BAKER
Por Jesse Kornbluth

Paris? Quem é Paris?

Se você ainda está bisbilhotando suas indiscrições sexuais ou garantindo seu estoque de fofocas em fotografias de tabloides da amiga que fica de mal, fica de bem e usa a anorexia como um acessório de alta-costura, sinto lhe dizer, você está por fora. Bem-vindo ao novo milênio das celebridades *hypadas*: Sage e Rose Baker, as Fabulosas Gêmeas Baker de Palm Beach.

Sage e Rose Baker são infinitamente mais bonitas do que as sedutoras dos tabloides que as precederam e, se a fortuna de 84 milhões de dólares que em breve será delas puder comprar, serão muito, mas *muito mais* bem-sucedidas. Detalhe: elas têm apenas 17 anos.

São ruivas praticamente idênticas — Sage é seis minutos mais velha. Rose gosta de se bronzear, mas Sage mantém sua pele tão branca que é quase opalescente. Ambas são de tirar o fôlego, com maçãs do rosto esculpidas, discreta covinha no queixo, enormes olhos verde-esmeralda e lábios carnudos. Elas resgatam uma beleza à la Jean Shrimpton, embora me olhem como se eu estivesse falando grego quando menciono a semelhança. Obviamente, a noção das duas de ícones de beleza não vai muito além de Christina Aguilera.

As Fabulosas Gêmeas Baker são netas de Laurel Limoges, fundadora e CEO da Angel Cosmetics.

Laurel Limoges. Foi o nome que o comandante...
Peraí, aquele era o jatinho *dela*?
Bingo. Era aquilo que Debra queria que eu lesse. Recompensei minhas sinapses cerebrais com um longo gole do melhor burgundy que já havia experimentado na vida e continuei lendo.

Elas perderam seus pais num acidente com um avião particular há nove anos, quando estavam na segunda série. Beleza + juventude + dinheiro + pedigree + tragédia + cobiça desenfreada não apenas pela fama é igual a...? Muitos já foram laureados na cultura pop com bem menos do que essas credenciais.

Desde a morte dos pais, as gêmeas moram com a avó, em sua enorme propriedade em Palm Beach, na Flórida, chamada Les Anges. Elas dividem sua própria mansão de estuque rosa de 2.500 metros. Palm

Beach, logo abaixo de Júpiter e acima de Boynton Beach, é uma faixa de 26 quilômetros de ilha subtropical separada do continente por Lake Worth. A fortuna de seus dez mil habitantes é superior aos de Beverly Hills, Bel Air, Santa Barbara e dos Emirados Árabes reunidos. As propriedades locais estão entre as mais suntuosas do mundo.

J. Paul Getty, certa vez, fez o incisivo comentário: "Se você pode contar seu dinheiro, então não é rico de verdade." De acordo com este padrão, quando as gêmeas colocarem as mãozinhas em seu fundo fiduciário ao completar 18 anos — menos de dois meses após esta edição da *Vanity Fair* ser lançada —, elas vão ser realmente ricas.

Como o resto da realeza de Palm Beach, elas estudam no Palm Beach Country Day. Ambas são francas quando o assunto é a aversão e tédio perante todas as coisas acadêmicas. Quando pressionada, Rose murmura que "gosta um pouco de música"; Sage pisca seus cílios escurecidos e diz: "A escola é repunginante [*sic*]." Eu não a corrijo.

Tirando o apreço pela língua de Shakespeare, do que as gêmeas gostam? Rose dá de ombros e olha para a irmã em busca de uma resposta — algo frequente, ao que parece. Sage afasta seus cachos avermelhados do rosto perfeitamente maquiado. "Fazer compras, andar de parasail, dirigir em alta velocidade, surfar e sexo, não necessariamente nesta ordem e, às vezes, tudo ao mesmo tempo." Ela se inclina para a frente, tentando conferir o que estou anotando no meu caderno. "Eu amo sexo. Pode escrever isso aí."

O cabeleireiro despenteia Sage em um caos de cachos flamejantes. As madeixas de Rose são escovadas para trás da orelha. A maquiadora se aproxima com pó solto e um pincel, mas Sage a repele, reclamando do calor e da espera. "Por que a sessão de fotos não começa logo, porra?" Uma formiguinha operária explica que há um problema com a luz e oferece uma taça gelada de Cristal e suco de melão, sua bebida favorita atualmente.

Mas Sage não fica mais calma; logo deixa claro que já aturou o suficiente. Ela se levanta, desliza as mãos delgadas para dentro do corpete do seu vestido caríssimo e o rasga até o umbigo. O tempo para. Até sua irmã parece prender a respiração.

Sage abre um sorriso, visivelmente satisfeita por ter capturado todos os olhares. Caminha cinco passos até a piscina de água salgada e mergulha. O penteado e a maquiagem são arruinados na hora. Enquanto boia de costas na água, seus seios pontudos ficam visíveis sob o rasgo do vestido encharcado. Ela faz um sinal com o dedo chamando sua irmã.

Rose hesita, mas por pouco tempo. Logo em seguida, mergulha na piscina também.

— Fotografa isso! — ordena Sage às gargalhadas, mostrando o dedo para o fotógrafo.

Para as Fabulosas Gêmeas Baker ser fabulosa significa jamais se arrepender de seus atos.

Talvez elas não estivessem arrependidas, mas, subitamente, eu estava. Meu Deus. Eu não fazia ideia do que estava à minha espera.

Os ricos e famosos, tendo sofrido quando crianças, merecem todo o privilégio e o prestígio que a sociedade lhes proporciona. Eles devem poder fazer o que bem entendem, quando bem entendem, sem que haja consequências. Afinal de contas, eles merecem.

Discuta o quão razoável lhe parece esse argumento. Escreva sua resposta no caderno "Escrita Analítica: Argumento".

egan Smith?

A voz me surpreendeu contemplando a magnífica vista do Atlântico pela janela panorâmica do escritório de Laurel Limoges, em Les Anges. A propriedade não ficava devendo em nada à descrição feita pela *Vanity Fair*. Pingos grossos de chuva caíam sobre a interminável superfície da piscina lá fora. Não era fácil distinguir onde terminava a piscina e começava o mar.

Virei para trás e me vi cara a cara com uma mulher mais velha, que se apresentou: — Laurel Limoges.

— Muito prazer. — Falei por pura etiqueta, já que não fazia a menor ideia se conhecê-la seria mesmo um prazer ou se dali a 15 minutos eu estaria pedindo ao motorista que me levasse até o aeroporto de Palm Beach.

Enquanto nos cumprimentávamos com um aperto de mão, fiquei pasma com sua beleza. Qualquer um ficaria. Sua pele de alabastro era firme e impecável, esticada sobre maçãs do rosto bem desenhadas. Vestia um paletó cinza sob medida e uma saia reta na altura dos joelhos. Seus sapatos cinza-perolado deixavam os dedinhos de fora e combinavam com os botões do paletó. Ela usava uma pulseira de prata no pulso esquerdo, mas nenhum anel nos dedos.

— Por favor. — Ela fez um gesto em direção a uma poltrona emoldurada em mogno entalhado e acomodou-se à minha frente em uma cadeira com estampa de cashmere. — Você fez boa viagem? Não ficou muito... como se diz... ensopada? — Laurel tinha um discreto sotaque francês.

— O seu motorista tinha um *parapluie très bon et très grand*. — Tradução: um guarda-chuva bom e grande. Obrigada, quatro anos de francês em Yale.

O céu veio abaixo assim que o Gulfstream aterrissou em Palm Beach. Durante o trajeto de limusine do aeroporto até a casa, mal consegui enxergar a paisagem do lado de fora da janela. Liguei a minitevê da limusine e assisti à previsão do tempo de Miami alertando os moradores de Palm Beach sobre a possibilidade de uma chuva de granizo. Tarde demais: as pedras já se chocavam contra o teto do carro.

Quando o carro parou em uma entrada circular de cascalho, diante de uma imensa mansão cor de algodão-doce, a chuva de granizo já havia diminuído bastante. A porta do carro se abriu e um sujeito careca e cadavérico, usando um terno preto, me protegeu com um guarda-chuva enquanto eu saía do carro, sentindo o ar carregado e cheirando a terra

— Senhorita Smith? Acompanhe-me, por favor.

Ele me conduziu por uma porta enorme de mogno até um vestíbulo maior do que meu apartamento inteiro. O piso era de ladrilho branco, havia um trabalho em madeira finamente entalhada e um pedestal redondo de mármore no centro. Sobre o pedestal, repousava um vaso branco de ônix com uns 90 centímetros de altura e dúzias de imensas aves-do-paraíso laranja e violeta.

— Bem-vinda a Les Anges, senhorita Smith. Sou o sr. Anderson, o mordomo — disse ele, tocando o fone de ouvido à la serviço secreto em sua orelha esquerda. — A sua mochila, por favor.

O mordomo — que eu imediatamente apelidara de Esqueleto — pegou minha mochila e apertou um botão de metal embutido. Uma porta de elevador bem disfarçada se abriu.

— Vá até o segundo andar — instruiu Esqueleto. — É o escritório de Madame Limoges. Espere por ela lá.

— Está bem, obrigada. — Entrei no elevador.

— E srta. Smith? Madame não gosta que mexam nas coisas dela.

A porta do elevador já estava se fechando e a última coisa que pude ver foi Esqueleto segurando minha mochila com a pontinha dos dedos, como se fosse um animal morto em putrefação.

E lá estava eu, cara a cara com a dona de toda aquela riqueza e poder. Não era preciso ser graduada em Yale para adivinhar que ela me fizera viajar 1.800 quilômetros para me oferecer algum trabalho relacionado às suas netas, as Fabulosas Gêmeas Baker. Mas como, onde e por quê — e, acima de tudo, *quanto* — permanecia um mistério.

— Fiz uma ótima viagem — respondi. — Correu tudo bem. O seu jato é muito legal.

Seu jato é muito legal? Eu parecia uma retardada.

— Obrigada. Você aceita um chá ou alguma outra coisa para beber? — Laurel fez sinal para um aparelho de chá em prata no canto do escritório. Achei que fosse meramente decorativo.

— Não, obrigada. Mas gostaria de saber mais sobre o emprego. Se a senhora não se importar.

— Ah. Normalmente é o empregador quem faz as perguntas em uma entrevista, não é?

— É, normalmente, sim — concordei, sentindo-me corajosa após a garrafa de vinho tinto no jatinho. — Mas hoje nada foi normal.

Ela riu e eu gostei dela por isso. — Para falar a verdade, tenho pouco a perguntar, srta. Smith.

— Por favor, me chame de Megan. — Encostei na cadeira, tentando parecer à vontade.

— Está bem. Megan. Debra Wurtzel é uma amiga muito querida. Nos conhecemos há muitos anos. Conversamos bastante sobre você. Ela a recomendou com muita ênfase. Você leu a matéria na *Vanity Fair* com as minhas netas, não leu?

— Li, no avião. Elas são lindas. — Olhei para dezenas de fotografias emolduradas nas prateleiras atrás dela. Havia fotos de Laurel com chefes de estado e estrelas de Hollywood, mas nenhuma com as netas.

Num gesto tipicamente francês, ela sacudiu os ombros e alisou uma prega invisível em sua saia. — Uma dádiva da genética. O que você sabe a meu respeito, Megan?

— Sinceramente? Só o que li hoje à tarde — respondi, controlando minha vontade de roer as unhas.

— Muita gente já escreveu sobre mim. Fulano, beltrano, sicrano. Ninguém acertou até hoje.

Mordi meu lábio para segurar o riso diante do Beltrano-Sicrano.

— Comecei sem nada, Megan. Gosto de dar duro no trabalho e gosto dessa característica nos outros também. Tudo que tenho hoje conquistei por conta própria. — Ela entrelaçou os dedos. — Tive êxito em várias coisas. Tudo que é feito merece ser benfeito, você não acha?

Assenti com a cabeça. Eu realmente concordava. E, mesmo que não concordasse, ia dizer o quê?

— Mas há uma coisa muito importante na qual fracassei. A educação das minhas netas.

Por um breve momento, julguei detectar um lampejo de mágoa genuína em seus olhos. Mas ele logo desapareceu.

— Acho que, ao longo dos anos, não quis enxergar a realidade — prosseguiu ela. — Mas agora o mundo inteiro sabe que minhas netas não usam o cérebro para nada mais complexo do que escolher a cor do esmalte. E a culpa é minha.

Seus olhos se perderam contemplando o mar e, novamente, vi um lampejo de tristeza em seus límpidos olhos cinzentos. — Gostaria de mudar isso e já vou oferecer a motivação. Infelizmente, eu mesma não posso ajudá-las a colocar a cabeça no lugar. Sobretudo por viajar muito a trabalho. Você raramente vai me ver aqui em Les Anges. É por isso que a pessoa para ajudá-las, querida, terá que ser você.

Então ela queria que eu ajudasse suas netas. Mas por quê? As gêmeas estavam prestes a colocar a mão em uma bolada de dinheiro. Talvez não fossem lá muito inteligentes, mas eram podres de rica. Eu havia conhecido muitos herdeiros em Yale para saber que ser podre de rico pode levar as pessoas longe, mesmo sem um QI funcional.

Laurel esperou o meu olhar encontrar o dela. — Você está se perguntando por que isso é tão importante para mim, não é?

— Estou — confessei.

— Megan, os falecidos pais das gêmeas estudaram na Universidade Duke, na Carolina do Norte — explicou Laurel. — Assim como meu falecido marido. Sempre nutri a esperança de que as meninas também fossem estudar lá. Na Duke.

Eu conhecia a Duke. Não era Yale, mas era uma universidade muito boa e muito difícil de entrar. Mas as gêmeas eram moeda, moeda esta que a avó poderia usar para doar um ou dez prédios para a universidade. As regras que valiam para os meros mortais — média de notas, teste de conhecimento, excelente redação — simplesmente não valiam nada diante de uma moeda assim.

Foi o que eu disse a Laurel, ainda que de maneira mais diplomática.

— Em circunstâncias normais, você pode ter razão — concordou Laurel. — Mas recebi uma ligação de Aaron Reynolds ontem. Ele é o reitor da Duke. Eu o conheço há muitos anos, o meu falecido marido e eu doamos o centro de artes cênicas.

Viu só?

Laurel continuou: — Ele me informou que, depois da *Vanity Fair*, ele não poderia aceitar as meninas. Haveria o que ele chamou de "um protesto dos alunos". — Ela levantou as mãos, num gesto de impotência diante da situação. — Sage e Rose vão ter que *conquistar* um lugar na próxima turma de calouros, como qualquer outro interessado. Ou, no mínimo, demonstrar que têm capacidade para tal. Acho que ele não vai se incomodar em fazer vista grossa para algumas de suas imprudências se elas conseguirem satisfazer alguns padrões específicos.

Pelo que havia lido, as chances de aquelas duas conseguirem uma vaga legítima na Duke eram tão prováveis quanto a Gap me usar no lugar da minha irmã nos anúncios da nova coleção.

— Como estão as notas delas na escola? — perguntei, tentando manter uma expressão séria no rosto.

— Péssimas. — Laurel franziu a testa. — Aí é que está, Megan. Eu sei uma coisa sobre minhas netas que ninguém sabe. Elas *não são* burras. Nem você, é claro.

Não encontrei nada para dizer.

— Yale é uma excelente universidade, não é? Mas incrivelmente cara. Debra me disse que você contraiu dívidas altíssimas para estudar lá. Quanto você está devendo em empréstimos estudantis?

— Setenta e cinco mil dólares — respondi, ainda que fosse claro que ela já sabia. Lembro de ter mencionado a exata quantia na primeira entrevista com minha ex-chefe.

— Setenta e cinco mil dólares. — Ela exalou um suspiro. — Como é caro cursar uma boa universidade no nosso país. Completamente diferente da França.

Caro para alguém como eu, tive vontade de dizer. *Não para alguém como você*.

Mas ela já havia apertado um botão em uma discreta caixa na mesa de centro. — Por favor, peça às meninas que subam.

— Imediatamente, madame — respondeu quase sem intervalo a voz pelo interfone. Como era possível? Foi então que me lembrei do fone de ouvido de Esqueleto.

— Gostaria de especificar o resto do combinado na presença das meninas — explicou Laurel.

Antes que eu pudesse protestar e esclarecer que não havia nada combinado ainda, a porta do elevador se abriu e as duas adolescentes que eu vira na *Vanity Fair* entraram na sala. As duas usavam calça jeans e sapatos muito altos. Uma delas estava com uma camisa branca de seda. Sua pele era de uma brancura invejável. Seu cabelo ruivo descia em cachos soltos até a cintura — deve ser Sage. A outra, Rose, tinha um belo bronzeado dourado, com sardas no nariz e nos braços. Seu cabelo vermelho com mechas descia liso e pesado pelas costas.

Acho que já contei como minha irmã é linda sem fazer nenhum esforço, não contei? Bem, perto daquelas duas, Lily não passava de bonitinha e olhe lá. Se a teoria da curva em sino pudesse ser aplicada à boa aparência, em algum lugar no planeta duas garotas monstruosas deviam estar pagando o preço para que as gêmeas pudessem ser tão deslumbrantes. Devo dizer que a minha reação perante toda aquela beleza explícita foi bastante tranquila: não fui com a cara delas imediatamente.

Laurel ficou de pé e segui a deixa. As meninas pararam à nossa frente, altíssimas. Sage, a mais branca, afastou os cachos do rosto com o que me pareceu um gesto calculado. — Você mandou nos chamar? — perguntou a Laurel, em um tom de voz incrivelmente entediado.

— Mandei. Quero apresentar uma pessoa a vocês. Esta é Megan Smith. Megan, minhas netas, Sage e Rose.

Sage olhou para mim de relance. — *E?*

— Ela vai ser a professora particular de vocês nos próximos dois meses.

As gêmeas se entreolharam e então Sage apoiou uma das mãos em um saliente osso de quadril. — Não, obrigada. — Ela deu as costas e foi embora, puxando a irmã pelo braço.

— Obrigada — agradeceu Rose, olhando para trás.

Eu poderia retrucar: *Não, obrigada digo eu.*

Laurel captou minha hesitação.

— Megan, gostaria que você escutasse o que tenho a dizer. Meninas, voltem aqui. Vou fazer uma proposta irrecusável para as três.

Qualquer sacrifício — até mesmo dos valores e crenças de uma pessoa — é justificável quando resulta em independência financeira.

Descreva sua perspectiva sobre a declaração acima, dando exemplos relevantes para embasar seu ponto de vista.

sete

A ssim que as gêmeas se sentaram no outro sofá de mogno, Laurel explicou o problema da universidade.

Sage afastou o cabelo do rosto. Outra vez. — Tá. E essa daí vai nos ajudar a entrar. É isso?

— Megan. O nome dela é Megan — repetiu Laurel. — Se ela aceitar o trabalho, vai supervisionar vocês em duas áreas: os estudos no Palm Beach Country Day e o exame de admissão do dia 15 de janeiro.

Sage girou os olhos. — Você só pode estar brincando.

Mais uma vez detectei um lampejo de tristeza nos olhos de Laurel, mas as meninas continuaram impassíveis. Ou não perceberam, ou estavam pouco se lixando.

— Não estou brincando. Na verdade, achei que depois daquela matéria na revista, vocês seriam as primeiras a querer provar ao mundo, e talvez até a si mesmas, que não são duas *imbecis*.

Notei que o pé direito de Rose se agitava freneticamente, calçado em uma sandália rosa de camurça. A irmã estendera os braços nas costas do sofá. A verdadeira imagem da despreocupação.

— E qual o problema? — perguntou Sage, visivelmente desinteressada. — Já somos ricas e praticamente famosas. Vamos, Rose. — Ela se levantou. — Já deu, né?

Laurel deu de ombros. — Pode ir, se quiser. Mas entenda uma coisa, Sage: vocês não são ricas.

Sage suspirou, desgastada. — Ainda. Não somos ricas *ainda*. Mas vamos ser mês que vem, quando fizermos 18 anos. Ricas tipo 84 milhões de dólares. É o que está escrito no fundo fiduciário.

— Não, é o que *estava* escrito no fundo fiduciário — corrigiu Laurel. — Ele foi revisado esta manhã.

O rosto pálido de Sage perdeu qualquer vestígio de cor que ainda tinha. Observei seu reflexo no jogo de chá de prata. — Como assim? — perguntou, quando conseguiu articular alguma palavra.

Laurel pigarreou. — Se você e sua irmã conquistarem uma vaga na próxima turma em Duke... e o reitor da universidade já me informou a pontuação e a média necessárias... receberão o fundo assim que a universidade declarar que foram aceitas. Se uma das duas não conseguir, as duas ficam sem o dinheiro. Vocês vão ter que se virar por conta própria, então.

— Você não seria capaz de fazer uma coisa dessas — desafiou Sage.

— Já está feita — respondeu Laurel, e julguei ver um brilho de satisfação em seu olhar. Ela encostou a mão em um dos seus imensos brincos de diamantes.

— Mas isso... é tão cruel! — Rose parecia uma menininha que tinha acabado de ver seu castelinho de areia ser destruído por um valentão.

— É para o seu próprio bem, Rose. — O tom de Laurel voltou a ser amoroso. — E estou lhes dando todas as ferramentas que precisam para conseguir. Sugiro que você e sua irmã façam bom uso delas.

Esperei Sage contra-atacar, mas ela ficou quieta. A expressão em seu rosto, no entanto, dizia muitas coisas, todas pontuadas por palavrões.

Laurel virou-se para mim. — Megan, você foi muito paciente. Deixe-me explicar melhor a sua função. Você deverá ficar conosco até o exame de admissão, em janeiro. Serão oito semanas. Você receberá 1.500 dólares por semana, a serem depositados numa conta corrente que foi aberta em seu nome. Vai ter seu próprio quarto na mansão das gêmeas, com todas as refeições incluídas, e poderá usar o carro que escolher. Temos mais de dez na garagem.

Fiz um rápido cálculo mental. Mil e quinhentos vezes oito dava 12 mil dólares. Com zero de despesas. Eu ia voltar para Nova York em janeiro, no auge da temporada de contratação das revistas top de linha com um bom pé de meia. E tudo que precisava fazer era morar naquele esplendor confortável, aturar as gêmeas por dois meses e tentar ensiná-las a soletrar seus próprios nomes?

— Puta que pariu, é inacreditável — resmungou Sage, lembrando-me de como seria de fato ter que aturar as duas, mesmo que só por dois meses. Não assim tão fácil, afinal.

— Megan, quando conversávamos antes, você me disse que contraiu uma dívida substancial — disse Laurel.

— É verdade — reconheci.

Laurel assentiu com a cabeça. — Como você já deve ter percebido, gosto de recompensar de acordo com o desempenho.

— Sim, e sua oferta é muito generosa...

— Puxa-saco — interrompeu Sage. — E que roupa é essa, por sinal? — perguntou ela, do nada. Rose deu um risinho.

Virei para Laurel, com um sorriso firme. — Mas creio que suas netas não estão muito receptivas à ideia, então, infelizmente...

— Se minhas netas forem aceitas na Duke — interrompeu Laurel —, você receberá um bônus para quitar sua dívida. Na íntegra.

Puta.

Que.

Pariu.

— Então. Infelizmente... o quê? — perguntou Laurel, repousando as mãos no colo.

— Eu... eu... — gaguejei. Então olhei para as gêmeas, que pareciam tão chocadas quanto eu com a proposta.

— Você está *chantageando* alguém para ser nossa professora? — perguntou Rose.

— Estou pagando. É diferente — corrigiu Laurel. — O que me diz, Megan?

Minha primeira vontade foi de sair dançando pela sala — eu tirara uma excelente nota no meu exame de admissão e me formei com distinção acadêmica *magna cum laude* —, mas logo caí na real. O que estava em jogo ali não eram as *minhas* aptidões acadêmicas, e sim as das gêmeas. Estudar não é algo que se aprenda da noite para o dia. Será que eu conseguiria de fato pegar aquelas duas pirralhas mimadas, que até então só eram formadas em tédio e festinhas, e transformá-las em universitárias? Era como pedir a um homem das cavernas, cujo conceito de sedução incluía uma clava, para descobrir os méritos de um jantar, um cinema, uma massagem aromaterapêutica. Mas, ainda assim, a recompensa que Laurel me oferecera, junto com a punição bem merecida que estalara como uma palmada na calcinha italiana das gêmeas, era um grande incentivo. Não era de se admirar que a Angel Cosmetics fosse tão bem-sucedida.

— Então, você está de acordo? — perguntou Laurel, me olhando nos olhos.

Tomei uma decisão rápida, altamente influenciada pelas cifras reais e imaginárias. — Está bem. É um sim. Eu topo.

Laurel sorriu. Pareceu até mesmo aliviada. — Ótimo. Viajo amanhã cedo para Paris, a negócios, mas vou manter contato, para saber como andam as coisas por aqui. — Ela se levantou, elegante. — Megan, uma livraria em Miami mandou tudo que você vai precisar: todo o material didático para o exame de admissão, SparkNotes, Cliff's Notes. Se estiver faltando alguma coisa, peça ao sr. Anderson. Por que vocês três não tentam se conhecer melhor e começam logo a estudar? Com licença.

Ela atravessou a sala e chamou o elevador. Alguns instantes depois, fiquei sozinha com as gêmeas. Sage me encarava friamente.

— Olha só, Molly, Mandy, sei lá quem...

— Megan.

— Tanto faz. — Sage ajeitou o cabelo. De novo e de novo. — Você sabe que não vamos estudar, não sabe?

— Bem, o que eu sei é que acabei de aceitar um emprego. — Ensaiei uma risada.

— Tá, só que tem um probleminha, Frizzy. Você não se incomoda da gente te chamar de Frizzy, né? É que descreve o seu cabelo tão bem.

— Prefiro Megan — respondi, sentindo uma sede abissal e mais em pânico do que de costume.

— Hum-hum. Então, Frizzy. — Sage repetiu mais uma vez a jogada de cabelo para trás. — Meu *vômito* é mais bonito do que essa roupa que você está usando.

Rose deixou escapar um risinho. Sage se virou para a irmã. — Rosie, sabe quem Frizzy me lembra?

— Quem, Sagie?

Senti que estava prestes a ser tema de uma piada estilo "o que é, o que é" particularmente cruel.

Sage olhou para mim. — Na verdade, nem é uma pessoa, é uma coisa: bunda de babuíno. Vermelha e gorda.

Eu estava certa. Só que não foi uma piada "o que é, o que é" e não fazia muito sentido. Mesmo assim, senti minhas bochechas ficando vermelho-bunda-de-babuíno na hora. *Mil e quinhentos dólares por semana*, pensei. *Mil e quinhentos dólares por semana.*

— Só por curiosidade, Sage — disse. — Você sente prazer insultando alguém que acabou de conhecer?

Sage colocou um dos seus dedos finos nos lábios, como se estivesse se concentrando antes de responder, e depois se levantou. — Para falar a verdade, sinto, sim. Quando é alguém como você. — Ela fez sinal para que a irmã a seguisse. — Não precisamos da nossa avó e definitivamente não precisamos de você, Frizzy. Então, sugiro que volte para o buraco de onde saiu.

Ela partiu em direção ao elevador, com Rose em seu encalço ruivo. Fiquei lá, sentada, as sobrancelhas levantadas em choque, até a porta do elevador se fechar.

Escorreguei pelo sofá e fitei a cúpula do teto. Depois, deixei escapar um dramático suspiro e me levantei às duras penas.

Lá fora, o tempo estava abrindo. O sol, prestes a se pôr, cintilava sobre a água. Fiquei contemplando a paisagem, enquanto repassava mentalmente meu diálogo com as gêmeas. Elas eram terríveis. Cruéis. Presunçosas e malvadas.

Mas a avó talvez tivesse razão. *Talvez* elas fossem tudo, menos burras.

Escolha a melhor definição para a seguinte palavra:

HERDEIRA

(a) mulher que vai herdar milhões sem ter trabalhado um dia na vida

(b) 50% de perfeição física, 50% de crueldade emocional

(c) pessoa vazia, desprovida de bom-senso e, aparentemente, de alma também

(d) vadia metida, cheia de frescura

(e) todas as respostas acima

 nde você está? Palm Springs? — perguntou Charma. — Na Califórnia?

— Palm Beach, na Flórida.

— Nunca estive aí.

— Nem eu, mas, ao que tudo indica, é onde todas as pessoas bonitas do mundo se reúnem e conversam sobre sua aparência privilegiada. — E me reclinei no divã de veludo branco com bolinhas magenta, no gabinete do meu quarto na mansão das gêmeas. Era anos-luz superior ao futon-encontrado-na-rua que servia como sofá-cama no meu antigo apartamento.

Meia hora antes, o nada simpático sr. Anderson me conduziu em silêncio, por um caminho de cascalho branco, pela noite úmida e quente, da mansão principal até a mansão menor das meninas. Altas sebes em estilo francês ladeavam o caminho, impedindo que eu visse o resto da propriedade. Quando chegamos diante da mansão das gêmeas, reconheci na hora. A construção, em um tom de rosa mais claro do que o da mansão de Laurel, era uma réplica perfeita de Tara, a lendária propriedade de *E o vento levou*, em todos os detalhes, incluindo as colunas. A única diferença era a cor.

— Addison Mizner — disse Esqueleto.

— Hein?

— O arquiteto — esclareceu ele, sem me esclarecer absolutamente nada. Ele abriu a porta e me guiou por um vestíbulo um pouco menos suntuoso que o de Laurel até uma gigantesca escada em caracol. No segundo andar, havia dois corredores conduzindo a direções opostas. — As gêmeas — disse, olhando de soslaio para a esquerda. — Você — prosseguiu ele, olhando para a direita.

Caminhamos pelo corredor até uma imensa porta branca. — Seus aposentos. Boa-noite.

Ele voltou por onde veio e eu abri a porta do que seria meu lar por aquela noite — ou talvez por mais tempo, caso eu tivesse estômago para ficar cara a cara com as gêmeas novamente. O papel de parede era rosa e branco, bem discreto, e havia um divã de veludo estrategicamente abaixo de uma janela panorâmica, com vista para o Atlântico. Estava muito escuro para ver o mar, mas algumas faíscas de luz cintilavam a distância. Havia uma cômoda antiga, também branca, onde eu poderia colocar meu iBook, uma cadeira alta de couro rosa e várias banquetas. Em uma das paredes, havia o que supus ser uma televisão tela plana de 60 polegadas. Um arco dividia o ambiente, descortinando um quarto gigantesco, onde havia uma cama king-size com dossel e um closet que — assim como o vestíbulo de

Les Anges — era praticamente do tamanho do meu apartamento no East Village.

Uma vez aconchegada, liguei para James, mas caiu na caixa postal. Minha segunda ligação foi para Charma, que recebeu a notícia da minha improvisada mudança para a Flórida com sua habitual impassividade. Tentei descrever Sage e Rose, sugerindo que ela imaginasse a maior piranha da época do colégio, multiplicasse por um milhão e dividisse em duas. *Isso* eram as gêmeas Baker.

Contei que tinha detestado as meninas. E quanto receberia por semana.

— Contrata uma *dominatrix* cubana em Miami, para amarrar as duas na cama se for necessário, Megan — disse Charma, com sua voz molenga, enquanto eu abria o frigobar do closet. Estava vazio, mas havia um bilhete lá dentro: *Chame Marco para provisões*. Quem diabos era Marco? — Fique aí e vê se traz uma lembrancinha pra titia — disse ela, com voz grave.

— É sério, Charma. Não faço ideia de como vou...

Parei no meio da frase. Alguém estava batendo à minha porta? Fiquei em silêncio, tentando escutar. Sim. Bateram novamente.

— Tem alguém aqui — disse para Charma. — Te ligo depois.

— Peraí, peraí. Laurel Limoges tem uma adega de vinhos, não tem?

Meu dedo pairou sobre o botão "end". — Ainda não fiz um tour pela casa, mas deve ter, sim.

— Se você resolver se mandar, traz umas garrafas pra mim. Ela não vai nem notar.

Desliguei o telefone e atravessei o corredor até a porta. Lá estavam Sage e Rose.

— Será que a gente... pode conversar com você rapidinho? — perguntou Sage, hesitante.

Onde estava o sorrisinho de desdém? E toda aquela atitude? Por que ela não me chamou de Frizzy?

— Claro — respondi, cautelosa. — Entrem.

Elas entraram e me seguiram até a sala de estar branca de bolinhas rosa. — Então, o que houve? — perguntei, enquanto elas se acomodavam em duas banquetas.

Elas se entreolharam, indecisas. — Viemos pedir desculpas. **Não fomos legais com você mais cedo.** — Sage, nervosa, retorceu a beira da camisola entre os dedos. — É que foi um baita choque, sabe. O que nossa avó fez.

Rose concordou com a cabeça. — Oitenta e quatro milhões de dólares é muito dinheiro. Não é todo dia que te privam de uma grana dessas.

— E aquele lance da faculdade? — prosseguiu Sage, com os olhos verdes lacrimejantes e sinceros. — Isso foi novidade pra gente. Ela *nunca* falou essa história de ir para Duke antes. Como é que a gente podia saber?

— Não esquenta — disse eu, surpresa por estar consolando as duas. Devia mesmo ser chocante ficar sabendo que não se pode continuar bancando a princesa mimada pro resto da vida. Se bobear, a notícia chegou mesmo a destruir o único neurônio que elas repartiam entre si. — Vamos começar de novo. Oi, eu sou Megan — disse, numa tentativa canhestra de me apresentar, esticando a mão para um cumprimento.

— Sage. — Ela deu uma risadinha, retribuindo meu gesto.

— Rose. Como vai você? — Ela ficou de pé e fez uma reverência. Tá, concordo, isso foi meio fofo.

Tudo que eu sabia sobre as gêmeas Baker era o que havia lido na *Vanity Fair* e presenciado no escritório de Laurel. Talvez elas fossem mais do que aquilo.

— Já que estamos começando de novo... — Sentei no tapete e fiz um gesto para que me acompanhassem, o que elas fizeram. — Que tal a gente tentar se conhecer um pouquinho melhor? O que vocês gostam de fazer para se divertir? — A pergunta me pareceu tão ridícula que quase debochei de mim mesma para lhes poupar o esforço.

Sage ergueu os joelhos, abraçando suas pernas esguias com os braços.

— Para falar a verdade, nós somos meio louquinhas.

Rose sacudiu a cabeça. — *Muito* louquinhas.

— Até eu sou — respondi, confiante, lembrando da minha recente nudez-para-o-povo no episódio do incêndio.

Sage apoiou-se nos joelhos e aproximou-se de mim. — Conte a coisa mais louca que você já fez até hoje.

Hummm. Tirando a nudez involuntária, meu loucômetro era bastante modesto.

Sage sorriu. — Sexo em público?

Tivesse feito ou não — está bem: não fiz —, não parecia profissional trocar confidências sexuais com minhas futuras alunas só para criar algum tipo de vínculo. Mas queria provar que não estava com medo de enfrentá-las.

— Vamos deixar isso para outra noite — desconversei.

— Está bem — concordou Sage, visivelmente desapontada. Fiquei com medo de estar perdendo minha plateia, mas as palavras de Sage dissiparam minha impressão.

— Sabe, você não é como pensamos que fosse — ela disse, inclinando a cabeça para o lado e me examinando como se pela primeira vez. — Você é quase... legal.

Rose balançou a cabeça, enfática, concordando com a irmã.

— É mesmo.

— Então... — Sage parecia animada novamente. — Talvez isso dê certo, afinal. Vamos tentar estudar um pouco amanhã.

— Claro — respondi. — Vamos, sim. — Laurel tinha razão. As meninas podiam ser bobas, mas não eram burras a ponto de abrirem mão dos milhões da família. — Que tal às nove da manhã, pode ser?

— Às dez — pleiteou Sage.

— Combinado, então.

Sage exibiu o maior e mais branco sorriso da história dos sorrisos grandes e brancos. — Combinado, se você fizer uma parada pra gente antes.

— É — disse Rose.

Ok. Elas queriam provar que tinham algum poder, fazendo uma troca. Eu entendia aquilo. Era tipo "Introdução à Sociologia", se bem que elas não deviam nem saber escrever "sociologia". Eu estava disposta a topar.

— Vamos te dar uma chance de mostrar que faz loucuras — declarou Sage.

— Tudo bem. Desde que não seja nada ilegal. Ou sexual — acrescentei rapidamente.

Sage mordiscou a unha esmaltada, pensativa. Depois, virando-se para a irmã, arqueou as sobrancelhas. — Já sei... Que tal nadar sem roupa? Na nossa piscina de água salgada? Tem uma de água doce na casa da vovó, mas eu *sei* que você não é louca o bastante para isso.

Nadar sem roupa? Nadar sem roupa era o melhor que elas conseguiam imaginar? Francamente, confesso que fiquei meio decepcionada com as Fabulosas Gêmeas Baker. Eu já tinha dormido em acampamentos hippies em New Hampshire. Nadar sem roupa era o de menos — ou melhor, foi o de menos quando eu tinha 12 anos e quadris e peitos pré-adolescentes. Ainda não tinha esquecido a piada de Sage, me chamando de gorda.

— E onde vocês ficariam? — perguntei.

— Não vamos ficar paradas lá olhando, se é isso que você está pensando. — Sage pareceu ofendida por eu sequer ter aventado aquela hipótese. — Vamos levar champanhe para você depois, para comemorarmos nosso novo começo e futuro ingresso na somtuosa Universidade Duke.

Somtuosa? Opa. Aquele, definitivamente, não seria um trabalho fácil.

Identifique que parte da frase abaixo está incorreta:

Nadar sem roupa na (a) <u>presente</u> dos seus alunos (b) <u>é uma maneira</u> extraordinária de (c) <u>mergulhar</u> fundo (d) em um novo trabalho. (e) Não há nenhum erro

NOVE

Na meia hora que transcorreu entre o "está bem, eu topo" e a realidade da coisa, tive tempo mais do que suficiente para refletir melhor sobre o que estava prestes a fazer.

Não era preciso ser formada em Yale para avaliar a situação. Maturidade não era o forte das gêmeas. E, além do mais, foi só *depois* de eu ter desconversado sobre minha maior loucura sexual que Sage resolveu propor um mergulho sem roupa. Juntei as peças e cheguei a uma resposta óbvia: fotografias. Sage e Rose iam ficar à espreita, com a câmera na mão, esperando eu sair da piscina. Elas provavelmente postariam as fotos em um desses sites onde as pessoas dão nota para os peitos e dariam vários zeros para mim.

Não podia ser tão difícil assim ser mais esperta do que duas adolescentes pouco espertas.

O deque ficava à direita da mansão das gêmeas. Reluzentes tochas a gás iluminavam a área. Havia várias espreguiçadeiras azul-celeste e uma cabana com um bar abastecido. Um quebra-mar separava o deque da praia e, além, do oceano. Como eu havia imaginado, as gêmeas estavam me esperando. Não vi nenhuma câmera, mas elas podiam estar escondidas atrás do bar.

— Que pontualidade! — exclamou Sage, toda animada. Animada demais. Decidi entrar no jogo.

— Pois é. Espero que vocês também sejam pontuais amanhã. — Arrastei uma cadeira até a beira da piscina e virei de costas para elas, desabotoando minha blusa branca. Senti a cálida brisa marinha em minha pele. Mal dava para acreditar que naquela mesma manhã eu estava congelando em Nova York.

— Você é tímida? — perguntou Sage.

— Às vezes — respondi sem me virar, tentando parecer o mais descontraída possível. Coloquei minha camisa sobre a cadeira, cuidando para que uma das mangas ficasse ao meu alcance de dentro da água. Assim, ao menor sinal de câmera indiscreta, podia puxar a camisa e me vestir depressa. Ia ficar encharcada, mas era comprida o bastante para cobrir o que precisava ser coberto.

Rose cutucou a irmã. — Que bonitinho.

— É, bonitinho.

Tirei minha saia e coloquei sobre a cadeira também. As meninas deram um passo para trás, aterrorizadas.

— Você não tem amor-próprio, não? — Sage estava horrorizada.

Pensei que ela estivesse insultando meu corpo de novo e as palavras "vá se danar, sua idiota sem cérebro" me ocorreram. Porém, isso não seria nada propício para estabelecer um relacionamento produtivo entre professora e aluna. Antes que eu pudesse decidir o que pesava mais — satisfação imediata ou maturidade comedida —, Sage esclareceu:

— Suas *roupas íntimas*. Como é que você consegue?

Lembre-se de que eu estava sob forte pressão, tanto financeira quanto psicológica, chafurdando na liquidação da Century 21 há apenas um dia. Consegui encontrar uma calcinha amarela "alô-vovó", duas por seis dólares, o que me permitiu arrematar — exatamente! — duas. Quanto ao sutiã, tive que entubar o fetiche do comprador de lingerie pela Hello Kitty, já que ela reinava absoluta na queima-total.

— É irônico — expliquei, sem saco para uma conversa sincera sobre o incêndio no meu apartamento ou o estado lamentável das minhas finanças. Elas me olharam sem entender e percebi que não faziam ideia do que significava "irônico". Beleza. Ia começar a soltar meu sutiã, mas hesitei. — Vocês estão se preparando para anotar alguma coisa?

— A gente prometeu que não ia ficar olhando — Rose lembrou à irmã, me oferecendo óculos de natação. — É melhor você colocar, a água é salgada.

Aquilo até que foi gentil. — Obrigada.

— Então. Vinte voltas? — sugeriu Sage.

— Por mim, tudo bem. — Para provar como era descolada, deslizei a Hello Kitty pelos ombros e girei uma das alças no dedo.

— U-hu! — comemorou Sage. — Aê, Megan! Divirta-se. A gente vai voltar com champanhe e chocolate. Melhor, só champanhe. E ó, nada de lingerie molhada, hein?

— Se estiver molhada, é porque você enganou a gente — explicou Rose.

— De jeito nenhum — prometi.

Enquanto elas voltavam para a mansão, tirei minha calcinha de três dólares e mergulhei na piscina. A água estava aquecida, o sal me fez boiar com mais facilidade ainda e minha camisa estava à mão. Pude sentir a tensão esvaindo-se dos meus músculos enquanto boiava de costas, atenta para ver se as gêmeas estavam voltando. Não estavam. Estaria enganada a respeito delas? Era pouco provável, mas, mesmo assim, aquilo estava *gostoso*.

Eu costumava nadar num lago perto da nossa casa em New Hampshire. Eu mergulhava bem fundo e deslizava as mãos pelo leito imundo, imaginando como devia ser a vida dos sapos que, segundo explicara minha irmã, moravam lá embaixo no inverno. Mergulhei segurando o fôlego, até tocar o fundo áspero da piscina. Nadei um pouco debaixo d'água, estendendo os braços, batendo as pernas, desfrutando o exercício. Talvez eu passasse a nadar todo dia, aproveitar que tinha uma piscina à disposição para...

Pop. De repente, luzes fortes me cegaram. Levantei a mão até os óculos, tentando acostumar meus olhos à claridade.

Ai, meu Deus. Pessoas. Muitas pessoas. Atrás de um janelão de vidro acrílico, em uma espécie de salão subterrâneo para festinhas. Sage, Rose e meia dúzia de colegas, apontando em minha direção e rindo. Logo na primeira fila, havia um sujeito de jeans desbotado e camisa azul-clara de linho me olhando *fixamente*. E foi então que vi meu próprio reflexo ampliado pela refração da água, os olhos arregalados, a velha e boa não-tão-boa-assim Megan.

Deixem-me contar uma coisa. Quando tinha 12 anos e estava começando a ganhar corpo, tinha o mesmo pesadelo de várias meninas da minha idade: atrasada para aula, eu entrava correndo na sala da sexta série e descobria que tinha me esquecido de me vestir. Não conseguia sair do lugar: ficava totalmente paralisada, enquanto a turma toda gargalhava, apontando para mim.

Quem poderia imaginar que, dez anos mais tarde, eu experimentaria uma versão real daquele terror?

Nadei às pressas até a superfície e avancei o mais rápido que pude até a parte rasa, com um único objetivo em mente — apanhar minhas roupas antes que as gêmeas e seus amiguinhos chegassem ao deque. Porque assim como tinha certeza de que Sage e Rose Baker não sabiam o que significava ironia, tinha certeza absoluta de que sabiam o que significava crueldade.

Não fui rápida o suficiente.

— É a pequena sereia! — debochou Sage. Ela trazia uma garrafa de champanhe na mão direita.

Um gordinho com uma latinha de Stella Artois na mão deixou à mostra, sem querer, alguns dedos de barriga entre sua camisa polo vermelha e a cintura da sua calça cáqui. — Que nado de peito, hein? — disse ele, abrindo um sorriso.

Eca.

Se as gêmeas queriam me humilhar, tinham conseguido. Tudo que eu queria era ir embora dali — da piscina, de Palm Beach, da Flórida como um todo — o mais rápido possível, com o que sobrara intacto da minha dignidade. Ergui meu corpo nu, me apoiando nos degraus da escada. O ar fresco da noite atingiu minha pele molhada, acendendo os meus faróis anatômicos, por assim dizer.

— Uh-lá-lá! — berrou Sage. — Frizzy não fica vermelha só no rosto!

— E o cabelo na cabeça não é o único que arrepia! — acrescentou Rose.

Olhei para baixo e vi um rubor de vergonha subindo pelo meu corpo. Filhas da mãe.

A única coisa que eu queria era pegar minhas roupas e sair correndo — até Nova York, se necessário. Mas não ia dar esse gostinho para aqueles babacas. Charma uma vez me falou sobre um exercício de interpretação no qual o ator tenta personificar alguém que conhece para trabalhar um personagem. Charma havia incorporado seu ex para representar o papel de um cara absolutamente gato, que era gay enrustido (não me perguntem o porquê). Eu sabia quem precisava ser naquele momento. *Você não se parece com você. Você se parece com Lily.* Dei um sorriso casual e me aproximei do cara que estava exibindo a barriga de chope.

— Acho que ainda não nos conhecemos. Sou a professora particular das gêmeas, Megan. — Estendi a mão para cumprimentá-lo. — Você é...

— Pembroke Hutchison. — O olhar dele desviou novamente para os meus peitos, mas ele conseguiu me dar um aperto de mão suado.

— Toma. — O sujeito de blusa azul que estava na primeira fila me passou uma toalha. Ele desviou o olhar para não ficar me encarando, provavelmente segurando o riso.

— Obrigada — agradeci, enrolando a toalha no corpo, estilo sarongue. — Megan.

— Will — se apresentou ele, levantando os olhos. — Phillips.

— Muito prazer. — Babaca, acrescentei em silêncio. Babaca inacreditavelmente sexy, seus olhos azul-marinho eram emoldurados por cílios ruivos, mas, ainda assim, babaca.

Continuei me apresentando para o resto do grupo. A loira pequeninha era Precious Baldridge. A atlética com cabelo liso preso em um rabo de cavalo era Dionne-e-não-Dianne Cresswell. A morena com peitos obviamente siliconados era Suzanne de Grouchy. Além de Pembroke e Will, havia outro cara baixinho com um cavanhaque — Ari Goldstein.

— Bem, prazer em conhecê-los. Espero que vocês tenham se divertido com a atração da noite.

— Você tem colhão, tenho que admitir. — Pembroke terminou sua cerveja e lançou a lata vazia em uma lixeira rosa de metal. A lata caiu do lado de fora da lixeira e rolou para dentro da piscina. Ele nem se mexeu para buscar.

Levantei uma sobrancelha. — Se foi isso o que você viu, acho que está na hora de parar de beber.

Will deu uma risada por trás da espreguiçadeira. — Boa — murmurou ele.

Hum, valeu.

— É, *hilário* — retrucou Sage, apertando os olhos.

— Olha, Sage. Já entendi. Foi uma brincadeira. Por mim, tudo bem.

Sage deu sua tradicional sacudidela no cabelo. — Não está nem perto de estar bem, Frizzy.

— Caralho, muito foda — berrou Pembroke, erguendo os punhos em uma imitação exagerada de boxeador. — Mulher saindo na porrada!

— Cala a boca — disse Rose.

— Adoro quando você me xinga — gemeu ele, abrindo os braços e andando de costas em direção a piscina. — Vem com o papai, vem.

Todos riram novamente. Abruptamente, Rose o empurrou com as duas mãos. Ele tombou desajeitado na água, produzindo um barulho estrondoso.

— Lá vem a baleia! — gritou Ari, enquanto Pembroke emergia, cuspindo água.

Para mim, já estava de bom tamanho. Catei minhas roupas. — Boa festa para vocês, crianças. Sage, Rose, vejo vocês pela manhã.

Já estava indo embora quando Sage me chamou de volta. — Espera aí, Frizzy.

As pedras polidas pareciam geladas sob meus pés descalços.

— Admita, Sage. Você queria me humilhar. Não conseguiu. Boa-noite.

Os amigos das gêmeas fizeram "uhhhhh" em coro, como num sitcom.

— Você *continua* sem entender — disse Sage, com desdém. — Estamos com uma superagente, Zenith Himmelfarb. Você já ouviu falar dela?

— E eu com isso?

— Nós vamos ficar famosas — explicou Rose.

Sage sorriu, convencida. — Todo mundo viu a *Vanity Fair* e Zenith está estudando ofertas pra gente. Filmes, televisão, trabalhos como modelo...

— Ganhando muito dinheiro — acrescentou Rose.

Sage cruzou os braços. — Não vamos para a faculdade, não precisamos do dinheiro de Laurel e, *definitivamente*, não precisamos de você. Então, por que você, suas roupinhas horrendas e suas coxas gordas não voltam para Nova York, *porra* favor?

O único som era o das roupas de Pembroke pingando no chão enquanto ele chapinhava até o bar em busca de outra cerveja. O resto todo estava esperando a minha resposta.

Que esperassem. Não tinha nada a dizer para elas. Primeiro, tentaram ser grosseiras. Quando viram que não tinha dado certo, foram bater no meu quarto para tentar me manipular a fazer algo humilhante. Conseguiram.

Não cogitaram ter aulas comigo por um único segundo. Certifiquei-me de que a toalha estava bem amarrada e parti, caminhando devagar pelo caminho de pedras brancas, me perguntando se o avião de Laurel ainda estaria no aeroporto.

Foda-se.

Foda-se o dinheiro.

E, acima de tudo, que se fodam as gêmeas Baker.

Escolha a definição que descreve a seguinte palavra:

MENTIRA

(a) um enunciado intencionalmente falso
(b) uma pequena distorção da verdade
(c) um ato totalmente justificável
(d) um pecado, em alguns círculos
(e) um procedimento operacional padrão em vários tabloides

— **R**aiva é pouco — esbravejei para James, com o celular colado na orelha. Descobri uma pequena varanda no meu quarto que dava para o deque da piscina e tinha vista para o mar. Foi de lá que liguei para ele. O deque estava vazio, os únicos indícios da minha humilhação eram garrafas vazias de champanhe e latinhas de cerveja amassadas. — *Ódio. Abominação. Aversão.* Taí, *aversão* chega perto.

Depois de 15 minutos de chuveirada fumegante para tirar a água salgada da piscina e a contaminação radioativa das Gêmeas do Inferno, eu ainda estava possessa. Já tinha ligado para Esqueleto, avisando que precisava falar com Laurel imediatamente, mas ele disse que ela estava em seu jatinho rumo à França, e que eu só poderia falar com ela na manhã seguinte. Então tá. Pediria demissão assim que o sol raiasse.

Logo em seguida, liguei para James e avisei que ia voltar para Nova York no dia seguinte. — Então — prossegui, ao telefone —, você pode deixar a chave com o porteiro? Você provavelmente vai estar no trabalho quando eu chegar.

— É... com certeza...

Como se eu não fosse perceber sua óbvia hesitação. Aquilo era uma emergência, pelo amor de Deus. — James? Estou realmente precisando de ajuda agora. — Detestava aquele tom de cobrança e não queria parecer carente, mas tinha outra escolha?

— Ei, deixa comigo — garantiu ele. Assim estava melhor. — Você pode ficar lá em casa por uns dias.

Uns dias. E depois? Ir morar com Lily? Voltar para New Hampshire? Bem, ia deixar para resolver isso quando voltasse ao planeta Terra com seres humanos de verdade, em vez de Palm Beach com suas celebridades retardadas e robóticas.

Uma brisa agitou o ar parado da noite, trazendo consigo o delicioso aroma das flores de laranjeira misturado a um cheiro de mar. Barcos pairavam sobre a água, suas luzes faiscando. Eu me forcei a respirar bem fundo, como naquelas respirações de ioga. Não entendia nada de ioga, mas que se dane. Eu inspiro o positivo e expiro o negativo. Inspiro o positivo...

— É tão bonito aqui — sussurrei, finalmente calma o bastante para poder me acomodar em uma das duas cadeiras de vime. — E esses adolescentes sortudos, tão deslumbrantes por fora, tão horrorosos por dentro...

— Parece *O.C.* com anabolizantes — brincou James.

— Só que isso aqui é real. — Fiquei de pé e me inclinei sobre a mureta da varanda. Les Anges estendia-se aos meus pés por todos os lados.

Dava para ver o telhado de propriedades igualmente extravagantes contornando a orla, a distância. — Você tinha que ver esse lugar, James. É totalmente fora da realidade. As meninas e seus amigos... Cara, a matéria na *Vanity Fair* é *fichinha*. Se as pessoas soubessem como elas realmente são...

— Parei no meio da frase. — Calma aí. Meu Deus.

— Quer conversar mais a respeito? — perguntou James.

Na versão graphic novel da minha futura autobiografia, é nesse quadrinho que raios de luz saem da minha cabeça. Do que eu gostava de escrever? Não o que as pessoas viam, e sim o que estava escondido sob a superfície. E ali estava eu, com meninas perfeitas por fora e estragadas por dentro. O mesmo podia ser dito sobre Palm Beach. E estava diante dos meus olhos.

— James? Mudei de ideia. Não vou voltar para Nova York.

— Peraí, como assim? O que está acontecendo?

Expliquei minha ideia redentora enquanto andava de um lado para outro na varanda, minha mente viajando com as possibilidades de uma matéria bombástica sobre Palm Beach e as gêmeas Baker. — É o clássico repórter infiltrado descobrindo a realidade por trás das manchetes. Todos vão querer publicar!

As gêmeas não podiam me expulsar da casa — somente Laurel podia fazer isso e ela estava num jato, indo para a França naquele exato momento, como informara Esqueleto, com certa arrogância. Ela ia ficar lá por duas semanas, o que significava que eu ia ser paga para trabalhar infiltrada durante 14 gloriosos dias de sol. Tudo bem que eu ia ter que me mandar assim que ela voltasse e ficasse claro que as gêmeas continuavam babacas desprovidas de cérebro, mas até lá... Era uma ideia absolutamente genial.

— Fantástico — incentivou James. — Sério mesmo.

Tudo bem, não iam ser oito semanas recebendo 1.500 dólares. E é claro que eu não ia receber o tal bônus de 75 mil por ter ajudado as meninas a entrarem na Duke. Mas se eu escrevesse uma puta matéria de primeira sobre jovens, Palm Beach e o que havia de falso, adulador e corrupto naquele mundinho — bem, aquilo podia deslanchar minha carreira como escritora.

Eu estava sentada sobre uma mina de ouro jornalística. Era hora de começar a escavação.

Escolha a definição que melhor combina com a seguinte palavra:

GAY

(a) uma pessoa que tem atração sexual por outra do mesmo sexo

(b) o melhor amigo para se ter ao lado durante uma emergência de moda

(c) atual "acessório" de rigueur para apresentadoras de talk-show e atrizes B

(d) um braço amigo para eventos tapete vermelho

(e) todas acima

Na manhã seguinte — apesar de não ter tomado café nem comido (já que ainda não fazia ideia de como "chamar Marco") — acordei cedo e coloquei meu segundo *look* pavoroso da Century 21, na esperança de que as gêmeas fossem bater à minha porta com lápis e calculadora na mão.

Passou das dez da manhã e nada, então, decidi ir atrás das duas. Desci pelo meu corredor, passei pela escada em caracol e peguei o corredor branco da ala das gêmeas. Não foi difícil distinguir quem dormia onde; o nome de cada uma estava na porta de seus respectivos quartos, em néon rosa.

Tentei Rose primeiro, que era um pouco menos detestável. Como ela não respondeu às minhas batidas, entrei, fazendo anotações mentais. Sua suíte era gigante, com cômodos duas vezes maiores do que os meus. Havia um quarto com varanda, uma cozinha, um gabinete, um quarto de vestir e um banheiro, com uma penteadeira onde se encontravam todos os cosméticos do mundo — não produzidos pela Angel Cosmetics. A mobília era toda branca, moderna. Havia rosas brancas em um vaso branco na mesa de cabeceira e gardênias brancas no banheiro. Duas coisas estranhas — está bem: assustadoras — no gabinete. Uma casa de bonecas que era uma réplica em miniatura perfeita da sua suíte, imitando até mesmo os arranjos de flor, com minúsculas florzinhas artificiais. Dentro da casa de bonecas, duas bonecas ruivas idênticas jogavam cartas no chão do gabinete.

Tentei a suíte de Sage, que estava igualmente vazia. O layout era o mesmo, mas a decoração totalmente diferente. Sua cama king-size estava coberta por uma roupa de cama toda de leopardo. O tema safári continuava em seu gabinete, que tinha uma cachoeira artificial e um papagaio empalhado de quase dois metros num poleiro. O banheiro e o quarto de vestir eram tão bem equipados quanto os de Rose. Dei uma espiada no closet. Meu Deus. Havia alta-costura suficiente para vestir todo o estado de New Hampshire.

Como era possível que aquele tipo de vida fosse normal? A realidade? Como você vê o resto do mundo quando tudo que você conhece na vida é esse tipo de excesso?

Minha próxima parada foi o deque da piscina. Nada das gêmeas. Decidi ir até a mansão principal. O caminho de pedras brancas estalava sob meus mocassins pretos — pelo menos o perfume *eau* de fumaça parecia ter desaparecido. A manhã estava perfeita. O céu todo azul e o ar fresco, sem a umidade abafada da véspera.

Fiquei surpresa ao encontrar a porta aberta, mas me lembrei que seria impossível para um intruso passar pela segurança no portão. Ainda no vestíbulo, chamei por Rose e Sage. Nada. Mas havia um cheiro delicioso no ar — alho e queijo —, e meu estômago roncou.

Farejando como um cachorro que reconhece um cheiro familiar, fui seguindo o aroma pelo corredor, até chegar a uma cozinha estilo campestre francesa. Uma bancada flutuante no centro do cômodo abrigava um fogão com oito bocas. Frigideiras e panelas de cobre estavam penduradas em ganchos no teto. Havia uma mesa de pedra robusta, rodeada por umas vinte cadeiras, e uma mesa redonda de seis lugares, aninhada em um dos cantos da cozinha. O pano de fundo era o mar, cintilando por uma parede de vidro de seis metros.

— Ah, bem na hora para o café da manhã! — Um homem bonito e grisalho, usando um jaleco branco de *chef* sobre uma camisa branca de linho e calças brancas com um vinco impecável, estava batendo ovos em uma tigela de cobre.

— Estava procurando as gêmeas — expliquei. — Sou Megan Smith, a nova professora particular.

— Encantado! — Ele abriu um sorriso e despejou os ovos numa frigideira no fogo. Em outra frigideira, crepitavam cabeças de alho. — Sou Marco Devine, o *chef* de Madame Limoges.

Marco. Chame Marco. *Aquele* era Marco.

Ele colocou o alho por cima dos ovos. — Achei que você poderia estar com fome. Ia pedir para uma das empregadas levar o café no seu quarto, mas já que você está aqui... Espero que goste de alho. Não consigo cozinhar sem alho.

— Eu amo. E estou morrendo de fome — confessei, me debruçando sobre a bancada. — Você por acaso teria café?

Ele riu e fez um gesto para a pequena mesa redonda. — Na garrafa preta, grãos franceses; na marrom, etíopes; na vermelha, venezuelanos e na branca, descafeinado, que ninguém em sã consciência deveria tomar. — Ele apanhou uma caneca de cerâmica do armário e passou para mim. — Sirva-se à vontade.

Depois que coloquei o café francês, Marco depositou um pau de canela na minha caneca. — O francês jamais deve ser degustado sem canela — explicou ele. — Foram feitos um para o outro.

— Obrigada — respondi, mais agradecida do que ele podia imaginar. Era o melhor café que eu experimentara na vida. — As meninas já passaram aqui para tomar café da manhã?

Ele riu novamente, girando a frigideira sobre o fogo. — Elas são alérgicas a café da manhã, meu bem. Para falar a verdade, são alérgicas à manhã em si.

— Bem, na cama elas não estão, fui lá olhar.

— Não estão na cama *delas*. — Marco sacudiu a frigideira. — Você vai vê-las por volta do meio-dia. Provavelmente.

Interessante. Aquele sujeito parecia saber muito sobre as gêmeas. Um ótimo lugar para começar minha pesquisa.

— Você trabalha aqui há muito tempo? — perguntei, bancando a inocente.

— Desde que as gêmeas estavam nos diabólicos 12. — Os olhos dele cintilavam, bem-humorados. — Acho que deve ter sido uma espécie de diabólicos dois vezes seis.

— Você deve conhecê-las bem, então.

— Duvido que elas mesmas se conheçam bem, querida — disse Marco, deslizando a omelete em um prato branco de louça. Ele colheu diversas ervas frescas de pequenos vasos e salpicou sobre a omelete. Depois, espalhou fatias verdes de abacate em volta do prato e acrescentou uma quantidade generosa de creme de leite. — As gêmeas têm o que Sócrates chamaria de "vida desprovida de reflexão". Sente-se. — Ele apontou para a mesa redonda e serviu a omelete para mim.

Dei uma garfada. Era inacreditável. — Uau.

— Vou tomar isso como um elogio. — Marco me serviu um copo de suco de laranja e depois trouxe uma bandeja de prata com croissants, brioches e potinhos com geleias. Peguei um brioche, recém-saído do forno, tirei um naco e levei até a boca. Ele continuou: — Sem querer me gabar, mas minhas omeletes são tão boas que ficaram famosas por levar homens casados a me oferecer favores normalmente reservados às suas mulheres.

— Olha, eu também iria para a cama com você, se pudesse comer isso todos os dias.

— Sinto muito, mas jogo no outro time, meu bem. E, de mais a mais, meu namorado não ia gostar nem um pouco. Infelizmente.

Eu ri e mastiguei, desfrutando cada mordida enquanto refletia sobre o comentário de Marco a respeito da vida sem reflexão das meninas. — Marco? Estava aqui pensando... — ensaiei, limpando os lábios com o guardanapo. — Conheci as gêmeas ontem à noite...

— Deixe-me adivinhar. — Marco tomou um gole do seu café. — Não começou com o pé direito, não foi?

— Acho que não — admiti. — É que somos muito... diferentes. Tenho a impressão de que elas não querem ser minhas pupilas.

Marco sorriu. — As palavras "Sage", "Rose" e "pupilas" raramente foram usadas na mesma frase antes, a não ser que alguém estivesse se referindo às dos olhos delas, tarde da noite, bastante dilatadas.

— Talvez se eu souber mais sobre elas possa dar certo. Tipo, o que elas gostam de fazer para se divertir?

— Em se tratando de Sage, a pergunta certa seria: *com quem* ela se diverte?

— Você quer dizer que ela gosta de fazer noitadas — esclareci.

— Não, quero dizer que ela gosta de passar a noite acompanhada. E gosta de fazer noitadas também.

Dei outra garfada na omelete. Marco estava se mostrando mais do que um cozinheiro, estava se tornando minha principal fonte. — Você já deve ter visto muita loucura por aqui.

— Com certeza — respondeu Marco, sem morder a isca. — Se você já acabou, que tal fazermos um tour? Quem sabe a gente não encontra as gêmeas no caminho.

Começamos pela mansão principal. Eu estava mais ou menos preparada para as três salas de estar repletas de caríssimas antiguidades francesas do século XVIII, a dúzia de quartos decorados com temas diferentes, e até mesmo para o salão de dança com barra de balé que, segundo Marco, Laurel usava diariamente quando estava em casa. Foram os extras que me impressionaram: uma sala de cinema com cinquenta lugares forrados de veludo rosa, um salão e um centro de boliche com quatro pistas, uma sala de ginástica com todo tipo de equipamento de alta tecnologia já inventado, sauna seca e a vapor, uma jacuzzi e um ofurô. Marco desceu comigo até uma adega de vinhos com 20 mil garrafas e um umidificador, e comentou que Laurel se responsabilizava pessoalmente pela degustação e escolha dos vinhos.

— Até eu mesmo já aprendi a não me meter — confessou. — E olha que tenho certificado de *sommelier.*

Depois, demos uma volta pela propriedade. Ele compartilhou seu conhecimento com ostensivo orgulho. Tentei guardar tudo que ele estava me contando, uma vez que cada detalhe ia ser fundamental para minha matéria. — As paredes externas da mansão foram feitas de coquina. É uma rocha cor-de-rosa muito rara, raspada do fundo do mar. Dizem que Mizner precisou de dez anos e cinco milhões de dólares para recolher o suficiente e começar a construção.

— Quanto vale este lugar? — perguntei.

Marco deu um sorriso. — Nós temos um ditado aqui: quem pergunta o preço, é porque não pode comprar.

Dã.

De lá, passamos pela estufa, pela piscina de Laurel, duas quadras de tênis (uma de grama, outra com barro vermelho de Roland Garros), um campo de golfe e um coreto em cima de uma ponte arqueada sobre um lago de tilápias.

— Então é isso que um império de cosméticos pode comprar, hein — comentei, impressionada, quando paramos para descansar no coreto.

— Laurel nasceu pobre, você sabe. Ela morava num apartamentinho sórdido sem água quente em Paris. Você deve ter lido a respeito.

— Para falar a verdade, não.

— Ela misturou seu primeiro xampu no banheiro do corredor e saiu vendendo de salão em salão. Ela construiu a Angel do nada. — Marco fez um gesto para a propriedade que se descortinava à nossa frente. — Eu admiro muito isso.

— Você acha que as gêmeas têm o mesmo pique? — perguntei. Como se eu já não soubesse a resposta: *Você só pode estar brincando.*

— Elas guardam muitas mágoas, sabe. — Ele me estudou por um momento. — Você está muito curiosa sobre elas.

— Quero conhecê-las melhor, só isso. — Senti uma pontada de culpa. Durou pouco. Bastou lembrar a expressão debochada de Sage na noite anterior.

— Não vai rolar, meu bem — disse ele, sem ser grosseiro. — Elas só se preocupam com as aparências. Para elas, você deve parecer uma fotografia de "antes" em uma dessas revistas.

Senti meu rosto queimando e abaixei a cabeça. — Eu perdi todas as minhas roupas... Houve um incêndio no meu apartamento — sussurrei.

Ele encostou a mão no peito. — Não disse isso para te ofender, juro. Mas Palm Beach pode ser um lugar muito superficial. Para se dar bem, você precisa se adequar. Para conquistar a confiança das gêmeas no seu trabalho, elas têm que acreditar que você faz parte do universo delas. Pelo menos, na aparência. Você precisa se imaginar como um acessório ambulante.

Ser igualada a uma bolsa não me deixou particularmente eufórica.

— Isso é ridículo! — disse, rindo diante da ideia.

— Claro que é — concordou Marco. — Mas procure entender. O resto dos Estados Unidos é motivado pelo dinheiro. Sage e Rose? Dinheiro não é problema. Então, o que as motiva são as aparências.

— Eu sou quem eu sou — lastimei, percebendo a alusão bíblica da frase e pouco me lixando. — E minha aparência é essa aqui e pronto.

— Talvez não. O meu namorado, Keith, é famoso por transformar borralheiras ricas em Cinderelas. Um talento recompensado alegremente com esplêndidas quantias absurdas de dinheiro, que vão garantir meus *face-lifts* até eu estar ruminando papinha no asilo. Os bem-informados o conhecem por Mr. Keith.

— O que Keith faz, exatamente? — perguntei a Marco, enquanto ele deslizava os dedos pelo corrimão do coreto.

— Cabelo, maquiagem, tudo e qualquer coisa — listou. — Fora da Temporada, ele é agendado com um ano de antecedência e na Temporada, com dois anos.

— O que é a temporada?

— Deus do céu, menina. Você não sabe *nada*?

Devo ter feito uma cara deplorável de estranha no ninho, porque Marco ficou com pena de mim.

— A Temporada, com A maiúsculo e T maiúsculo, vai do fim de novembro até o início de abril. É a época dos grandes bailes da sociedade, a maioria organizada em prol de instituições de caridade. O primeiro evento da Temporada é hoje à noite, o baile Vermelho e Branco. E não se pode participar da Temporada sem ter um visual digno dela.

Fiz uma rápida autoavaliação. Roupas indignas da Temporada. Cabelo indigno da Temporada. Maquiagem? A maior indignidade de todas, porque sequer existia. Ótimo. Palm Beach estava prestes a mergulhar na Temporada e nunca alguém estivera tão pouco preparada como eu. E sequer tinha uma "esplêndida quantia absurda de dinheiro" para garantir os serviços de Mr. Keith, mesmo que ele estivesse disponível. Estava fadada a continuar sendo um "antes" para as gêmeas — fora do seu círculo e fora do alcance da minha matéria. E lá se ia meu furo de reportagem.

— Há 15 anos, eu estava fazendo um jantar no Point Pleasant, em Nova Jersey, e usando imitações de camisa polo compradas no Wal-Mart. — Marco encostou gentilmente no meu braço. — Como cheguei aqui é uma história que pretendo guardar para minha contundente autobiografia. Basta dizer que Keith me ajudou. Me salvou, na verdade. — Ele bateu o dedo no queixo. — E agora... precisa salvar você.

— Mas *como*? Eu não tenho um centavo e...

Marco abriu um sorriso.

— Não há nada que Keith goste mais do que uma boa história de Cinderela. E hoje à noite vai ser o seu baile! Pense em mim como sua fada maricas!

Escolha o par de palavras que mais se assemelha à seguinte analogia:

BELEZA NATURAL: BAILE DA SOCIEDADE

(a) inteligente: Paris Hilton

(b) feio: Brad Pitt

(c) despojada: Jennifer Lopez

(d) discreta: Anna Nicole Smith

(e) talentosa: Nicole Richie

#

— **A**cho que vou vomitar.

— Deixa de ser boba — disse Keith, dando um tapinha camarada no meu joelho. — Você está divina. Os héteros vão querer te pegar, os gays vão querer dicas de beleza e as mulheres vão querer te matar. Se isso não é um verdadeiro conto de fadas, então não sei o que é.

Estávamos engarrafados no South Ocean Boulevard, entre os vários carros e limusines enfileirados nas imediações dos muros cor-de-rosa e a passagem em arco do *resort* Mar-a-Lago, de Donald Trump. O que me levou a acreditar que podia ir ao primeiro baile da Temporada e me passar por um deles? Tentei os exercícios respiratórios de que me lembrava vagamente da primeira e única aula de hataioga que fiz na vida, arrastada por Charma. Assim que o instrutor anunciou uma coisa chamada cachorro olhando para cima, eu me mandei.

— Relaxa, Megan — instruiu Keith. — Marco e eu vamos cobrir a retaguarda.

Eu estava mais preocupada com a dianteira. Tinha a sensação de que, a qualquer momento, uma grande dama da sociedade ia me olhar de cima a baixo e me apontar gritando: "Impostora!" Mas procurei lembrar que se Keith não sabia transformar uma mulher, ninguém mais sabia. Keith Genteel — este era seu nome verdadeiro, embora em Palm Beach ele fosse conhecido por Mr. Keith ou *o* Mr. Keith, dependendo do quão crucial fora para a reabilitação fashion da pessoa — viera de uma família rica, em Charlotte. Mas sua mãe assinara um pacto pré-nupcial oneroso, que a deixou na pior depois da separação, apesar de ter conseguido ficar com a mansão da família. Enquanto os outros meninos estavam praticando esportes e correndo atrás de garotas, Keith estava desfazendo e refazendo os vestidos da mãe para as ocasiões sociais que se apresentavam, para dar a impressão de que ela havia comprado algo novo e caríssimo.

Após quatro anos no Fashion Institute of Technology, em Nova York, ele se mudou para Los Angeles, onde se tornou o *expert* mais requisitado em roupa, cabelo e maquiagem de Hollywood — uma verdadeira ameaça tripla, indispensável a todos os estúdios de cinema e diretores na cidade. A lenda do Mr. Keith nasceu quando uma famosa atriz francesa lhe ofereceu uma quantia indecente de dinheiro e o chamou a Palm Beach para prepará-la para o baile anual da Cruz Vermelha. O resultado rendeu uma página inteira de fotos no *Palm Beach Daily News* — *The Shiny Sheet*, para os íntimos. Em uma cidade onde aparência é tudo, ter estilo era um dom mais valioso do que a habilidade de realizar cirurgia cardíaca. Obtive a maior parte dessas informações com Marco, que estava todo falante quando me levou de carro até a casa do namorado, de frente para a praia, ao sul da ilha. Tomamos uma rápida xícara de café no terraço com vista para o mar e depois Marco voltou para Les Anges. Keith, que vestia uma bermuda cáqui, uma camisa polo branca e chinelos de couro, me examinou minuciosamente. Ele adivinhou quanto eu calçava, quanto vestia e, para minha tristeza, o número do meu sutiã. Depois, proferiu seis palavras assustadoras: *O cabelo vai ter que rodar.*

— Não fico muito bem careca — brinquei, nervosa, mas ele já estava me conduzindo até uma cadeira de salão no que, provavelmente, havia sido o seu gabinete um dia. Sentei e ele me virou de costas para o espelho.

— É mais divertido quando se leva um choque — explicou.

Duas horas depois, ele me virou de volta. Ele tinha razão. Era divertido mesmo. Ele tirara três dedos e fizera um corte em camadas com mechas caramelo, arrematando o visual com uma bela escova.

— Parece que você acabou de trepar — declarou, visivelmente satisfeito com seu trabalho. — No melhor sentido da palavra.

Se por "acabou de trepar" ele quis dizer que Deus parecia ter me abençoado com o melhor cabelo do mundo, então eu tinha que concordar.

Depois de uma pausa para comer — pão francês, vários tipos de queijo, tomates fatiados e patê de pato —, Keith começou minha maquiagem. Ele manipulava as marcas como se as tivesse inventado. O hidratante Crème de la Mer foi seguido por uma variedade de pinturas, pós e cremes da Angel (é claro), da Laura Mercier, Chantecaille, Paula Dorf e NARS. Fui fazendo anotações mentais.

O procedimento levou mais de uma hora. Keith também não me deixou ver o resultado até estar pronto. Eu, avessa a maquiagem, estava esperando o pior. Jack Sparrow travesti. Estava completamente enganada. Eu estava tipo... eu; só que melhor. Bonita. Quer dizer: *bem* bonita. Minha pele estava impecável, meus olhos imensos, os cílios se pareciam com os de Bambi.

Em algum momento durante minha transformação do pescoço para cima, Keith deve ter feito algumas ligações discretas, porque na fase final da minha maquiagem começaram a chegar umas pessoas com sacolas de roupas. Keith as dirigiu para o quarto de hóspedes. Quando ele me levou até lá, vi o que haviam deixado para trás: um sutiã tomara que caia rosa-claro (daqueles que valorizam qualquer decote) e uma calcinha de seda combinando. Cinco pares de sapatos em suas respectivas caixas. Dois Jimmy Choos, um Manolo, um Gucci e um Stuart Weitzman. E um vestido vermelho corpo de bombeiros que Keith ergueu para me mostrar.

— Zac Posen. Ninguém tem um corte como o dele.

Franzi a testa. — Não vai caber em mim.

Sua única resposta foi um sorriso de gato de Alice, que revelou seus dentes branquérrimos. — Confie em mim.

Ele tinha razão. Era por isso que eu agora estava no banco do carona do seu Rolls-Royce, usando aquela lingerie delicada, os sapatos Gucci e um vestido tão lindo que eu acho que devia estar pendurado num museu, e não no meu corpo. Era tomara que caia, com camadas de chiffon na cintura. O vestido era drapeado nas costas, revelando um corpete vermelho de cetim tão justo que precisei de uma forcinha para puxar o zíper. Ele descia em pregas graciosas, até abaixo do joelho. Os vestidos longos, decretou Keith, estavam muito caretas naquele ano. E depois, de acordo com o Keith, eu tinha belas pernas. Longe de mim discordar.

— Lembre-se, Megan — instruiu Keith —, um golinho de vinho ou champanhe. Isso demonstra boas maneiras. Mas em hipótese alguma coma.

Assenti com a cabeça. Não era preciso perguntar por quê. Se meu diafragma expandisse um único centímetro que fosse, o apertado corpete do vestido não iria acompanhá-lo. A manchete da *Shiny Sheet* do dia seguinte seria: "Professora das Baker morre entalada."

— Chegamos, meu bem. Você tem o número do meu celular, não tem? — perguntou Keith. — E o do Marco? Em caso de emergência?

Respondi que sim com a cabeça, com medo de fazer qualquer movimento da clavícula para baixo.

— Hora de checar o gloss — ordenou Keith, assim que o valet abriu a porta do carona. — Sorria. — Obedeci. — Tudo em cima, princesa, pode ir.

Uma mão branca enluvada surgiu para me escoltar. Girei no assento do carro, colocando as pernas para fora e me esforçando para mantê-las fechadas. Consegui sair muito elegante. — Bem-vinda a Mar-a-Lago. — O valet abriu um sorriso de galã para mim.

Keith — de smoking preto e com botões vermelhos no colarinho da camisa, já que usar vermelho ou branco era uma exigência do baile — saiu do carro e me ofereceu seu braço. — Vamos, minha querida?

— Vamos — respondi. Avançamos por um caminho coberto de pétalas de rosas vermelhas e brancas.

Quando chegamos diante das imponentes portas, lancei um olhar suplicante para Keith. Ele apertou minha mão. — Você vai arrasar.

Muitos anos antes, Lily e eu alugamos *Uma linda mulher*, que ela amou e eu detestei. Você também pode ser uma puta e acabar vivendo feliz para sempre — era a mensagem do filme. Lily disse que eu estava levando muito a sério — não era para ser vida real e todo mundo sabia disso. Bem, é *óbvio* que não era vida real. Na vida real, Cinderela não era transformada e — puf! — ia para o baile.

Por isso, fiquei passada quando aconteceu comigo.

Lá estava eu, no alto da imensa escadaria que levava ao gigantesco salão de baile dourado e marfim, iluminado pelo que pareciam ser centenas de castiçais de cristal decorados. Estava lotado com algumas das pessoas mais lindas e ricas do planeta. A faixa etária variava de jovem a decrépito. No fundo do salão, em um palco suspenso, a Valerie Romanoff's Starlight Orchestra estava tocando "Bad, Bad, Leroy Brown" — sem sacanagem —, e havia vários casais dançando. Havia quatro bares e quatro bufês diferentes, além de garçons de smoking branco servindo comida e bebida.

— Vá em frente pela multidão até o centro, depois vire para o bar à sua esquerda — instruiu Keith. Assim que começamos a descer as escadas, notei as pessoas olhando na nossa direção.

Não tropece, não tropece, não tropece, repetia para mim mesma.

Chegamos ao piso de madeira de lei, e Keith me escoltou pela multidão da realeza de Palm Beach. À nossa volta, as pessoas cochichavam enquanto passávamos.

— Quem é ela?

— Deslumbrante.

— Que vestido.

— Que cabelo.

— Eu a vi em Torremolinos na primavera!

E, então, Pembroke surgiu na minha frente, usando um smoking tão bem cortado que camuflava sua barriga de sete meses de gravidez. — Megan? — Os olhos dele desceram direto para o meu decote, como se torcendo para que o vestido se desintegrasse pela força do seu olhar. — *Caralho*.

— Valeu — agradeci. — Pembroke Hutchison, Keith Genteel. Keith, Pembroke.

Pembroke deu uma risada. — Ei, eu conheço o Keith. Ele manda ver na minha mãe. Não do jeito que você está pensando, é claro. Como é que vocês se conheceram, Megan?

— Ela é amiga de um amigo meu. — Keith abriu um sorriso diabólico, depois me deu um beijo na bochecha. — Estou indo procurar Marco. Você está bem?

— Ótima — garanti. Era ridículo, eu sei, mas o *caralho* de Pembroke me enchera de confiança.

Enquanto Keith se afastava, Pembroke insistiu em pegar um martíni de maçã para mim. Fomos caminhando de braços dados até o bar. Não havíamos dado dez passos quando alguém me chamou.

— *Megan?*

Era Sage, usando um vestido longo vermelho com um decote que deixava o piercing de diamante do seu umbigo de fora.

— Ah, oi, Sage. — Como era de se esperar, a irmã vinha atrás, usando um vestido branco frente-única superlongo e estonteante. Ela estava com a mignon Precious Baldridge, que eu conhecera na minha humilhação da piscina. Precious usava um bronzeado artificial e um vestido de cetim vermelho-batom com um decotão nas costas. Sage me olhava completamente estarrecida. Precious também.

— O que *você* está fazendo aqui? — perguntou Sage, mal conseguindo articular as palavras.

— A mesma coisa que você: ajudando a arrecadar dinheiro para a Anped — respondi.

Eu tinha feito meu dever de casa. A maioria dos eventos durante A Temporada eram, na teoria, realizados em prol da caridade, embora na prática fossem pretextos para os ricos, vazios e egocêntricos competirem para ver quem se vestia melhor e usava as melhores joias. Aquele baile era para ajudar a Associação Nacional de Pesquisa sobre Esquizofrenia e Depressão.

Sage arrumou alguns cachos que haviam se soltado do coque atrás da orelha. — Tá, mas como foi que você conseguiu *entrar*?

— Bem...

— Que diferença faz? — perguntou Precious. — Ela já está aqui e certamente aqui é o seu lugar. Aimeudeus, eu a-mei seu vestido. Por que o meu estilista não me mostrou esse?

Pembroke sorriu para mim. — Quase não a reconheci vestida. — Ele deu uma gargalhada, como se tivesse dito a coisa mais inteligente de todos os tempos.

— Eu até podia me despir para avivar sua memória, mas sei que você tem uma imaginação muito fértil. — Espero de coração que aquilo tenha soado como uma resposta bem-humorada, porque na verdade o que eu queria mesmo era enfiar a mão na cara dele.

Ele achou graça. — E aquele martíni de maçã?

— Prefiro outra coisa — respondi e me virei para Rose. — O que vocês estão bebendo?

— Flirtinis.

Não fazia a menor ideia do que era aquilo.

— Ótimo — disse a Pembroke. — Um flirtini.

— É pra já.

Ele foi buscar a bebida, e seu lugar foi ocupado por outra amiga das gêmeas que eu conhecera na noite anterior, a dos silicones imensos. Como era mesmo o nome dela? Tinha a ver com *Vila Sésamo*. Big Bird? Cookie Monster? Oscar the Grouch? Isso. Grouch. Suzanne de Grouchy. Ela me encarava com uma admiração despudorada. — Zac Posen, não é?

Ela nem se deu ao trabalho de pedir desculpa pela noite anterior. E eu agi como se fosse *cool* demais para estar esperando alguma.

— Claro — chutei. Eu não me lembrava o nome do sujeito que fizera meu vestido.

Sage me encarou, franzindo os olhos, e eu tentei ficar calma. — O que aconteceu com o cabelo ruim e as roupas escrotas?

Para aquilo eu estava preparada, graças à minha antiga e não tão brilhante carreira na revista.

— Fala sério, Sage. Quando eu viajo, as únicas coisas que levo comigo são spray de Evian, meu gloss e roupas confortáveis. — Fiz minha melhor imitação da jogada de cabelo de Sage. Há um mês, eu tinha feito na *Scoop* as legendas para as fotos de uma entrevista com três top models. Kate Moss havia explicado que ela nunca usava maquiagem quando viajava. — Como se *eu* precisasse impressionar alguém.

Este momento vai ficar para sempre gravado na minha memória. Sage piscou. O ar superior sumiu de seu rosto e ela torceu o nariz. — Bem, você podia ter dito.

Sorri, bancando a doce. — Como eu disse, não preciso impressionar ninguém.

E, mesmo assim, estava impressionando alguém. Sage e Rose. Exatamente quem eu queria impressionar. Elas podiam não gostar de mim, mas não havia mais uma gota de desdém em seus olhos. De todo modo, era um progresso.

— Aqui está! — Pembroke estava de volta, me estendo uma bebida rosa em um copo de martíni. — Seu flirtini.

— Você é um amor. — *Um amor?* O que eu estava dizendo? Fiquei tentada a beber tudo de uma vez, para calibrar melhor minha farsa, mas lembrei de Keith me aconselhando a dar só um golinho. Foi o que fiz, fingindo um grande interesse nos casais que dançavam uma música dos BeeGees que ninguém jamais deveria dançar.

— Dança comigo? — perguntou uma voz às minhas costas.

Virei e lá estavam os olhos inacreditavelmente azuis do sujeito que me passara a toalha na noite anterior. Will Phillips. Só que em vez de ficar vermelha dos pés a cabeça, eu estava com o corpo coberto por um vestido vermelho. Mais apropriado, impossível.

— Como você pode dançar um lixo desses, Will? — perguntou Sage. A orquestra havia começado a tocar "Strangers in the night". Hesitei, enquanto casais com idade de ter perdido a virgindade ao som de Sinatra — ou melhor: ao som de Edith Piaf — deslizavam pela pista.

— Digamos que é algo muito, muito retrô — Will disse para Sage, depois olhou de novo para mim. — Vamos? — Ele estendeu o braço para mim.

— Claro. — Por um momento, foi difícil desviar meus olhos dos dele, até que me lembrei de quem aquele cara era amigo e o que seus olhos haviam visto na noite anterior. *Estou aqui a trabalho*, pensei. Eu tinha duas semanas até Laurel voltar, ver que as meninas não estavam nem perto de entrar na Duke e me mandar embora, duas semanas para aprender tudo que podia sobre os ricos, desprezíveis e asquerosos de Palm Beach. Coloquei minha mão na dele. Cada minuto valia ouro.

— Desculpe por ontem à noite — disse Will, me envolvendo em seus braços. — Também fui pego de surpresa.

Acreditar ou não acreditar, eis a questão. Refletiria sobre o assunto depois.

— Sem problemas — disse, tranquila. — Foi uma brincadeira boba. Então, como você conheceu as gêmeas?

— Moro na casa ao lado, em Barbados. — Começamos a dançar.

O vizinho que as conhecia há séculos. Perfeito.

— Barbados é uma ilha no Caribe — disse, brincando.

— E também o nome da nossa propriedade. O povo aqui em Palm Beach adora dar nome às suas casas. Acho que deve ser alguma coisa que colocam na água.

— Então, você cresceu com Sage e Rose? — perguntei.

— Na verdade, não. Tenho 23 anos. Eu me formei em Northwestern em junho passado.

Tínhamos a mesma idade. E a pergunta que não queria calar era: por que ele estava andando com um bando de adolescentes? O que me levou a uma conclusão óbvia: devia estar dormindo com uma delas. De onde eu vim, aquilo era criminoso. E, em qualquer lugar do mundo, aquilo era simplesmente... *nojento*.

— E você? — Ele recuou para poder me olhar melhor.

— Yale — respondi, tímida.

Ele assoviou. — E você é professora particular? Por escolha? Você se formou em quê?

— Literatura. — Não vi problema em falar a verdade. — E você?

— História da arte. Meu pai é marchand. Ainda estou decidindo se vou entrar no negócio. A galeria dele fica na Worth Avenue. Você deve conhecer, a Galeria Phillips.

Tive que me controlar para não torcer o nariz para aquele papo convencido dele. Será possível que todas aquelas pessoas realmente acham que seus mundinhos são o centro do universo? — Para falar a verdade, é a primeira vez que venho a Palm Beach — disse, tentando focar na minha pesquisa. — Ainda não conheço a ilha direito.

Torci para ele morder a isca. Quem poderia ser um melhor guia do que o bofe de Barbados?

— Meu pai está expondo alguns Corots na galeria. Acho que você ia gostar. Se quiser, posso te levar para dar uma volta amanhã.

Agora sim. Mordeu a isca direitinho.

— Eu ia adorar.

Sorri, apoiando a cabeça no ombro dele e imaginando todas as informações confidenciais que poderia colher no dia seguinte. E quando um coroa com um blazer vermelho me empurrou ainda mais para os braços de Will, bem... digamos que eu não liguei nem um pouquinho

Aquilo estava começando a ficar *divertido*.

Identifique a parte incorreta da seguinte sentença:

É uma (a) <u>excelente</u> ideia, na teoria, (b) <u>fingir</u> ser alguém que não
(c) se <u>és</u> para tentar (d) <u>impressionar</u> um membro do sexo oposto.
(e) Nenhum erro

treze

pesar do pequeno progresso que fiz com as gêmeas na festa — pelo menos voltei a ser Megan em vez de Frizzy —, decidi não ir atrás delas na manhã seguinte. Em vez disso, achei melhor ir até a mansão principal, tomar meu café e checar as previsões para a tarde com o possível-tarado-pedófilo-vizinho-das-gêmeas, Will Phillips.

Acabou que nem precisei fazer nada disso. Acordei com as gêmeas batendo na minha porta, no horário quase razoável de dez da manhã. Estavam vestidas para mais um dia sob o sol. Sage usava um biquíni dourado com três peças do tamanho de um Post-it e Rose um maiô preto com duas fendas na cintura que a deixavam com dois metros de pernas.

Sage foi a primeira a se pronunciar. Ela cruzou os braços e estreitou os olhos. — Já sabemos quem você é.

Desmascarada. De nada adiantou a tentativa de Marco e Keith para me passar como um deles. Foi bom enquanto durou. Curti cada uma das 16 horas de farsa.

— Está bem — respondi. — Eu realmente não sou...

— Jogamos seu nome no Google — interrompeu Rose. Sage balançou a cabeça. — Você é Megan Smith, da parte rica da Filadélfia; Gladwyne, Pensilvânia, para ser mais exata. A sua família patrocinou um baile na primavera em prol do centro de transplantes do hospital da Universidade da Pensilvânia. Sua mãe foi de Chanel e você de Versace. Lemos tudo a seu respeito.

Patrocinar um baile beneficente na primavera era tão distante da minha realidade que me deu vontade de rir, mas as pecinhas do quebra-cabeça se reorganizaram em minha mente. Smith estava longe de ser um nome raro, e Megan não ficava atrás. Não era tão surpreendente assim que houvesse outra pessoa com meu nome, vinda de uma família milionária. Eu também já tinha jogado meu nome no Google uma vez. Está bem, umas dez ou 12 vezes. Tirando algumas ocorrências em sites relacionados a Yale, minha verdadeira identidade não existia na internet. Mas havia 93.700 Megans Smiths. E, ao que tudo indicava, uma delas era rica.

— Pelo menos descobrimos como você foi convidada para o baile — murmurou Rose.

— E de onde saiu aquele vestido — completou Sage. — Você devia ter contado pra gente, Megan.

Elas saíram bufando. Aproveitei a brecha e gritei: — Vocês estão prontas para estudarmos hoje?

As duas viraram para mim e gritaram "não" juntinhas, em tempo recorde.

* * *

Acabei pedindo meu café no quarto — dois croissants quentinhos, um prato de frutas tropicais fatiadas e uma garrafa de café etíope — e passei a manhã no meu deque particular, fazendo uma pesquisa básica na internet sobre Gladwyne, Pensilvânia, lar da outra Megan Smith. Gladwyne era um desses lugares que faziam Concord, New Hampshire — a cidade onde fui criada —, parecer um país de terceiro mundo.

Estava no meio da minha pesquisa quando um pensamento assustador me ocorreu. Quando fosse encontrar Will mais tarde, ele na certa estaria esperando a garota com quem dançara na véspera. O problema é que essa garota não existia. Eu era péssima para arrumar meu cabelo e não tinha uma roupa decente. A não ser que o Mr. Keith se materializasse no meu quarto, eu estava ferrada.

Em pânico, tomei uma chuveirada, lavei o cabelo e vesti um *mix* horrendo dos dois conjuntinhos da Century 21. Corri para a mansão principal — evitando de propósito o deque da piscina, onde poderia dar de cara com as gêmeas — atrás da minha fada maricas.

Sem muitos rodeios, expliquei minha situação. Não contei a história toda, é claro — Marco não podia saber que eu estava infiltrada como jornalista à caça de uma boa história —, mas disse que as gêmeas estavam me tomando por outra Megan Smith, infinitamente mais rica. Ele achou engraçadíssimo e entendeu a importância de manter aquela impressão. Por motivos estritamente, hum, acadêmicos.

— Não se preocupe, fofa — disse com carinho, colocando bolinhos de canela numa grelha. — Você deu sorte, acho que posso te ajudar. Coma um bolinho.

Devorei o bolo, aliviada por ele poder me ajudar e, ao mesmo tempo, sentindo outra vez uma pontada aguda de culpa. Desde o instante em que nos conhecemos, Marco fora ótimo comigo, e eu não estava sendo sincera sobre minhas intenções em Palm Beach. *Jornalistas fazem isso*, tentei me lembrar.

Quando Marco me conduziu à sua casa, que ficava nos fundos da propriedade, meu remorso diminuiu consideravelmente. Pelo visto, eu não era a única que guardava um segredo. Quando Marco não atuava como *chef* Marco, ele era Zsa Zsa Laputa, a drag queen mais glamorosa daquelas bandas. Que, por acaso, vestia o mesmo número que eu.

Passamos pela sua sala de estar vermelha e preta com um sofá de estampa de lagarto — ele estava numa fase western — e fomos direto para o quarto. Ao contrário do seu comportamento típico, o quarto era de uma masculinidade agressiva, tudo em prata e aço cromado, com uma pintura sobre a cabeceira da cama de dois caubóis se entreolhando. Super *Brokeback*.

— *Mi* closet, *su* closet — anunciou, abrindo a porta dupla do closet, quase tão grande quanto o quarto em si.

Nenhuma fada maricas poderia ser mais generosa. O closet estava lotado de cabides e mais cabides com roupas de grife espetaculares. Ele começou a puxar algumas opções. — Para a galeria com Will, pensei nessa calça preta de crepe da Bottega Veneta, cintura alta, com uma blusa marfim de chiffon da Fendi. Agora, vamos ver para depois.

Tentei protestar, mas, quando ele terminou de escolher, havia enchido uma mala grande inteirinha e uma sacola gigantesca, alegando que eu ia precisar daquelas roupas no futuro.

— Quer um conselho sobre isso aí que você está vestindo, meu bem? — perguntou ele. — Queima.

Depois veio o cabelo e a maquiagem. Marco não era tão genial com cabelos quanto Keith, mas me ensinou a usar uma chapinha. A maquiagem ele dominava muito bem e, uma vez pronta, coloquei a roupa que ele sugeriu. Serviu. Olhei para os mocassins pretos que estava calçando e mordi os lábios, preocupada. Até eu sabia que não combinavam nada com o visual *fino*.

— Ai, querida. — Marco mordiscou uma unha, impecavelmente feita.

Eu calçava 37, ele, 40. De repente, Marco estalou os dedos.

— Sapatilhas Chanel, meu bem. Perfeito!

Experimentei — eram grandes demais para mim, mas não saíam do pé por causa do elástico. Ele prometeu ligar para Keith e pedir que trouxesse outras opções. Protestei mais uma vez, mas Marco estava irredutível.

— Meu beem — disse ele, com uma fala arrastada, numa imitação quase perfeita do sotaque de Zsa Zsa Gabor, enquanto aplicava rímel nos meus cílios —, você está di-vi-na. Qual carro você vai pegar?

Ainda não tinha parado para pensar no assunto, e foi o que respondi a Marco. Tinha que estar no centro, na Worth Avenue, em exatamente 15 minutos. Will ia me conduzir em um grande tour pela galeria do seu pai e depois me levar ao Breakers para tomar um chá.

— Vá com a Ferrari — aconselhou Marco. — A Ferrari vermelha. É a mais legal de dirigir. Você sabe passar a marcha? — Ele sorriu com a insinuação sexual da pergunta.

— Claro que sei. — Dei uma risada. A picape do meu pai tinha câmbio manual.

Marco sorriu de volta. — Quer um conselho, meu bem? Quando tiver oportunidade de passar a marcha, vá em frente.

A Galeria Phillips ficava ao norte da Worth Avenue e tinha apenas uma única pintura na vitrine: uma ponte de pedra na paisagem rural francesa. Um letreiro ainda mais discreto anunciava GALERIA PHILLIPS: PALM BEACH. OBRAS DE JEAN-BAPTISTE-CAMILLE COROT. DE 13 DE NOVEMBRO A 23 DE DEZEMBRO.

Deixei o carro com o valet logo na porta e entrei na galeria. Então, aquele era o espaço que o pai de Will queria que ele dirigisse? O saguão de entrada era todo branco com um piso de madeira. O ar-condicionado era uma bênção depois do sol e da umidade lá fora.

Fui recebida por uma moça com um terninho preto bem ajustado, bronzeada ao estilo Palm Beach e com um cabelo loiro bem cortado na altura do ombro. — Bem-vinda à Galeria Phillips. Eu sou Giselle Keenan — disse ela, me olhando atentamente. — Desculpe perguntar, mas... quem fez sua coloração? As mechas estão *maravilhosas*.

— Ah, Keith — respondi, tentando me lembrar do sobrenome dele.

— *O* Keith? — perguntou Giselle, abafando a voz em reverência. — Estou tentando marcar hora com ele há séculos. Como você conseguiu?

— Estou hospedada em Les Anges...

— Com as gêmeas Baker? Estive com elas no comitê do baile do Hearts and Hopes na temporada passada. Diga que mandei um beijo, está bem? Eu amei a matéria com elas na *Vanity Fair*.

— Pode deixar — respondi, arquivando anotações mentais. — Vim encontrar com Will Phillips. Ele está me esperando. Meu nome é Megan.

— É pra já. — Enquanto ela apertava algumas teclas no seu telefone, um sujeito bem-vestido, com o cabelo desgrenhado e a pele avermelhada de quem passa muito tempo em barcos ou campos de golfe, ou em ambos, entrou na galeria. Ele sorriu para mim do jeito que eu via vários homens sorrindo para minha irmã. Meu primeiro instinto foi virar para ver se ele não estava sorrindo para alguma mulher realmente gostosa atrás de mim. Ao que parecia, o efeito Cinderela estava durando mesmo após o baile.

Logo quando meu marinheiro jogador de golfe ia vindo na minha direção, Will apareceu. — Megan? Bem-vinda à galeria.

Ele estava usando um casaco esportivo azul, uma camisa azul-clara com colarinho aberto, calça cáqui e mocassins marrons sem meias. Em breve, ia descobrir que variações desse traje eram o uniforme masculino não oficial de Palm Beach. O marinheiro fez um gesto com a cabeça e me lançou um olhar simpático de pesar. Em seguida, virou de costas e foi embora.

— Você já deu uma olhada por aí? — perguntou Will.

— Não. Mas esta sala é incrível.

— Cresci aqui dentro, nem reparo mais — confessou ele.

Queria que Will se sentisse à vontade comigo, para ser o mais natural possível — quem poderia ser modelo melhor para uma matéria sobre Palm Beach? —, mas ia ser difícil controlar minha vontade de lhe dar um chute na canela por ser tão mimado.

— Quer fazer um tour rápido e depois dar uma volta pela avenida?

— Ótimo — respondi.

Will falou bastante e eu fiquei ouvindo, enquanto ele me conduzia pelos dois imensos salões brancos da galeria. Ele tinha um conhecimento enciclopédico da vida e obra de Corot e me mostrou as três fases distintas do artista, antes de se virar para mim e dizer: — Vamos.

Saímos sob o sol cintilante da tarde e dobramos à direita na calçada, passando por várias lojas de grife. Ferragamo. Gucci. Hermès. Tiffany. Não havia nenhuma Gap nem Starbucks por perto. As calçadas não estavam cheias e o dia estava agradável. Movimento mesmo, só na frente de um restaurante chamado Ta-boo, onde uma equipe de valets estava ocupada estacionando uma fileira enorme de Bentleys, Mercedes e Rolls-Royces.

Notei uma placa especificando o limite — mínimo e máximo — de velocidade. Por que diabos havia uma restrição à velocidade *mínima*?

— Qual é a dessas placas? — perguntei.

— Vocês não têm isso na Filadélfia não? — Ele pareceu intrigado. — É para evitar que os turistas diminuam a marcha para ficar olhando. As pessoas aqui gostam de ter privacidade.

— Quem te contou que eu sou da Filadélfia?

— Sage.

Certo. Aquilo até podia funcionar a meu favor. Para fins de apuração, não havia nenhum mal em Will também achar que eu era a outra Megan.

— Então, não conheço a Filadélfia — disse Will. — Conte-me sobre o lugar onde cresceu.

Graças à pesquisa que fiz na internet pela manhã, aquilo não foi difícil. Contei onde gostava de comer (Ter Scalini), onde gostava de fazer compras (Smak Parlour) e para onde gostava de ir durante as férias (Gstaad, para esquiar, e Bruxelas, para fazer compras). Estava sendo tão legal inventar aquele personagem, que eu mal notei que havíamos dado uma volta completa na Worth Avenue e estávamos na porta da galeria novamente.

Will consultou seu relógio. — Tenho que voltar para o trabalho.

Peraí, e o nosso chá? — Obrigada pelo tour — agradeci, encostando em seu braço. — A gente podia marcar outra coisa.

Era minha tentativa descarada de dizer: *Convide-me para tomar uns drinques, bonitão*. Sabe Deus o que eu podia arrancar dele depois de dois ou três copos.

— Vamos ver. Cuide-se, Megan. — Não pude deixar de notar que ele parecia um pouco confuso, virando de costas e entrando de volta na galeria.

Escolha o melhor antônimo (palavras que possuem significado oposto) para as seguintes palavras:

DIVIDIR e CONQUISTAR

(a) convidar e festejar
(b) separar e destruir
(c) destacar e ampliar
(d) unificar e submeter-se
(e) manicure e pedicure

quatorze

Estava andando pelo já familiar caminho de cascalho branco, entre a mansão principal e a das gêmeas, matutando sobre o término bizarro do meu encontro com Will, quando ouvi uns gritos, vindos do deque da piscina. As gêmeas — eu ainda não conseguia distinguir suas vozes — e mais alguém.

Que curioso.

Os palavrões reverberavam enquanto desviava do caminho e me escondia atrás de uma palmeira, próxima à piscina. De lá, podia ver a área das cabanas no deque, onde estava rolando a batalha real. As meninas ainda estavam em trajes de banho e a outra mulher usava um terninho bege.

— Puta que pariu, Zenith, é inacreditável! — berrou Sage. — E você ainda se diz uma porra de uma empresária? Você é uma *merda*!

Empresária? Tipo, a tal empresária que supostamente ia arrumar todos aqueles filmes, programas de televisão e trabalhos incríveis como modelo para elas?

Zenith respirou fundo, visivelmente tentando manter a compostura.

— Olha, esse tipo de coisa é comum, as negociações fracassam quando chega a hora de assinar os cheques.

— Você disse que ia conseguir uma série de tevê pra gente. Um filme. Uma cadeia de casas noturnas — choramingou Rose. — Você disse que ia fazer o mundo esquecer Paris e Nicole!

— Olha, *existe* uma oferta de pé. Se vocês não fossem duas mimadas, estariam aceitando de bom grado — respondeu ela, furiosa.

— Spray bronzeador Golden Glow? E eu vou fazer a foto do "antes"? Sage Baker jamais será uma foto "antes"!

Sage Baker posando como "antes" num antes e depois? Não tem preço.

— Terminou? — perguntou Zenith, calmamente.

— Fora da minha casa — retrucou Sage.

— Com prazer. Não me liguem mais. — Zenith foi embora, atravessando o deque, por sorte pegando um caminho onde não esbarraria comigo.

— Não nos ligue mais *você*! — Sage tirou uma das sandálias cravejadas de joias que estava usando e arremessou na direção da empresária. Caiu dentro da piscina. — E você fica péssima de bege! — Ela virou-se para a irmã. — Foda-se ela. A gente arruma outra empresária. Vem, Rose, vamos encher a cara.

— Não. — Rose parecia estar à beira das lágrimas.

— *Não?* — repetiu Sage, incrédula. Eu mal podia acreditar também. Não sabia que Rose era capaz de dizer aquela palavra à irmã.

— Deu tudo errado... tudo. — Rose saiu correndo pelo deque e desceu os degraus de pedra até a praia, deixando Sage sozinha. Por um instante, pensei que Sage fosse atrás dela. Mas ela voltou para casa chutando a outra sandália para dentro da piscina também.

Dividir e conquistar, pensei. A casa das gêmeas já estava dividida. Tudo que precisava fazer agora era conquistar.

Desci até a praia pelos fundos, tentando parecer casual, como se estivesse simplesmente saindo para dar uma voltinha. Quase que imediatamente, vi Rose andando vacilante na beira do mar, recuando a cada onda que quebrava próxima aos seus pés e, em seguida, desafiando a água mais uma vez.

— Dando uma volta? — perguntei, me aproximando dela. Seu lábio inferior estava tremendo. — Ei, você está bem?

Ela sacudiu a cabeça. A maré estava subindo e uma onda quase encharcou nossos pés. Dei um pulo para trás, lembrando que as sapatilhas de Marco não deviam ser à prova d'água.

— Cadê minha irmã? — perguntou Rose, preocupada.

Dei de ombros. — Não sei.

Rose se afastou do mar e sentou-se na muralha do cais. Fui atrás dela, percebendo que, se Sage olhasse para a praia, não conseguiria nos ver de longe. Era essa a ideia.

— Estamos totalmente fodidas — Rose murmurou. — Sage e eu.

— Fodidas como?

Ela não tirava os olhos do mar. — Lembra do que Sage te disse, na noite em que você chegou, sobre nossa empresária em Los Angeles? Todas aquelas ofertas e como íamos ficar cheias de dinheiro?

Assenti com a cabeça e esperei uma explicação. Continuei esperando. Finalmente, ela engatou num monólogo que desafiava todas as regras de pontuação e sintaxe: — Sage disse que a matéria da *Vanity Fair* ia deixar a gente famosa e que a gente não ia mais conseguir sair de casa sem as câmeras de tevê atrás da gente e, sabe, me pareceu legal porque é isso que acontece com as pessoas famosas, tipo, o tempo todo e tudo... Aí Sage contratou essa empresária em Los Angeles e achamos que ia rolar um monte de ofertas até para um filme e íamos ter nosso reality show e, tipo, nossas próprias empresas de cosméticos, mas não ia ser daquelas vagabundas, não, sabe?

Assenti novamente. Me pareceu a coisa certa a fazer.

— Então — prosseguiu Rose —, acabou que nenhuma dessas negociações foi pra frente, não sei por quê, e tipo, sobrou só essa parada de anúncio de spray bronzeador, sabe? Ah, e de repente outra parada que nem tava assim tão certa, mas era pra uma cadeia de lojas no sul que vende, tipo, o jeans da Jessica Simpson, que nem ela usa.

— Caramba.

Minha solidariedade pareceu encorajar Rose. Ela continuou:

— Enfim, não íamos conseguir o suficiente para viver disso por, tipo, um ano que fosse. Mas já mandamos um foda-se pro dinheiro da minha vó e não devíamos ter feito você nadar nua, porque agora você detesta a gente e não vai nunca querer ser nossa professora particular, e mesmo que quisesse, de que ia adiantar? — Ela piscou duas vezes. — Tá entendendo?

Em um universo gramatical paralelo, talvez. Mas peguei a essência da coisa, porque a essência me parecia a abertura que eu estava esperando. Sage vendera para Rose a ideia de que elas não iam precisar do dinheiro da avó, porque iam ganhar muito sozinhas. Logo, podiam me despachar. Dera tudo errado. E Rose só estava me contando aquilo porque estava se cagando de medo de ficar sem um puto.

Não há nada como ser necessária.

— Então... você pode ajudar a gente? — perguntou ela.

Eu podia dar aulas para ela, o que me garantiria mais tempo no paraíso — isso era bom. Não. Era ótimo. Mas conseguiria ajudá-la a entrar na Duke? Mesmo que eu trabalhasse noite e dia nas próximas sete semanas e meia, duvidava que ela tivesse o QI de uma bola de tênis. Além do mais, *as duas* gêmeas tinham que ser aceitas, e Sage, provavelmente, preferia mil vezes encarnar a versão Palm Beach de Heidi Fleiss do que ser minha aluna.

Pelo menos eu estava avançando com *uma* das gêmeas. Talvez fosse apenas uma questão de tempo até a outra seguir a deixa.

Naquela noite, como uma boa jornalista investigativa, trabalhei nas minhas anotações. Juntando Marco, Keith e as gêmeas, eu tinha podridão mais do que suficiente para enterrar os privilegiados de Palm Beach.

De Suzanne de Grouchy, após uns dois flirtinis no baile Vermelho e Branco: uma princesa da sociedade esfaqueou o marido com uma faca de cozinha Wüsthof-Trident, após flagrá-lo com uma amiga de Suzanne, e pegou dois meses de prisão domiciliar. A amiga foi despachada para o sul da França.

De Keith, durante outra aplicação de maquiagem: no ano anterior, um abrigo chamado Peace Place cancelou seu tradicional baile beneficente na Temporada e mandou convites anunciando que "os convidados" podiam ficar no conforto de suas casas e enviar suas doações. O Peace Place normalmente recebia mais de um milhão de dólares de doações, graças ao evento. No ano em que cancelaram a festa, arrecadaram só cinco mil dólares. — A verdadeira contribuição de Palm Beach para a sociedade — decretou Keith — são os bailes de caridade durante A Temporada.

Da própria Rose, com um guardanapo no colo: "Às vezes, mastigar a comida e depois cuspir satisfaz tanto quanto comer... sabe?"

Na boa. Mesmo me esforçando muito, eu não conseguiria inventar coisas assim.

Pensei que ia ficar ali só por duas semanas. Mas Rose me abrira a possibilidade de uma estada de dois meses. Para dar certo, precisava convencer Sage também. Então, na manhã seguinte, fiz uma chapinha no cabelo, coloquei um dos *looks* mais casuais que Marco me emprestara — jeans cintura baixa Joe's que havia encolhido na lavagem e uma camisa branca Petit Bateau — e me plantei no corredor, entre as nossas suítes.

Lá pelas onze, ela surgiu, usando uma calça skinny escura, uma camiseta branca com asas de anjo na frente e sandálias de amarrar inacreditavelmente altas. Tirando os sapatos, estávamos com uma roupa bem parecida.

Interpretei como um sinal. — Sage!

Ela parecia irritada, antes mesmo de eu abrir a boca. — O que você quer?

— Bem... — Recuei contra a parede e tentei fazer cara de desamparada.

— *O que é?* — perguntou ela, ríspida. — Pegou chato de alguém no clube ou o quê?

Parei de me fazer de coitada. Estava claro que a única com talento para atuar na nossa família era Lily, mas era tarde demais para abortar a operação. — Olha, Sage, vou ser franca com você. — *O que não deixava de ser verdade. Ainda que de um jeito jornalista-capaz-de-qualquer-coisa-por-uma-boa-matéria.* — Sei que você está pouco se lixando para estudar, mas quer saber? — *Vamos cruzar os dedos.* — Eu realmente preciso desse emprego.

Ela me olhou com um discreto interesse profissional. — Você está cheia de dívidas, não é?

— Exatamente. — *Pura verdade.*

— Muita grana?

Confirmei com a cabeça.

Sage repetiu meu gesto, séria. — Imaginei. Dois anos atrás, Precious conseguiu lugares na primeira fila durante a Fashion Week em Nova York e as roupas eram maravilhosas. Ela acabou com uma dívida de uns 300 mil dólares e a mãe dela *surtou,* porque o cartão de crédito tinha um limite de 100 mil dólares.

Aquilo era impressionante. E impagável.

— E o que os pais dela fizeram?

Sage se inclinou na minha direção. — Cortaram a mesada dela — sussurrou, como se estivesse revelando um segredo de estado. — Precious ficou arrasada, quase *teve um filho.* Quando nós jogamos seu nome no Google, imaginávamos que fosse algo assim.

Ah, a ironia. Jamais, em um milhão de anos, passaria pela minha cabeça que Sage chegaria à conclusão que eu tinha uma dívida com roupas de alta-costura, e não com a universidade.

— Então, você entende que eu realmente estou precisando desse emprego — disse, sem corrigir o mal-entendido. — Para tentar resolver isso logo.

— Para alegrar papai e mamãe Smith, né? — deduziu ela. — Eles embarreiraram teu fundo? Meu Deus, isso é uma *crueldade*!

— Pois é — concordei. Conheci uma menina em Yale que vivia reclamando que não ia receber seu fundo até os 30 anos, o que, para ela, era estar velha. — Então, se a gente pudesse fazer uns exercícios, para eu ter o que mostrar a sua avó... Prometo que não pego no seu pé. E se você um dia decidir que o lance de Hollywood não é bem o que quer, bom, pelo menos vamos ter estudado um pouco.

Quase pude ver balõezinhos vazios saindo da cabeça de Sage. Como nos quadrinhos. Ela deu um suspiro irritado. — Está bem.

Está bem? Uau.

— Valeu *mesmo* — agradeci, entusiasmada. — De coração.

— Tanto faz. Quando vamos começar?

— Hoje à tarde? — arrisquei.

— Pode ser — concordou ela, girando os olhos para deixar claro que estava fazendo um megafavor para mim.

Ela não fazia a *menor* ideia.

Escolha a analogia que melhor complementa a seguinte frase:

IATE: PRINCESA DA SOCIEDADE

(a) caixa de papelão: vinho
(b) chihuahua: rock starlet
(c) cocaína: supermodel
(d) bolsa Fendi: Sarah Jessica Parker
(e) preso com drogas: Robert Downey, Jr.

quinze

Uma verdade fundamental ficou clara para mim quatro dias depois, meu sétimo em Palm Beach: havia um motivo para todas aquelas histórias famosas sobre acadêmicos vivendo de pão e rabanetes, dormindo em sótãos, usando a mesma água para ferver ovos e lavar o sovaco — uma vida luxuosa não é uma atmosfera propícia aos estudos. Podendo-se escolher entre dominar equações de segundo grau e assistir a um DVD ainda não lançado num home theater mais legal do que qualquer multiplex da vida, quem não iria optar por momentos de distração com pipoca quentinha e Orlando Bloom?

Apesar do novo e ostensivo comprometimento das gêmeas com os estudos, elas passavam mais tempo no recreio do que em aula. Se eu fosse uma professora de verdade, poderia até me incomodar com isso. Mas não era, então, nem liguei. Em vez disso, me esforcei para ficar mais próxima delas, com o pretexto de estar dando aulas.

Rose até que era razoavelmente agradável comigo, por ser mais gentil por natureza. Sage me tolerava, porque, graças ao meu novo visual *by* Marco, eu havia me transformado — como ele mesmo previra — num acessório aceitável. Aula + tentativa de ganhar intimidade + pesquisa era exatamente o que eu estava fazendo naquele fim de tarde no iate de 150 pés de Laurel, o *Heavenly*.

Enquanto nos afastávamos do Iate Clube de Palm Beach, Thom, o novo marinheiro, me conduziu em um breve tour. Ele era magro, com cabelos desgrenhados clareados pelo sol e um sorriso cativante. O iate tinha três andares: o inferior, com cabines de dormir; o principal, com um deque de popa imenso, sala de estar, de jantar e cozinha; e um heliporto no andar superior, para que os convidados pudessem chegar e partir sem enfrentar o mar.

Depois do tour, me dirigi ao deque de popa, onde as meninas já estavam refesteladas em trajes de banho. O biquíni laranja de Sage era franzidinho na bunda, lhe dando a aparência de um pêssego. Rose usava um maiô frente-única branco, tão decotado nas costas que dava para ver seu cofrinho. Eu, por minha vez, estava com uma calça Marc Jacobs branca de cotton e uma camisa preta com uma cruz gigantesca nas costas. Marco a usara durante sua fase Cher.

— Cadê seu biquíni, Megan? — perguntou Rose. — Não vamos tomar banho de ofurô antes de começarmos?

Marco podia me arrumar muitas coisas, menos um biquíni. Fingi uma cólica e curti o passeio enquanto elas relaxavam. Após o banho de ofurô, as gêmeas emendaram na sauna e depois chamaram Thom para servir um lanche — caviar, torradas, framboesas com cobertura de chocolate e uma garrafa de Taittinger, o champanhe favorito delas. Como torradas têm carboidratos, elas ficaram a maior parte do tempo só beliscando o caviar.

Depois, finalmente, se dispuseram a encarar um pouco de matemática. Enquanto pegavam lápis, papel e calculadora, tentei adequar os problemas aos seus interesses. — Karen conseguiu achar um vestido Chanel clássico numa liquidação por 2.650 dólares.

— Quem é Karen? — perguntou Rose, deitando-se de bruços.

— Não é ninguém, só um nome para o problema. Prestem atenção no resto. — Enrolei as mangas da camisa no ombro, para pelo menos pegar um solzinho.

Sage suspirou, irritada. Ela estava tentando — em vão — encontrar outra empresária para representá-las. E, nesse ínterim, decidira participar das minhas aulas. "Participar" é modo de dizer.

— Dá para repetir?

— Karen conseguiu achar...

— Calma aí — ordenou Sage. Ela pegou filtro solar fator 50 e besuntou no peito, nos braços e nas pernas opalescentes, enquanto Rose aguardava. — Começa de novo.

— Karen conseguiu achar um vestido Chanel na liquidação por 2.650 dólares.

— Não era um Chanel clássico? — perguntou Rose.

Sorri, deixando de lado a pergunta. — Dá no mesmo. Quando o vestido foi desenhado e elaborado, na década de 1940, ele era 80% mais barato. Quanto custava o vestido na época de sua confecção?

Rose ergueu o corpo, se apoiando nos cotovelos, e pôs-se a rabiscar algo num pedaço de papel. Sage me encarava, sem nenhuma reação.

— Quer que eu repita? — perguntei.

— Estamos falamos em custo efetivo ou reajustado pela inflação? — perguntou ela, calmamente.

Ah-ah. Um a zero para Sage.

— Custo efetivo — respondi.

— Karen tem um fundo fiduciário ou uma mesada? — perguntou Sage.

— Karen não existe — respondi com cautela, pensando que talvez fosse melhor passarmos logo para geometria. — Eu inventei esse problema para...

— Calma aí — ordenou Sage, erguendo um dedinho e aproximando a mão em concha da orelha. Em seguida, apontou para o horizonte. — São eles.

Vi que um helicóptero se aproximava ao longe. — Eles quem?

— Ontem foi o aniversário de 18 anos de Suzanne — explicou Sage. — Vamos comemorar hoje à noite. Se você não estiver no clima, pode se divertir um pouco na *biblioteca* da minha avó.

Até que não era uma má surpresa. Eu tinha muito mais chances de apurar podres de Palm Beach numa festa do que na companhia de Karen com seu maldito vestido Chanel.

O barulho foi ficando ensurdecedor à medida que o helicóptero se aproximava, pairando a uns 30 metros acima do deque. Contemplei desamparada nossos exercícios voando para o mar sob a potência das hélices.

O helicóptero aterrissou, as portas se abriram e três amigos das gêmeas desceram no iate. Reconheci Ari e Suzanne, mas havia um cara alto e atlético que eu nunca tinha visto antes. Sucedeu-se uma apoteose de beijos, abraços e gritinhos de "Parabéns!".

Enquanto o helicóptero levantava voo novamente, ponderei como as gêmeas podiam arriscar sua fortuna com aquela incapacidade de manter o foco — a não ser que acreditassem que o pouco que fazíamos *era* manter o foco. Em seis semanas, descobririam como estavam erradas.

Sage retirou-se imediatamente com o altão, o que provocou uma chuva de assovios. Suzanne me surpreendeu com um abraço, antes de pedir uma cerveja e se dirigir ao ofurô, deixando as roupas pelo caminho.

— Como vai o trabalho? — perguntou Ari, me cumprimentando. Ele estava usando uma bermuda cáqui da Brooks Brothers e uma velha camiseta CBGB. A julgar pelo visual, poderia ser mais um garoto do meu bairro em Nova York, e não um convidado em um iate multimilionário no meio da baía.

— Elas... estão progredindo. E você, Ari? Quais seus planos para o ano que vem?

— Entrar no MIT. Tive excelentes resultados nos últimos exames, estou bem confiante.

Quase engasguei com a saliva. Quer dizer então que as gêmeas tinham um amigo... *inteligente*?

— Queria que você pudesse fazer o exame de admissão no meu lugar, Ari — disse Rose, com um suspiro de desânimo.

— O que a sua avó fez foi tão... — começou Ari, mas não consegui ouvir o resto, pois outro helicóptero estava se aproximando. Melhor: três helicópteros estavam se aproximando, transformando o iate no centro de um triângulo isósceles aéreo. Foi então que distingui algumas lanchas vindo em nossa direção, e Thom desceu uma escada para que seus passageiros pudessem subir ao iate.

Meia hora depois, lá estava eu no meio de uma megafesta de aniversário. Todos os amigos das gêmeas que eu conhecera até então estavam presentes, mais uns quarenta ou cinquenta convidados. Só Will Phillips não dera as caras — não via Will desde o dia em que ele me largara na Worth Avenue. Não que eu me importasse com isso.

Sério.

Ao cair da tarde, a maioria daqueles adolescentes já estava consideravelmente bêbada. O novo CD de Gwen Stefani estava bombando. Tinha menina dançando com menino, menina dançando com menina, menina beijando menino e até menina beijando menina também, para alegria dos meninos. Todos estavam com um drinque ou uma droga na mão. O evento fazia qualquer festa de fraternidade em Yale parecer uma reunião de crentes. Quando Pembroke me disse para não ficar tão estressada — a 20 quilômetros de distância da costa, estávamos oficialmente em mares estrangeiros, isto é, livres da ameaça da Guarda Costeira —, confesso que suspirei aliviada.

Quando começou a tocar uma música antiga do Smashing Pumpkins, Pembroke me puxou para mais perto — bem, o mais perto possível com a barriga dele no caminho. Estava com os olhos vidrados.

— Você é tão gostosa — sussurrou, e eu senti a saliva atingir minha orelha. Ai, *eca*. — Esse lance de professora é muito foda, cara.

Muito foda, cara, mesmo.

Identifique o erro na seguinte sentença:

Elitismo gera (a) <u>elitismo</u>, e (b) <u>disfazer</u> (c) o <u>ciclo</u> requer coragem, (d) <u>convicção</u> e elegância. (e) Não há erro

dezesseis

Quando concordei em passar o Dia de Ação de Graças com James na casa de praia da família dele, sabia que o feriado não seria nem um pouco parecido com os que eu passara na minha casa em New Hampshire. Sabia que ia sentir falta da neve e do fogo crepitando na lareira, do meu pai fazendo uma versão acústica dos maiores sucessos de Bob Dylan, enquanto minha avó preparava seu famoso (pelo menos na nossa família) molho de amora (ingrediente secreto: casca de laranja).

Tinha falado com meus pais no dia anterior. Lily ia para New Hampshire de limusine, para não perder suas apresentações noturnas de quarta e sexta-feira. Senti uma pontada de saudade da minha casa, agravada pela certeza do que estava por vir. Feriado na Flórida com sogros em potencial que me detestavam.

Na manhã de Ação de Graças, liguei a tevê de plasma para ver o desfile da Macy's e alisei o cabelo com a chapinha, habilidade que aprendi a dominar à beira da perfeição. Continuava sendo um desastre ambulante no quesito maquiagem, então corri até a casa de Marco e pedi que ele me ajudasse. Para vestir, escolhi um suéter Oscar de la Renta de cashmere sem mangas, herança da fase Ann-Margret de Marco, e uma saia bege da Burberry. Quando entrei em uma das BMWs disponíveis na garagem para a viagem de uma hora até Gulf Stream, achei que estava muito bem para quem partia para uma batalha.

A casa dos pais de James ficava bem na praia, em uma cidade que seria considerada riquíssima se comparada a qualquer lugar, exceto Palm Beach. Assim que engatei o carro na entrada de veículos, James surgiu na porta. Logo depois, eu estava em seus braços.

— Ei — ele murmurou na minha orelha. — Estava com saudade de você. — Ele me afastou com o braço, para me olhar de cima a baixo. — Caralho, o que... *aconteceu* com você?

Ui. E eu crente que estava tipo, *gatchenha*.

— Ah, eu só dei uma mudada em...

— Você está linda.

Abri um sorrisão. — Sério?

— Dá uma voltinha — mandou, tentando fazer a instrução parecer o menos gay possível. — O cabelo, as roupas... Espera só até meus pais te verem.

Fiquei meio chateada. Quer dizer que antes eu não era boa o suficiente? Mas, como sabia que ele não tinha falado por mal — que estava orgulhoso de mim —, lhe dei um beijo suave e fiquei quieta. Ele me ofereceu o braço e me conduziu para dentro da casa.

Se você viu *Laranja mecânica*, do Stanley Kubrick, pode ter uma boa ideia do que era a casa de praia dos Ladeen. Absolutamente moderna, com todas as superfícies despidas de cor, mobília em linha reta. Uma mesa de vidro e aço cromado na sala de estar era a única peça que acusava sinais de pessoas morando ali: o *New York Times* do dia jazia em cadernos sobrepostos junto a uma xícara abandonada de café.

Havia também uma meia dúzia de fotografias familiares, em porta-retratos com moldura cromada na mesa — os retratos e cenas de viagens de sempre e um de James, na formatura de Yale. Havia uma fotografia dos Ladeen sorrindo, descendo uma pista de esqui: James e os pais enrolados em suéteres e parcas, seus rostinhos corados sorrindo para a câmera. Até aí tudo bem. Mas James estava abraçando algo. Abraçando *alguém*. Heather.

Confessando aqui: aconteceu um mês após eu e James estarmos juntos. Na manhã seguinte a uma noite incrível, ele me deixou na cama em seu apartamento e foi buscar o café da manhã na rua. Eu estava louca por ele, mas não sabia se ele estava igualmente louco por mim. Confessar minha insegurança e perguntar para ele me parecia carente demais, então fiz a única coisa que uma garota razoavelmente normal faria ao se ver sozinha no apartamento do novo namorado: fuxiquei.

Nem sei dizer exatamente o que estava procurando. Calcinha de outra garota? Batom no armário do banheiro? Minha investigação me levou até a escrivaninha e, na última gaveta, encontrei uma caixa de charutos. Dentro, cartas de amor antigas de Heather, e, em um dos envelopes, uma foto. Uma foto dela nua, tirada naquele mesmo apartamento... na mesma cama em que eu acabara de dormir. Foi então que eu lhe dei o apelido, a alcunha que me ocorria sempre que pensava nela: Heather, a Perfeita. O corpo de Heather era... *perfeito*. Quando finalmente a conheci, em uma das festas da família de James no ano anterior, ela estava usando um vestido envelope da Diane von Furstenberg que aderia a cada uma de suas curvas invejáveis. Basta dizer que minha teoria foi mais do que confirmada.

E, agora, lá estava eu, contemplando uma foto de Heather novamente, desta vez com meu namorado. Pelo menos estavam vestidos.

— Ah, isso. — James me apertou em seus braços ao perceber que eu estava olhando para a foto. — Meus pais devem ter esquecido.

— Tem um lança-chamas aqui por perto? — brinquei.

— Vem comigo. — Ele pegou meu braço e me levou até um pátio externo, que dava direto na praia.

— Megan! — Dr. Ladeen me cumprimentou, afetuoso, deixando de lado as pinças que usava para grelhar os peitos de peru. — Uau, você está incrível. Veronica, Megan não está incrível?

A sra. Ladeen interrompeu sua tarefa — estava fatiando pepinos — e ergueu os olhos. Usava calça skinny, que ficava ótima nela porque era magra, uma blusa coral de camponesa e vários colares prata com turquesa. Ela havia cortado seu cabelo escuro bem curto, tipo Debra Wurtzel.

— Olá, Megan, querida — cumprimentou, me dando um beijo no ar na bochecha esquerda. — Você está uma graça.

À primeira vista, isso pode parecer até fofo, então vou ter que explicar o tom que ela usou. Foi indiferente, arrogante e condescendente ao mesmo tempo. Eu podia apostar que os Ladeen e os meus pais votavam nos mesmos partidos e davam dinheiro às mesmas causas políticas e sociais. Era algo além da política que me deixava aquém de certo padrão mítico — platônico, na verdade — do quê e de quem deveria ser a namorada de James. Um padrão platônico, sem dúvida personificado por Heather, a Perfeita, e sua família.

Agradeci à sra. Ladeen e entreguei a garrafa de Calera Jensen Vineyard Mt. Harlan pinot noir 2001 que Marco havia insistido para que eu levasse da adega. Ao que parecia, Laurel tinha várias caixas, para servir como presentinho de agradecimento.

— Estamos fazendo peito grelhado este ano — explicou o dr. Ladeen. — Muito mais saudável. Com recheio de tofu, trigo integral e tudo que tem direito.

— Hum, parece delicioso — disse, embora não parecesse nem um pouco.

— Nós vamos entrar, mãe, para colocar o assunto em dia — disse James para os pais. — Nos vemos mais tarde.

Voltamos para dentro da casa e seguimos pelo corredor até um recanto estéril de cor e personalidade, como o resto da casa. Pelo menos, estava lotado de livros, em sua maioria cópias enviadas para a mãe de James na revista e presentes de amigos.

James me puxou para o sofá de camurça cinza. Meu corpo se lembrou rapidamente que há muito não recebia nenhuma atenção. Ele deslizou a mão para dentro da minha saia — quer dizer, de Marco.

Segurei seu pulso. — Ei, seus pais.

— Quê que têm eles? — Ele mordiscou minha nuca.

— Você sabe. — Empurrei-o discretamente e ajeitei a saia.

— Está bem — gemeu. — Então, me conta tudo. Como são as gêmeas?

Migrei para o outro canto do sofá. — Me deixa desenhar pra você: o cérebro delas. — Fiz um círculo usando o dedo médio e o polegar. Depois assoprei dentro e eu mesma achei graça.

— Você está conseguindo bastante coisa para sua matéria?

— James, quando isso acabar, não vou ter uma matéria, vou ter um livro. — Contei algumas histórias dos últimos dez dias.

— Uns editores que trabalham com minha mãe vêm jantar aqui hoje. Você podia falar da sua ideia com eles. — Ele me beijou novamente, passando a mão no meu peito. — E se eu fosse para Palm Beach amanhã, hein? — sussurrou no meu ouvido. — A gente fica num hotelzinho na praia e aí te mostro como senti a sua falta...

— Eu ia adorar uma visitinha sua — respondi, com todos os músculos-precisando-urgentemente-serem-tocados do meu corpo. — Mas Laurel vai estar em casa por cinco dias seguidos e não faço ideia se ainda vou ter meu emprego depois disso.

A verdade era que eu ainda não tinha sequer convencido as gêmeas a fazerem um simulado do exame de admissão. Desde que conseguira, mal e porcamente, engajar as meninas numa rotina capenga de estudos, fiquei muito mais preocupada em observá-las para a minha matéria do que ensinar alguma coisa de verdade. Provavelmente, Laurel ia voltar para casa, ver que não havíamos feito muito progresso (leia-se progresso nenhum), e eu

ia ter que voltar para Nova York — mas com anotações para minha matéria na bagagem.

— Entendi. Você quer aproveitar o tempo que tiver para fazer pesqui-
sas — James completou meu raciocínio.

— Exatamente.

James riu. — Aquele e-mail que você me mandou, contando que está
se passando por uma ricaça sangue azul da Filadélfia, foi a coisa mais
engraçada que eu já li na vida.

— É, e até onde eles sabem, Megan Smith da high society da Filadélfia
não tem namorado. Você ia ficar impressionado se eu contasse a quantidade de podres que consegui apurar usando apenas o meu charme.

Se eu tinha alguma esperança de que James ficasse chateado com aquilo, estava muito enganada. Pelo contrário: ele até me olhou com uma dose
de admiração. — Com esse seu novo visual, não é de se admirar.

Eu me inclinei e dei um beijo nele. — São só mais cinco dias.

— Ei, jornalistas já fizeram coisas muito piores para conseguir uma
história. Estou impressionado com você.

Quando voltamos ao pátio, todos os convidados já haviam chegado:
Alfonse Ulbrecht, cuja recém-escrita avaliação ofensiva sobre a família
Bush estava na lista dos mais vendidos em não ficção da revista *Times*;
Simon Chamberlain, muito britânico, que ocupava uma cátedra em poe-
sia na Universidade de Chicago e a quem a mãe de James chamava de
"reencarnação de T.S. Eliot". Havia ainda duas editoras de Nova York,
Barbara Fine e Janis Lapin. Ambas na casa dos cinquenta, dando risadi-
nhas à toa uma dos comentários da outra.

O jantar foi servido por uma cubana não identificada. Não pude deixar de pensar que ela estaria perdendo seu próprio jantar de Ação de
Graças para servir o nosso.

Janis, a editora da risadinha número um, virou-se para mim enquanto
a cubana servia o chá. — Então... Megan, não é?

— É.

— O que você faz da vida?

Era uma pergunta interessante. Difícil de explicar. Eu me saí com a opção mais simples: — Sou professora particular.

— Sério? E você estudou em Yale com James? — perguntou sua colega, de um jeito que dizia: *Que triste você não ter conseguido um emprego de verdade.*

— Ei, ela não é uma professora particular qualquer. Está trabalhando com as gêmeas Baker — esclareceu James. — Vocês leram aquela matéria na *Vanity Fair*?

Barbara me olhou por cima de sua xícara de chá. — Elas acabaram com a reputação das ruivas burras em qualquer lugar do mundo! — Janis deu uma gargalhada, como se aquilo fosse a coisa mais engraçada que ela tinha ouvido na vida.

— E como é que você consegue aturar Palm Beach? — perguntou a sra. Ladeen, me olhando fixamente. — É um antro de republicanos!

— Não chegamos a conversar sobre política — respondi, apesar das gargalhadas ruidosas ao redor da mesa.

— Fiz uma leitura lá semana passada — contou Alfonse. — As mulheres pareciam banhadas em formaldeído. Estou até escrevendo sobre isso na minha coluna da *East Coast*.

Parece que ele estava escrevendo um artigo para a revista sobre o pesadelo das viagens de divulgação de livros. O foco principal era uma senhora gorda de meia-idade, que se considerava sua fã número um e o seguia de leitura em leitura, até mesmo no evento Barbie Botox em Palm Beach, como ele o nomeara.

Uma hora depois, quando consegui escapar dos Ladeen, fiquei contente. Sentia saudades de James e, definitivamente, sentia falta de sexo, mas assim que deixei aquela casa fria e rígida exalei um suspiro de alívio, sentindo o ar úmido da Flórida.

Na entrada de veículos, avistei a cubana que serviu nosso jantar, colocando uma sacola de papelão na mala do seu Corolla enferrujado.

— Oi — cumprimentei, olhando constrangida para o BMW prateado que eu usara para chegar até lá. — Estava aqui pensando... A senhora perdeu o seu Dia de Ação de Graças para isso? — Fiz um gesto para a casa dos Ladeen. — Me chamo Megan, por sinal.

— Marisol — respondeu ela, apertando minha mão. — Perdi, mas vão guardar um pouco da ceia para mim. — Ela deu uma piscadela.

Outro acesso de riso estridente veio lá de dentro. Olhamos na direção da casa e depois nos entreolhamos.

— Eles se acham tão engraçados, não é?

— *Sí* — respondi, num sorriso. — *Sí*.

— Feliz Dia de Ação de Graças, Megan — desejou ela, apanhando as chaves do carro no bolso.

— Feliz Dia de Ação de Graças. — Catei as chaves do BMW dentro da minha bolsa Goyard emprestada e abri a porta do carro. — Marisol?

Ela fechou a mala do carro com um ruído pesado e olhou para mim, à espera do que eu tinha para lhe dizer.

— Obrigada, viu?

Escolha a alternativa que melhor define a seguinte palavra:

LASCIVO

(a) repugnante
(b) bafão quente, à la coluna social
(c) frio e distante
(d) nervoso
(e) feito de lacinhos

dezessete

o final do feriado de Ação de Graças das gêmeas, havíamos estabele-cido uma rotina de estudo. Tudo isso graças a uma mistura de baju-lação, chantagem emocional e um esforço para tornar as tarefas cada vez mais interessantes para elas. Nos encontrávamos na área da piscina por volta de meio-dia e Marco trazia o almoço. Camarão, lagosta, filé-mignon, frutas e legumes tão frescos que pareciam recém-colhidos, purê de bata-tas com alcaparras, batata-doce frita, arroz arborio italiano com shiitake e nozes-pecã — eu poderia listar até amanhã. Mas as gêmeas quase não tocavam na comida. Elas beliscavam uma saladinha de lagosta, meio camarão e, às vezes, uma colherada do purê de batatas.

Infelizmente, eu não só tocava como *devorava* tudo. Quando não estava lisonjeando e seduzindo todos em Palm Beach em troca de informações, trabalhava nas anotações para a minha matéria e enchia a cara de comida. Não sabia se tinha material para a uma história decente, mas tinha certeza de que ia voltar para Nova York cinco quilos mais gorda. Naquela manhã, tive que deitar na cama para fechar minha calça jeans e, mesmo assim, senti minhas artérias femorais sendo comprimidas.

Depois do almoço, as gêmeas e eu tirávamos uma hora para estudar. Depois, elas iam para o clube ou para a mansão de alguma amiga e eu subia para trabalhar nas minhas anotações ou ler.

Cinco dias depois do feriado, nós — ou melhor, eu — lanchamos torta de camarão e quiche de frutos do mar, seguido por peras e figos frescos com nozes cristalizadas. Fui até a cabana pegar outra garrafa de suco de romã e, quando voltei, peguei Sage e Rose na maior discussão. Estavam brigando — fiquei bege de espanto! — por causa de uma palavra do vocabulário para o exame de admissão.

— *Lascivo* quer dizer *escandaloso*! — teimou Rose, empinando-se na cadeira.

— Você é retardada, Rose. Quer dizer algo que você lambe — retrucou Sage.

— Lógico que não. Quer que eu pegue o dicionário?

— Não preciso do maldito dicionário para saber que é algo que você lambe. Você acha que ficou inteligente de uma hora para outra só porque está amiguinha dela? — Sage apontou para mim.

— Não, fiquei inteligente porque *eu* presto atenção quando a gente estuda — insistiu Rose. — *Você* não.

— Vá se foder — disse Sage, jogando o cabelo para trás do ombro.

— Vá se foder *você* — desafiou Rose.

— Você é tão puxa-saco, Rose! — Sage jogou um lápis na irmã.

Finalmente, resolvi intervir. — Chega! — exclamei, mais severa do que pretendia. Ver as duas brigando me lembrou... bem, de mim. — Vocês estão se parecendo comigo brigando com minha irmã, Lily... — expliquei, desistindo de contar o resto. Sempre me senti perdedora em tempo integral na competição da vida com minha irmã. Em vez disso, inventei: — Ela sempre queria fazer tudo que eu fazia, falar como eu, se vestir como eu. Era difícil ter uma vida própria, entende? — Eu adotara o "entende" delas como parte fundamental do meu vocabulário.

Sage lançou um olhar fixo para a irmã. — Então você deve saber o que *eu* sinto.

— Enfim. — Suspirei e me acomodei à mesa novamente. — Lily acabou entendendo que éramos diferentes, ainda bem.

Para minha surpresa, Sage reagiu ao comentário. Foi uma reação bem sutil — uma piscadela dupla —, mas, ainda assim, eu percebi.

— Então, estamos numa boa? — perguntei.

— Claro — Rose foi a primeira a responder.

— Tanto faz — disse Sage, que fingiu descaso, mas se levantou para buscar o lápis que tinha atirado na irmã.

— Olá, meninas.

Levantei a cabeça e, parada na pérgula da piscina verde-azulada, lá estava Laurel Limoges, usando uma saia lápis impecável e um suéter de cashmere cinza-claro. *Merda merda merda*. Ela ficara de voltar só no dia seguinte e eu planejara ressuscitar meu *look* Megan "antes" para a ocasião. Rapidamente, passei a mão pelo cabelo em todas as direções, menos na correta.

— Bem-vinda ao lar! — gritou Sage, sarcástica.

— É a Bruxa Malvada de volta — sussurrou Rose.

Não. Era o fim.

— Oi, Laurel, sra. Limoges, quer dizer, Madame Limoges — cumprimentei confusa, ficando de pé. — Você voltou para casa.

Uau, que comentário brilhante. Algo que se espera da inteligência superior contratada para dar aulas às netas, não?

— Meninas, posso ficar um instante a sós com a srta. Smith? — perguntou Laurel.

— Aproveitem para revisar — disse para as gêmeas.

Sage me olhou com uma cara de "você só pode estar brincando" antes de voltar para a mansão com Rose. Assim que elas saíram, Laurel ocupou o lugar deixado por Rose e eu soube que enganá-la seria inútil. Mesmo assim, não custava tentar.

— As gêmeas progrediram muito — comecei. — Elas realmente...

Ela ergueu a mão num gesto que dizia "cale-se, ok?".

Obedeci.

— Elas estavam brigando. Ainda agora.

— Normalmente, o ambiente de estudo é mais pacífico... — Ela me interrompeu outra vez com a mão levantada.

— Você foi ótima com elas.

Como é que é?

— Fiquei impressionada. Elas te ouvem mesmo.

Eu havia imaginado várias cenas nas quais ela me demitia, mas aquele não era o caso. — Hum, obrigada.

— E você disse que elas progrediram?

— Hum-hum — respondi, balançando a cabeça. Elas haviam progredido. Um pouquinho. Talvez. — Acho que começaram a levar a coisa mais a sério. Especialmente Rose.

— Ela receia não ser tão inteligente ou capaz quanto a irmã, sabe. Então, este é de fato um bom sinal. — Laurel sorriu. As palmeiras farfalharam com a brisa. — Debra Wurtzel tinha toda razão ao indicá-la para este emprego. Você está precisando de alguma coisa?

— N-não — gaguejei. Um R.E.M. vintage começou a tocar bem alto, vindo da ala das gêmeas na mansão. Estávamos *engatinhando* a passos largos.

— Vou depositar mais mil dólares na sua conta, para despesas menores — disse Laurel. — Espero que seja útil. E, Megan?

— Sim?

— Gostei do novo visual. Parabenize Marco por mim.

Quando Laurel se afastou da piscina, só faltou eu me ajoelhar e beijar o chão. Elogios, emprego no paraíso garantido, guarda-roupa de grife e muito mais dinheiro para as *despesas menores* do que eu ganhava em uma semana de trabalho na revista — tudo isso para escrever uma matéria bombástica que ia lançar minha carreira. *Oh yeah.*

Escolha a analogia mais indicada:

CASACO DE TWEED: CHANEL

(a) roupa cafona: Kmart
(b) vestidos de noiva: Vera Wang
(c) botas: Prada
(d) estilo sadomasô: Gaultier
(e) colete de lã: Ralph Lauren

dezoito

uas semanas depois, cheguei à metade da minha agora prolongada permanência em Palm Beach — 15 de dezembro — e as coisas estavam indo muito bem. Após uma semana inteira em Les Anges, Laurel havia voltado para a França, onde ia permanecer até o Natal, então, eu não precisava me preocupar com ela em cima de mim, me perturbando com o cronograma de estudos das gêmeas. Para minha surpresa, elas estavam passando mais tempo com seus livros e comigo. Elas se dispunham a uma ou duas horas de estudo depois da escola, até mesmo nos fins de semana.

Sage — que era muito mais legal comigo quando a irmã não estava por perto — disse que estava se garantindo, numa espécie de plano B. Hollywood não funcionava entre o Dia de Ação de Graças e o Ano-Novo, então não havia a menor possibilidade de elas encontrarem um novo empresário ou fechar contratos. Sendo assim, se o estudo continuasse relativamente indolor, eu podia contar com ela.

O curioso é que, ainda que pífios para os padrões de Yale, seus esforços estavam começando a serem recompensados. Rose trouxe orgulhosa para casa o resultado de um teste, no qual precisava comparar vários personagens de *Fahrenheit 451*, de Ray Bradbury. Ela não só havia lido o livro, em vez de fazer o que ela e Sage costumavam fazer (alugar o filme), como escrevera um ensaio razoavelmente coerente. A professora acrescentara um "Bom trabalho!" ao lado da nota, um B circulado no topo da página, e Rose parecia ter recebido a Medalha Presidencial da Liberdade. Quanto a Sage, ela conseguira um C na prova de matemática, e sem Ari mandando as respostas corretas para ela por mensagem de texto.

Isso confirmava uma teoria que eu tinha sobre a escola. Para ser um aluno brilhante era preciso ser brilhante. Para se sair bem, tudo que um aluno precisava era estar disposto a se esforçar. Inteligência estava longe de ser um pré-requisito. Infelizmente, nada que eu tivesse visto das gêmeas me levava a crer que eram esforçadas ou inteligentes. Mas já era um começo.

O que era brilhante, por outro lado, era o que acontecia quando alguém sábio como Marco te levava para comprar lingerie na Worth Avenue. Eu estava ansiosa para que James voltasse para a Flórida e eu pudesse, *aham*, mostrar como tinha aprendido a tirar vantagem dos meus pontos fortes e da minha coleção cada vez maior de La Perla e sutiãs *push-up*. A *East Coast* fechava para o Natal e ele devia chegar no dia 24.

Era manhã de domingo e eu havia acabado de falar ao telefone com os meus pais. Eles me contaram que durante todo o fim de semana a nevasca não dera trégua, e eles estavam assistindo a seu 11° filme no canal Independent Film. O que me inspirou a buscar uma sala de cinema cult em West Palm Beach. Vi que estavam exibindo uma dobradinha de Truffaut — *O último metrô* e *Na idade da inocência* — e fiquei doida para ir. Eu jamais perturbaria as gêmeas tão cedo, então fiquei lendo na minha varanda e contemplando dois golfinhos nadando na arrebentação. Ao meio-dia, interrompi minha leitura e fui até os aposentos das gêmeas. Se conseguisse adiantar nossa sessão de estudos, dava tempo de pegar o cinema.

— Sage — chamei baixinho. Ninguém respondeu, o que significava que ela estava me ignorando, não estava no quarto ou estava se maquiando na penteadeira.

Entrei pé ante pé e descobri que ela não estava nem dormindo, nem na penteadeira. E foi então que algo chamou minha atenção. O computador de Sage estava ligado e, no monitor tela plana de 21 polegadas, havia quatro fotografias de Sage usando a mesma roupa que eu a vira usar na véspera — uma minissaia dourada com elo de correntes, botas douradas com cano enrugado e salto agulha, e um suéter preto de cashmere que deixava seus ombros à mostra. Havia fotos em todos os ângulos: de frente, de costas, dos dois lados, e um quinto *thumbnail*, no qual cliquei para ampliar. Era uma foto dela de frente com Rose. Rose usava calça baixa marrom e um colete azul sem nada por baixo: a roupa que ela usara na noite anterior.

Havia vários links na tela. Cliquei em um deles e mais imagens surgiram. As duas primeiras eram closes do rosto de Sage e Rose, também tirados na noite anterior. Havia um diário detalhado de tudo o que comiam e do peso de cada uma, incluindo um gráfico em barra no canto inferior mostrando as flutuações de peso diárias, que podia ser manipulado para exibir mudanças ao longo da semana, do mês ou do ano. Cada pedaço de comida ingerido era anotado, até mesmo "uma colherada de purê de batatas".

Em seguida, encontrei um relatório de dois parágrafos sobre os acontecimentos da noite, que cobriam quem estava com quem e quem estava vestindo o quê. Pelo visto, as gêmeas haviam ido a uma festinha particular no Leopard Lounge. Vários nomes de amigas delas, como Suzanne e Precious, estavam destacados. Cliquei no nome de Suzanne e fui direcionada para uma página com a lista de todas as suas produções de roupa dos últimos 18 meses, comparadas às de Sage e Rose. Outro botão, chamado "histórico", abria um calendário com pequenos *thumbnails* de Sage e Rose em cada data. Cliquei em uma data e a foto foi ampliada em tela cheia.

Sacudi a cabeça, incrédula. Eu era razoavelmente competente com meu iBook, mas inserir e manter dados de uma base de dados relacional estava muito além da minha capacidade. O tempo necessário para manter aquilo devia ser descomunal. E Sage já havia feito as anotações sobre a noite anterior, o que significava que ou ela havia atualizado antes de dormir ou assim que...

— Que diabos você está fazendo?

Virei e me deparei com Sage e Rose, paradas na porta.

— Saia de perto do meu computador — ordenou Sage.

— Foi mal — me desculpei depressa. — Vim aqui saber se a gente podia estudar mais cedo hoje e aí vi o monitor ligado com as fotos... Isso é *incrível*. Por que vocês não me contaram?

Sage me encarou como se eu estivesse louca. — Você está brincando, né? Por que a gente ia te contar algo assim? Você ia contar para alguém e rapidinho *todo mundo* ia fazer um igual!

— Peraí, *fazer*?

— Com o Oracle — respondeu Rose, como se fazer um banco de dados não fosse mais complicado do que encontrar a base perfeita para seu tom de pele (iluminação natural era o segredo, aprendi com Marco). — A gente levou umas duas semanas para fazer.

Sage colocou as mãos no quadril. — É por isso que não gostamos que ninguém meta a mão. Nem mesmo veja.

Há cinco minutos, se alguém me dissesse que as gêmeas Baker seriam capazes de elaborar e configurar um banco de dados como aquele, eu apostaria o meu diploma de Yale que a pessoa estava mentindo. Ou viajando. Ou os dois. — Como vocês tiveram essa ideia?

Rose deu de ombros. — Com as *Patricinhas de Beverly Hills*.

— Fala sério, vocês tiraram isso de algum lugar — insisti.

— *As Patricinhas de Beverly Hills*! — repetiu Sage, levantando a voz. — O filme!

Eu tinha visto o filme com a minha irmã. Havia uma cena na qual Alicia Silverstone usava um banco de dados para ajudar a coordenar suas roupas e montar um *look*. Mas o banco de dados do filme estava para o de Rose e Sage assim como o primeiro biplano dos irmãos Wright estava para um ônibus espacial. Não consegui evitar minha pergunta seguinte:

— Mas como é que ele...

— Funciona? — completou Sage, girando os olhos.

Rose lançou um olhar hesitante para a irmã. — Acho que não faz mal.

— Está bem. Megan, vá até o espelho triplo. Rose, abra uma página para Megan.

Fui até o quarto de vestir. Sage me seguiu. Não havia notado antes, mas havia uma balança no chão, entre os espelhos.

— Suba na balança. Tá vendo uma cordinha a sua esquerda? — indicou Sage. Havia um fio elétrico branco pendurado entre o espelho lateral e o central, com um botão na extremidade. Quando olhei para a parte superior dos espelhos, vi três câmeras minúsculas voltadas para mim. — Aperta o botão, espera cinco segundos, depois vira devagar para a esquerda e devagar para a direita.

Obedeci e pude ouvir as câmeras disparando.

— Tudo certo aí? — perguntou Sage para a irmã no outro quarto.

— Hum-hum.

— Tá, agora desce da balança e vamos lá ver — instruiu Sage. — E se você contar isso para alguém, para *qualquer pessoa*, eu te mato lenta e dolorosamente.

Ergui a mão. — Não vou abrir a boca, prometo.

Sage e Rose usavam toda aquela tecnologia para ter certeza de que não repetiriam roupas. Era absolutamente genial. Fiquei ainda mais impressionada quando Rose mostrou minha página no computador, com os três ângulos diferentes, um close do meu rosto, e referências cruzadas às informações captadas pela balança — tanto meu peso, quanto meu IMC (*eca!*) — transmitidas eletronicamente para o computador.

— Temos uma transmissão simultânea com os espelhos no meu quarto também — confidenciou Rose. — WiFi. Essa ideia foi minha.

Quando estava em Yale, li *A estrutura das revoluções científicas,* de Thomas Kuhn, na qual o autor postula uma teoria sobre a natureza da mudança. Parada naquele quarto, contemplando minha imagem tripartida no monitor tela plana das meninas, enquanto Rose manipulava um programa de computador criado por ela e sua irmã, experimentei um daqueles tais momentos de mudança de paradigma. Tudo em que eu acreditava caíra por terra. E, no lugar de minhas velhas crenças, tal como postulara Kuhn, surgia um paradigma radicalmente novo e diferente: Rose e Sage Baker, de Palm Beach, Flórida, eram... *inteligentes.*

Dissertação — Elabore uma resposta para a seguinte afirmação:

Conviver com pessoas de diferentes origens socioeconômicas desperta compreensão e empatia pelo modo como elas vivem.

dezenove

Nos dias seguintes ao episódio do computador, não creio que as gêmeas tenham entendido o que aconteceu. Não podia me transformar propriamente numa instrutora militar, mas não hesitei em aumentar o horário de estudo de duas para quatro horas diárias e comecei a exigir que elas não pintassem as unhas enquanto eu aplicava os simulados. Disse que tudo isso era porque estávamos nos aproximando do último mês de preparação — o que parecia uma desculpa perfeitamente legítima —, quando, na verdade, o incentivo era mesmo as notinhas verdes de dólares brilhando nos meus olhos. A possibilidade, reconhecidamente pequena, de que eu pudesse de fato conseguir dar um salto triplo — colocar as meninas na Duke, ficar 75 mil dólares mais rica e ainda fechar minha matéria — mostrou-se uma tremenda motivação.

Como recompensa pelos dois "B's" autênticos que as meninas trouxeram para casa em seus testes de biologia, tiramos folga na quarta noite do novo regime. Sage foi para uma boate em West Palm com Suzanne e Dionne. Quando Rose me disse que provavelmente iria junto, decidi fazer um passeio pelo litoral até Hollywood, uma cidade que ficava ao norte de Miami Beach. Achei que comparar Palm Beach com outra área do sul da Flórida geograficamente próxima e, ao mesmo tempo, anos-luz diferente, ia enriquecer minha matéria. Rose havia me dito que Hollywood era o oposto de Palm Beach com o seguinte exemplo: "Meu bem, ele se veste tão Hollywood que estou boba de o terem deixado entrar!", embora eu tenha notado uma cadência estranha em sua voz ao descrevê-la.

Cheguei a Hollywood por volta das dez da noite, mas ainda havia muita gente passeando enquanto eu caminhava pelo calçadão, passando pela concha acústica até o Ramada. As pessoas variavam de *déclassé* a repugnantes — um velho de patins excessivamente bronzeado com um rabo de cavalo grisalho, um casal bêbado discutindo sobre os filhos e um grupo de turistas russos, todos usando a mesma camiseta FBI: FEMALE BODY INSPECTOR, só que em cores diferentes.

Eu ficara na dúvida quanto ao que vestir para aquele passeio, com medo de parecer Palm Beach demais; decidi, enfim, por um jeans Prada com sandálias rasteiras e uma camiseta decotada que Marco havia comprado para a noite "Britney: Antes e Depois" na sua boate favorita em South Beach. (Ele também tinha uma camiseta com os dizeres I AM THE GOLDEN TICKET no peito, grande o bastante para acomodar uma barriga falsa de grávida. Essa eu recusei.)

Parei para tomar um drinque em um lugar na orla chamado O'Malley's, uma birosca ao ar livre com um espaço para karaokê, mesas e cadeiras baratas de plástico, e um bar semicircular de frente para televisores ligados na ESPN. Havia alguns caras sozinhos no bar, a maioria de meia-idade, ignorando o karaokê e assistindo a um programa de esportes. Pedi um flirtini para o bartender gordinho e quase careca. Ele me trouxe um martíni com uma piscadela sugestiva. — Por conta da casa — disse ele.

— Qual o seu nome? — perguntei.

— George, e o seu?

— Vanessa — respondi. Era o meu nome falso padrão, embora eu sequer gostasse dele. — Obrigada pelo drinque. Posso te perguntar uma coisa?

— Qualquer coisa, gata.

— Qual é o lugar mais quente das redondezas?

Ele apontou para si mesmo. — Está diante dos seus olhos.

— Ah. — Não pude deixar de achar graça. Pensei que a uma semana do Natal o panorama social de Hollywood fosse estar a pleno vapor. Que nada. Bebi metade do martíni em dois goles e repousei o copo na bancada de madeira.

— Ouvi dizer que Palm Beach pega fogo nessa época do ano — disse uma voz do outro canto do bar.

— Valeu, mas... — Olhei e vi Thom, o belo tripulante do iate *Heavenly*.

— Ei, Thom. — Sorri, enquanto um sujeito muito queimado de sol tirava sua camiseta FBI azul e balançava seus peitos quase femininos para os amigos. — Você mora por aqui?

— Aqui perto. Vou tocar num lugar ali no calçadão. Mas o que *você* está fazendo aqui? — Thom olhou ao nosso redor. — Não me parece um lugar estilo Megan Smith.

Pensa rápido, pensa rápido. — Eu, hum... Eu só estava...

— *Megan?*

Virei de costas. — *Rose?*

A julgar pela expressão de Rose, cujo rosto bronzeado perdera toda cor e deixara em seu lugar um débil matiz acinzentado, parecia que eu era um segurança que a flagrara dando uma de Winona Ryder na Neiman Marcus.

— O que... o que você está fazendo aqui? — Ela estava usando uma frente única rosa e verde com calça skinny branca.

— Encontrei com Thom por acaso. — Sorri de um modo que esperava ser tranquilizador e que pudesse deixar claro que não havia planejado nada.

— Oi, linda. — Thom desceu do banco alto do bar e abraçou Rose. Eu estava em choque. — Obrigado por ter vindo.

Esperei alguma explicação, mas tudo que recebi foi um olhar de súplica vindo de Rose.

— Vou pegar uma mesa pra gente — disse Thom, lhe dando um beijo na bochecha. — Bom te ver de novo, Megan. Se quiser, passa lá no show, tá?

— Hum... claro. — Torci para ter conseguido disfarçar minha perplexidade. *Rose e Thom?* Jamais iria desconfiar disso.

Enquanto Thom se acomodava numa mesa de canto, Rose me puxou para o lado oposto do bar e me fez sentar em um banquinho. Depois, me olhando fixamente, pediu: — Você não pode contar para Sage.

Ceeeeeerto. — Se Sage souber vai ser um problema — conjeturei.

Rose suspirou fundo. — Você não faz ideia.

Olhei para Thom remexendo no case do seu violão, tão lindo.

— Posso perguntar... por quê?

— *Por quê?* — repetiu Rose, como se eu fosse inacreditavelmente burra por não compreender o motivo. — Deixa eu te contar uma historinha: ano passado, conheci um cara chamado Pinto, de quem fiquei super a fim, mas, toda vez que Sage via o cara, ela falava assim: "Ah, oi, *Pintinho*", e levantava o dedo mindinho. Ela disse para todos os nossos amigos que o apelido dele era Pequeno Polegar. Depois de um tempo, não pude mais suportar aquilo.

— Mas que sacanagem — comentei, notando que Rose ficava com os olhos cheios d'água só de lembrar da história do Pinto-pequeno.

— Depois teve o Scott, que eu conheci no clube — prosseguiu Rose. — Sage cismou que ele tinha cecê e franzia o nariz sempre que ele estava por perto. Foi questão de tempo até todo mundo começar a fazer o mesmo. — Ela fungou.

Quando eu estava no colégio, e até mesmo em Yale, quantas horas repletas de angústia não perdi, preocupada por jamais conseguir chegar aos pés de Lily? Um simples gesto de aprovação, um sorriso, um: "roupa maneira, Megan", fariam toda diferença do mundo para mim.

Por isso, por muito pouco não dei um abraço em Rose. Ela ali, chorando, parecia tão meiga quanto qualquer outra menina de 17 anos — bem, qualquer menina de 17 anos com um piercing no umbigo e sentada num bar. — Você não é a sombra de Sage, Rose. Não precisa da aprovação dela.

Rose sacudiu a cabeça. — Lembra quando você contou pra gente que sempre foi a irmã mais foda? Tenho certeza de que foi a irmã mais inteligente, também. Você ia ver como é diferente quando se é... como eu.

Desviei o olhar. Senti um aperto no peito. — Rose, pensa só em como você está se saindo bem nos estudos. Se você se esforçar mais um *pouquinho*...

— Não acho que eu *consiga* estudar mais do que estou estudando. Nunca me esforcei tanto na vida.

Por um segundo, desejei ter o poder mágico de materializar toda a biblioteca de Yale ali mesmo, na praia, em frente ao O'Malley's, para que Rose pudesse ter uma ideia da realidade de centenas de universitários virando a noite, mergulhados nos livros, na semana de provas.

— Por hoje, vou deixar passar — disse, olhando para Thom. — Vocês parecem formar um belo casal.

— E por falar em belo casal... — Rose sorriu. Havia uma expressão astuta em seu olhar. — Eu estava falando com Will noutro dia.

— Will Phillips? — perguntei. Como se não soubesse. Dã.

Ela assentiu com a cabeça. — Ele perguntou por você.

Difícil acreditar. Ainda estava um pouco magoada com o tratamento gelado dele ao fim do nosso passeio "Vou te mostrar Palm Beach", na Worth Avenue.

— Se ele quer saber como estou, por que não me liga?

— Ou então... por que a gente não liga pra ele? — Rose sacou seu I-Phone e o levou até a orelha. — Will? — disse ela. — Estou aqui em Hollywood com Megan. Acabei de encontrar com ela por acaso... hum-

hum, sei... Então, ela perguntou por que você não liga pra ela. — Ela ouviu por um instante e depois abriu um sorriso. — Está bem. Vou passar pra ela.

Antes que eu pudesse protestar, o celular já estava na minha mão, grudado na minha orelha.

— Oi — disse Will.

— Oi. — E depois, silêncio. Não me ocorreu mais nada para dizer.

— Rose estava me contando que professora particular fantástica você é — continuou Will. — Ela não para de falar em você.

— Sério? — Olhei para Rose e sorri. — Que bom.

— É — continuou Will. — É o tempo todo "Megan isso", "Megan aquilo".

Falei baixo para Rose não me ouvir. — Ela é muito mais inteligente do que pensa.

— Toda essa conversa de Megan pra lá e pra cá me fez pensar, sabe — disse Will, enquanto eu ajeitava o celular na orelha. — Foi mal naquele dia, mas acho que posso encontrar um jeito melhor de me desculpar.

Sorri. Obviamente, o selo de aprovação de Rose havia me redimido.

— O que você tem em mente? — perguntei.

Se você estiver interessada, vou fazer uma viagem de carro daqui a alguns dias. Estou aqui pensando, talvez eu pudesse te mostrar um lado da Flórida que a maioria das pessoas na ilha nem conhece.

— Eu ia adorar — respondi depressa, ficando vermelha na hora. E foi piorando, embora ele obviamente não pudesse me ver explodindo pelo telefone.

— Ótimo — respondeu Will, e eu pude sentir que ele estava sorrindo. — Fico feliz por você estar interessada.

Interessada? Deus que me perdoe, mas eu estava mesmo.

O tema central do mito de Sísifo é:

(a) Se você fizer merda nesta vida, vai pagar caro na próxima.

(b) Trabalho manual é um saco!

(c) Não faças aos outros o que não queres que façam a ti.

(d) Viva cada dia como se fosse o último.

(e) A grama do vizinho... blá-blá-blá.

vinte

ois dias depois — dois antes do Natal — fiz uma sessão de três horas seguidas de estudos pela manhã com as gêmeas. Estava na hora de prepará-las para a parte discursiva do exame, e eu estava tentando fazer com que entendessem a importância de usar exemplos reais para ilustrar um ponto de vista. Consegui arrancar a promessa de que elas iam escrever duas redações de cinco parágrafos durante a tarde — eu ia corrigir quando voltasse para casa. Empilhei meus papéis e levantei.

— Que isso? — perguntou Sage. — Você vai sair?

— Vou tirar folga hoje de tarde — comuniquei, dando uma piscadela para Rose e voltando para a mansão rosa para trocar de roupa.

Foi então que me deparei com a pergunta mais importante do dia: O que minha versão menina-rica-do-universo-paralelo usaria para um passeio até o lado mais rural do Estado Ensolarado? Quando me ligou naquela manhã, Will mencionara uma ida até Everglades, então, tinha que ser algo casual e confortável. Por incrível que pareça, as roupas de grife, de modo geral, não são muito confortáveis. Também não são, de modo geral, muito largas e Deus sabe que eu não estava um quilo mais magra. Escolhi uma calça Stella McCartney branca, capri e — obrigada, Senhor — stretch e uma blusa de linho marinho bem larga com um top branco por baixo. Consegui reproduzir uma versão simplesinha da minha maquiagem e dei uma disciplinada no frizz com a chapinha, prendendo o cabelo depois num rabo de cavalo bem *clean*.

Quando Will me pegou na mansão principal, com seu BMW, fiquei contente ao ver que ele também adotara um visual casual. Nada do blazer mauricinho ou dos mocassins sem meias. Estava de jeans, com uma camisa azul-marinho — tudo muito simples, nada de grifes.

Assim que deixamos a ilha e pegamos a estrada que atravessa a península, ele perguntou como as gêmeas progrediam.

— Elas estão indo bem — respondi, o que não deixava de ser verdade. — Sobretudo Rose.

— Sage não é tão durona como parece — disse ele, e eu me peguei pensando se já havia rolado algo entre os dois. — Mas, então, o que você tem feito nos horários de folga?

Desempenhando com perfeição o meu papel, contei para ele das festas e jantares e noitadas de boate em boate.

— E aquela noite no O'Malley's, em Hollywood? — Ele olhou de relance pelo retrovisor. — O que você estava fazendo lá? — Então, era assim que ia acontecer. Meu disfarce ia para o espaço no meio da estrada interestadual. Senti as palmas das mãos suando e as enxuguei na minha calça branca. Ficaram sujas na hora. — Eu estava... — Tentei imaginar o que alguém como Heather, a Perfeita, estaria fazendo num lugar como O'Malley's. — Para falar a verdade — menti —, me perdi voltando para casa depois de uma tarde de compras em Bal Harbour, e só parei lá para pedir uma informação.

— É, imaginei que não fosse mesmo o tipo de lugar que você frequenta. — Não tenho certeza, mas pensei ter detectado um tom de desapontamento na voz de Will.

— Não é mesmo — concordei, tentando descobrir o que havia de errado. Depois, tagarelei listando nomes de lugares que havia ido com as gêmeas ou que as ouvira citando. E afirmei que aqueles, sim, eram mais a minha cara. Claro que estavam longe de ser, mas quanto mais eu fingia ser a Megan rica, mais me sentia à vontade naquele encontro não exatamente encontro com Will. Se eu não estava sendo eu de verdade, então não tinha motivos para ficar nervosa.

Foi só quando ele bocejou que percebi que não estava realmente prestando atenção.

— Pelo visto, a única vida social pela qual você se interessa é a sua — disse, tentando não parecer agressiva. Fiquei surpresa ao notar uma certa irritação na minha voz.

— Foi mal. Estava pensando. — Ele virou à direita na rampa de saída e depois dobrou à esquerda, pegando uma via de mão dupla. — Escuta só: estamos indo agora para a região do Lago Okeechobee. Não tem grande coisa além de um lago enorme cheio de robalos.

Passamos por uma placa de madeira que dizia: CLEWISTON: A CIDADE MAIS ADORÁVEL DOS ESTADOS UNIDOS; depois, ele reduziu a marcha para parar num sinal em frente à loja de iscas do Norm. Havia um cartaz na porta anunciando uma promoção de iscas artificiais e um serviço de guia que garantia: PEGUE UM PEIXE OU RECEBA SEU DINHEIRO DE VOLTA!

Clewiston parecia uma cidade esquecida no tempo. Nenhum restaurante da moda, apenas um lugar chamado Okeechobee Diner. No letreiro, na verdade, se lia DI ER, já que o N havia caído e ninguém se dera ao trabalho de recolocá-lo. Vi um garotinho correndo pela calçada, fazendo bolhas de sabão enquanto seus pais absolutamente simplórios caminhavam logo atrás, de mãos dadas. O garoto me pareceu feliz, se divertindo de verdade. É raro ver crianças felizes se divertindo em Palm Beach. Ou você nem sequer os vê, ou os vê passeando todos engomados, como cachorros de exposição.

Deixei meu rosto receber o cálido sol da Flórida pela janela. — Gosto daqui — murmurei, me esquecendo completamente por um instante de bancar a outra Megan. Pude sentir a tensão se dissolvendo dos meus ombros. Descobri que fingir ser alguém que não se é demanda muita energia.

— Eu também gosto.

Quando o sinal abriu, Will engatou a primeira e apontou para uma viatura da polícia local bem escondida atrás de um caminhão de pães estacionado por perto. — Eles procuram por carros com placa de Palm Beach. Acho que pensam que podemos pagar a multa.

— Bem, você pode. — Abaixei a janela do carona.

Will olhou de relance para a janela aberta. — Tem certeza? Existem mosquitos aqui do tamanho de uma criança pequena.

— Tenho. — Eu não respirava aquele ar do campo há muito tempo. Quente e úmido, me fazia lembrar as tardes calorentas de julho em New Hampshire, quando eu e Lily ficávamos caçando vaga-lumes até minha mãe nos chamar para dormir. — Vou te dizer, isso é realmente relaxante. Nada de Palm Beach, nada das gêmeas. — Virei para Will. — Talvez você possa me ajudar numa coisa.

— Com o quê?

— Sage. Não entendo Sage. Pensei que 84 milhões de dólares pudessem servir como uma grande motivação, mas dar aula para ela é um desafio de Sísifo.

Will olhou para mim, pasmo. — Sísifo não era o romano da pedra?

— Grego, na verdade. Ele recebeu um castigo dos deuses e foi obrigado a empurrar uma rocha até o topo de uma montanha, apenas para que ela rolasse montanha abaixo novamente, direto. Alguns acadêmicos acham que os gregos criaram esse mito para explicar o nascimento do sol todos os dias no leste e o pôr do sol ao oeste.

— Vocês de Yale — brincou ele. Já havíamos passado sem maiores problemas pela viatura e ele aumentou a velocidade para 50 quilômetros por hora.

— Northwestern não é de se jogar fora. Você deve ter passado algum tempo estudando também. — Não me incomodei de aproveitar a deixa que ele estava me dando. Podíamos falar sobre Sage depois. Ou não.

Ele deu de ombros. — Eu era um típico playboy, curtindo com a galera.

Admirei a perfeição do seu perfil. — Ainda é?

— Olha, eu *gosto* de sair — afirmou ele. — Mas vou te dizer que está longe de ser minha única ocupação. — Ele me deu um meio sorriso enigmático. — Eu já te contei o objetivo desse passeio?

— Não, sr. Phillips, receio estar por fora. — Will reduziu a velocidade atrás de uma picape vermelha enferrujada, com um barco de pesca na caçamba. — Detalhes, por favor — pedi.

Ele sorriu novamente. — O nome dela é Hanan Ahmed. Ela é artista.

— E você está de olho nela para a galeria do seu pai... — Eu sabia que estava no comando, mas entrevistar Will estava se saindo uma tarefa frustrante.

— De jeito nenhum. Ela veio do Iêmen para os Estados Unidos com um visto de estudante para o Instituto de Arte de Chicago. Conheci o trabalho dela em uma exposição de alunos lá. Quando você vir o que ela pinta, vai entender por que solicitou status de refugiada política. O país dela é um lugar bastante conservador. Só o fato de ter vindo estudar aqui já foi complicado.

Uau, um parágrafo inteiro e bastante intrigante, por sinal.

— Então se você não está de olho nela para a galeria do seu pai... — Vamos lá, Will. Colabore.

— Na faculdade, quando eu não estava nas noitadas — ele me lançou um olhar de relance —, me formei em história da arte. — Aquilo não respondeu à minha pergunta, mas era impossível ter se formado em história da arte sem ter lido bastante, e, agora, ao que tudo indicava, ele também era do tipo que frequentava exposições. Interessante.

— Então, Hanan: ela mora nesse fim de mundo por livre e espontânea vontade? — perguntei.

A picape com o barco virou em direção ao lago, e nós finalmente nos deparamos com uma placa que nos implorava para voltarmos sempre a Clewiston. Will aumentou a velocidade.

— Ela não suporta barulho, atrapalha o trabalho dela. Estava numa livraria em Chicago e encontrou por acaso um livro de fotografias de Okeechobee e das cidades vizinhas. Ficou apaixonada. Isso foi há, o quê? uns três anos. Aí, quando o visto dela saiu, ela veio direto para cá.

— Vocês estão... namorando? — *O quê?* Eu tinha que perguntar. Pesquisa. E, por sinal, fiquei impressionada por ter me controlado e não perguntado antes.

— Megan, ela é gay.

Ah.

Logo depois de outra lojinha de iscas e material de pesca, Will dobrou à direita em uma estrada de cascalho coberta por copas de árvores frondosas. Após ter assustado uma garça que descansava nos galhos salientes, Will estacionou na frente de uma casa caindo aos pedaços e precisando desesperadamente de uma nova demão de tinta. — Chegamos.

Ele buzinou duas vezes. Antes mesmo que a segunda buzinada morresse, uma moça bonita veio saltitando pela lateral da casa. Seu cabelo espesso e nigérrimo estava preso com o que me pareceu um cadarço em um rabo de cavalo desalinhado. Ela estava com uma calça jeans respingada de tinta, uma camiseta branca manchada de vermelho e ocre e um megassorriso.

— Hanan! — cumprimentou Will, assim que saímos do carro.

— Oi, gente! Vocês chegaram na hora para me ajudar — exclamou Hanan, em um inglês impressionante. Ela me cumprimentou num caloroso aperto de mão. — Você deve ser a Megan.

Obviamente, Will avisou que ia levar uma amiga.

— Prazer. — Não pude deixar de sorrir para ela, sua energia era contagiante.

— Bem-vinda ao meu cantinho. — Hanan abriu os braços. — Bem longe daquele lugarzinho peculiar chamado Palm Beach. Entrem.

Ela nos conduziu pela lateral da casa; fiquei surpresa ao ver um imenso jardim com hortaliças em pleno desabrochar, protegido por uma cerca de arame. Reconheci pepinos, três tipos diferentes de pimentas, abobrinha e seis ou sete tomateiros imensos carregados de frutos. Uau. Meus pais dariam um braço por esse tipo de safra. Em New Hampshire, em meados de novembro, normalmente o solo ainda estava coberto de neve.

Mas a Megan rica não entenderia nada de safras. A Megan rica não entenderia nem Hanan nem aquele oásis de sanidade.

— Você realmente gosta de morar aqui? — perguntei, sacudindo a cabeça afetada, em franca encenação para Will. — Como você faz para ir ao shopping?

Ela deu de ombros. — Não preciso de muitas coisas. Tentei morar em Nova York, mas aquele universo das artes, todas aquelas festas, as inaugurações de galerias... tudo tão chato. — Ela ergueu o rosto de encontro ao sol e fechou os olhos. — Eu só quero pintar. Aqui em Clewiston, consigo trabalhar sem que ninguém me perturbe. — Ela abriu os olhos e olhou para mim. — Quem não gosta de pescar, não tem muito que fazer aqui. A cidade inteira me considera uma excêntrica incorrigível, mas eu estou pouco me lixando. Devo ser mesmo. Vou te contar mais... enquanto a gente trabalha. — Ela passou uma enxada para mim e um cultivador para Will. — Sempre exploro as visitas.

Fiquei trabalhando enquanto eles conversavam, capinando e extraindo ervas daninhas entre duas fileiras de pepinos suculentos que pendiam de suas trepadeiras. O cheiro da terra farta e o sol batendo em minhas costas me lembravam muito a minha casa, as várias horas que passei no jardim dos meus pais. Minha mãe costumava dizer que tudo tem um ciclo. Plantar, irrigar, remover as ervas daninhas, cultivar a terra...

— Megan Smith, eis que a senhorita sabe manejar uma enxada como poucas.

Levantei a cabeça. Will estava me encarando como se tivessem nascido chifres na minha testa.

— Sua amiga Megan já fez isso antes — observou Hanan. — Viu como ela empunha a enxada como uma vassoura? É assim que se evita dor nas costas. Megan, você tem que colocar Will para trabalhar pela primeira vez na vida. Já volto.

Assim que ela desapareceu dentro da casa, vi a pergunta pairando nos olhos de Will. — Eu... fiz uma eletiva em biologia, sobre cultivo orgânico da terra, em Yale. — Era uma mentira bem tosca. — Era só um modo de conseguir nota boa sem fazer muito esforço. — Passei a outra enxada para ele. — Experimenta.

Ele estava pasmo. — Há uma equipe de 12 especialistas em horticultura lá em casa. Você não vai querer que eu infrinja o direito deles de trabalhar, não é?

Sorri. Desastre contornado. — O seu segredo está a salvo comigo.

Ele fingiu arregaçar mangas imaginárias. — Está bem, está bem. Eu me rendo. Como é que eu faço isso? Estou me colocando em suas mãos hábeis e imundas de terra.

Esfreguei minha palma suja em sua bochecha, deixando um rastro de terra. — Isso vai ajudá-lo a entrar no clima, fazendeiro. — Depois, mostrei a ele como remover as ervas daninhas pela raiz.

— Will exterminador — brincou ele com uma voz robótica enquanto capinava desajeitado. — Will exterminador, Will extermina.

— Ei, Will? Megan!

Nos viramos. Lá estava Hanan com uma câmera digital. Ela tirou algumas fotos de nós dois, cobertos de suor.

— Vou mandar para a revista dos alunos de Northwestern — brincou ela. — Do contrário, quem vai acreditar que Will Phillips estava realmente com o rosto sujo de terra. Vamos entrar, gente. Will, você vai gostar de saber que instalei um ar-condicionado desde a última vez em que você esteve aqui.

Seguimos Hanan para dentro de casa e fomos recebidos por um sopro de ar gelado. — Deus existe! — exclamou Will.

Num nítido contraste com seu exterior decadente, o interior da casa era claro, arejado, imaculado. As paredes que decerto haviam existido foram derrubadas e substituídas por colunas brancas. Havia apenas dois cômodos. Um era uma combinação de sala de estar, cozinha e quarto de dormir. O outro era o ateliê de Hanan.

— Venham ver meu trabalho — convocou Hanan. — Não sejam muito duros comigo. Estou tentando uma coisa nova.

Quando entramos no ateliê, esperei ver quadros, alguns prontos e outros inacabados, latas de tinta e um cavalete. Mas o ateliê era igualmente imaculado — paredes brancas, piso branco. Apoiadas nas paredes sem janela, havia diversas telas gigantescas, todas prontas. Cada uma representava uma cena romântica de amor lésbico. A primeira mostrava duas mulheres vestidas em um cálido abraço. A seguinte repetia a mesma cena, mas as mulheres estavam nuas. As outras mostravam detalhes das anteriores, como se ela tivesse ampliado pequenas peças de um quebra-cabeça — mãos entrelaçadas, coxas, seios tocando em seios.

— São incríveis — sussurrei.

— Mais do que isso — disse Will, esclarecendo em seguida. — O que é brilhante não é apenas o domínio que Hanan tem da cor e da luz, mas a evolução da cena. Ao mostrar as amantes vestidas e depois nuas, ela te obriga a imaginá-las assim quando você contempla os detalhes isolados. Mas se você vê os detalhes antes da série completa, acaba criando os temas na sua cabeça automaticamente, e o seu tema pode não ser igual ao dela. Isso faz de você, o observador, um criador também. Você percebe o que quero dizer com isso, Megan?

O máximo que consegui fazer foi assentir com a cabeça. Estava fascinada.

— Will é meu fã número um — reconheceu Hanan.

— E eu sou a número dois — respondi. — Seu trabalho devia estar exposto num museu.

— Obrigada. — Hanan inclinou a cabeça, graciosa. — Agora você entende por que estou esperando Will abrir sua própria galeria, para poder me representar. Então, mãos à obra, Will.

Fiquei tão surpresa que ergui minhas recém-depiladas sobrancelhas até os fios de cabelo alisados com chapinha. — Sua própria galeria? — perguntei.

Ele não respondeu.

— Foi Will quem encomendou esta série inteira — explicou Hanan.

Tive vontade de abraçá-lo. — Não sabia disso.

O telefone tocou no outro cômodo. Hanan pediu licença para atendê-lo.

— Não me olhe com essa cara — reclamou Will, notando meu espanto. — Sou um canalha capitalista por natureza. Encomendei os trabalhos para expô-los na minha galeria e vendê-los.

— Para que isso aconteça, você precisa de uma galeria. — Mantive meu olhar fixo no dele. Ele me puxou pela mão. — Vem cá. Quero te mostrar um lugar.

— Onde?

Em vez de responder, ele saiu depressa pela porta dos fundos. Passamos pelo jardim, por um bosque, cruzamos um amplo prado e depois descemos por uma barragem imunda até um belo lago, que cintilava sob o sol da tarde. Will já foi tirando a camisa. Seu abdome bronzeado perfeito não me passou despercebido.

— O que você está fazendo? — perguntei. É óbvio que eu sabia exatamente o que ele estava fazendo, despindo-se para os sapos-boi é que não era, mas me pareceu a coisa certa a perguntar.

Ele abriu a fivela do cinto. — Vem nadar comigo.

A pergunta que não queria calar era: ele ia tirar o jeans e a cueca também? E se fosse isso, estava contando que eu faria a mesma coisa? Que ficaria nua como ele havia me flagrado na piscina naquele dia? Pela 15ª vez nas últimas três semanas, lamentei a qualidade e a quantidade calórica das empreitadas de Marco na cozinha.

Enquanto eu ainda me debatia com esse dilema, Hanan veio gritando pelas árvores, se despindo pelo caminho. Quando estava reduzida apenas a sutiã e calcinha, ela pulou na água.

Pelo menos, não rolou nudez. Suspirei aliviada. Mas mesmo assim, né. Tirei a calça e a camisa de linho. Depois, usando apenas meu top branco e a calcinha que eu tinha arrematado na Target em West Palm, pulei na água. Estava fresca e fez um contraste com a quentura do dia. Se a minha pele pudesse falar, estaria cantarolando "Stairway to Heaven".

Will emergiu da água e me empurrou pelos ombros. Mergulhei protestando e voltei à superfície com minha chapinha arruinada e o rímel, que eu aplicara com tanto esmero pela manhã, escorrendo pelo rosto.

Minha versão Palm Beach soltaria gritinhos e me arrastaria para fora da água. Mas, Meu Deus, eu não estava nem um pouco a fim de fazer isso. Pelo menos por alguns instantes, pro espaço com a pesquisa. Queria ser eu mesma.

Durante meia hora, brincamos no lago como crianças. Brincamos de Marco Polo. Briga na água. Megassaltos do barranco. Só paramos quando meu celular tocou. Eram as gêmeas, avisando que tinham acabado suas redações. Quando é que eu estaria de volta? Olhei para Will.

— Mais uma hora e meia — disse ele. — Se sairmos agora.

Hanan disse que ia em casa buscar toalhas para a gente. Will e eu ficamos sentados no barranco enlameado. Eu estava nojenta e encharcada, mas desde que me metera neste experimento maluco, nunca tinha me sentido tão feliz.

— Não entendo uma coisa. — Ele arrancou uma pedrinha da terra e atirou no lago.

— O quê?

Ele se virou para mim. — Uma hora você é uma típica garota chata e rica. Na outra... não é mais.

— Ah, é, sr. Diploma em Noitadas?

Ele riu. — É sério, acredite.

Afastei o cabelo molhado da testa. — Agora é minha vez. Por que você me convidou pra vir aqui?

— Quando eu te conheci, naquela noite tresloucada em que as gêmeas foram ridículas com você, pensei ter visto algo... Aí, quando você foi encontrar comigo na galeria, a pessoa que eu achei ter visto não existia mais. — Ele atirou outra pedra no lago. *Plunk.* — Mas, depois, Rose começou a falar direto que estava aprendendo muito com você, que você era a primeira pessoa que a fez sentir que tinha um cérebro. Então resolvi te chamar para vir aqui hoje, porque estava curioso para ver qual das suas personalidades iria comparecer.

— E...?

— Fácil. As duas. Mas não num mau sentido. — Ele me encarou e, depois, encostando a mão no meu rosto, esfregou seu dedo delicadamente na minha bochecha. — Lama.

Estremeci um pouco. Senti algo se mexendo dentro de mim. Meu eu verdadeiro. — Obrigada por ter me trazido aqui, fazendeiro — disse.

Ele estava olhando para minha boca. Estaria prestes a me beijar?

— De nada. Posso te fazer outro convite?

— Claro. Pra quê?

— Pro baile de Natal do Museu de Arte Norton. Sei que não é lá grande coisa, mas eu realmente queria que...

— Eu vou adorar.

Uma operadora de telefone celular cobra três centavos por minuto para chamadas de longa distância. Que expressão algébrica mostra quanto custaria uma ligação de vinte minutos da Flórida para Nova York, se cinco desses vinte minutos fossem feitos dentro do horário noturno gratuito?

(a) $y = 3 + 20 \div 5$

(b) $5z = 20x$

(c) $x = 3 (20 - 5)$

(d) $c = 20 + 5 + 3$

(e) $x = 3 \times 20 \times 5$

vinte e um

aquela noite, dei uma lida rápida nas redações que as gêmeas haviam feito de tarde, ignorei o olhar curioso de Rose sobre minha saída com Will e me recolhi na privacidade do meu banheiro, para o mais longo e quente banho da história dos banhos longos e quentes. Enquanto enchia a banheira, coloquei os sais de espuma Heavenly Holly na água, da nova linha SPA de Laurel. Tinha cheiro de bosque no outono e transformou a água num mar esverdeado sob um manto de espuma branca

Quero fazer uma pausa aqui para dizer uma coisa: fantasiar não é trair, ok? Vamos deixar isso bem claro.

Deitei na banheira e fechei os olhos. Relaxei sentindo a água escorrendo, ficando quente e, hum, molhada, relembrando a tarde com Will e imaginando como teria sido se ele tivesse feito o que pensei que ia fazer à beira do lago. Se tivesse me beijado. Estava prestes a começar uma expedição debaixo d'água, quando ouvi meu celular tocando ao longe.

Era ele. Sabia que era ele.

Pulei para fora da banheira e saí escorregando pelo piso do banheiro, deixando pegadas molhadas no chão do quarto. Aterrissei molhada e nua na cama, catei meu celular na bolsa e consegui atender no quarto toque.

— Alô? — disse, ofegante.

— Oi, amor. Você estava correndo?

Era ele. O ele errado.

— Ah, oi, James! — Me embrulhei numa colcha, sabendo que se precisasse de outra, eles mandariam da mansão principal sem fazer perguntas.

— Estava no banho. Tive que correr para atender ao telefone. Que bom te ouvir!

Ok, então fantasiar é *um pouco* traição. Aquelas coisas só aconteciam comigo: quem mais estava pensando no *cara errado* quando o *namorado* — namorado esse com quem quase não encontra mais, que dirá dormir — liga? O namorado com quem vai se encontrar na manhã de Natal? Tipo, dentro de 36 horas?

— Tenho ótimas notícias. Passei 12 horas editando o conto daquele babaca. Compositores que pensam que podem escrever ficção, ninguém merece. Aí o imbecil ainda tem a cara de pau de ligar e dizer que todas as mudanças têm que estar sujeitas à sua aprovação.

— E isso é uma ótima notícia?

Ele riu. — Não, calma. Meu chefe ficou com pena de mim. Ele vai me liberar amanhã ao meio-dia. Ou seja, vou conseguir chegar a Gulf Stream a tempo para o jantar. Não é ótimo?

E eu me sentindo cada vez mais culpada, minha gente.

— Maravilha.

— Estou louco para te ver.

— Eu também.

— Escuta — continuou James. — Minha mãe me ligou ainda agora. Uma amiga conseguiu dois convites para um baile na véspera de Natal, no Museu Norton. Você ouviu falar?

Hum, ouvi. Para falar a verdade, topei ir com outro cara. — Acho que as gêmeas vão — desconversei.

— Ótimo! — exclamou ele, todo contente. — Porque acho que seria uma boa se fôssemos também. Sei que você tem que fingir que está solteira, mas não tem problema. A gente finge que não se conhece, vai ser legal.

Péssimo, péssimo, péssimo. Pra que fui aceitar o convite de Will? Eu obviamente sabia a resposta, mas o que fazer agora que meu namorado estava me convidando?

— Você podia até escrever sobre a festa na sua matéria — sugeriu James. — Vai ser hilário, algo que Hunter Thompson teria feito. E, além do mais, vou poder conhecer as gêmeas sem que elas saibam que sou seu namorado. Vai ser perfeito.

Puxei a colcha e tentei embarcar no entusiasmo de James. — É, pode ser engraçado mesmo! Mas, sabe, acho que não estou passando muito bem para isso, não. Acho melhor ficar na cama e me recuperar logo para o Natal.

— Ah, que pena. Bem, então esquece a festa. Vou aí para Les Anges e a gente brinca de médico.

— Você é um fofo. Mas acho que vou ficar deitada, quietinha, amanhã, para tentar me recuperar logo dessa chatice, seja lá o que for.

— Então tá, né. — Ele parecia desapontado. Ou, então, a vergonha que eu estava sentindo aumentou minha sensibilidade.

— Você pode aproveitar para ficar com seus pais amanhã à noite, eles vão gostar. Que horas você quer que eu chegue no Natal?

Isso era a culpa perguntando, não eu.

— Onze. Te ligo amanhã quando chegar. — Ouvi alguém dando boa-noite para ele. Tadinho, ainda no trabalho à meia-noite, a dois dias do Natal. — Megan?

— Oi? — perguntei, levantando da cama e caminhando até a janela. A escuridão da noite se descortinava à minha frente.

— Eu te amo.

Engoli seco. — Também te amo.

Nos despedimos e desliguei o telefone. O que eu tinha acabado de fazer? Menti para o meu namorado para poder sair com outro cara. Era péssimo. Eu sabia que era péssimo.

E foi tão fácil de fazer.

Em um romance, uma "reviravolta" representa um momento no qual um personagem:

(a) muda de ideia
(b) enxerga algo sob uma nova perspectiva
(c) é surpreendido por um acontecimento inesperado
(d) vivencia um crescimento ou uma mudança emocional
(e) todas as alternativas acima

vinte e dois

De acordo com o College Board, que o criou, o Teste de Avaliação de Conhecimento avalia a capacidade do aluno de analisar e solucionar problemas. As universidades o utilizam como uma espécie de termômetro para o desempenho acadêmico do futuro aluno. Falei isso para as gêmeas várias vezes. E acrescentei que, na minha humilde opinião, o que o teste avaliava na verdade era a capacidade de o aluno se preparar para ele.

Não havia a menor possibilidade de eu conseguir remediar 12 anos de negligência acadêmica em oito míseras semanas. Mas, quando vi a complexidade daquele banco de dados incrível, percebi que as gêmeas tinham ao menos matéria-prima de inteligência para se darem bem no teste. Estava apostando que, se conseguisse acostumá-las ao modo como aquele sistema funcionava — a pensar como os examinadores pensavam —, talvez a coisa desse certo.

As gêmeas tinham dificuldade com conceitos abstratos. Mas, quando eu tornava o aprendizado relevante para elas, ampliava sua capacidade de memorizá-lo. Apelei para táticas de primeira série. Minhas melhores armas eram as cartolinas com figuras.

Por exemplo, em vez de mostrar um trapézio e pedir uma descrição de área e perímetro, minha cartolina esboçava as dimensões do banheiro feminino do Everglades Club. Em vez de calcular as proporções teóricas, eu exibia a figura de um espelho, informava sua largura, e perguntava quantas garotas, cada uma dispondo de 25 centímetros do espelho, poderiam retocar seu gloss Stila ao mesmo tempo. Para ampliar o vocabulário, fiz uso de exemplos pertinentes. O purgatório era descrito não só como um lugar entre o céu e o inferno, mas também como estar preso em um assento ao lado de um bebê escandaloso em um voo transatlântico de Nova York até Paris.

Notava certo progresso acadêmico. Não o bastante, mas o suficiente para que eu não perdesse as esperanças. E o suficiente para mantê-las entretidas também. O maior problema era o empenho. Independentemente do que eu fizesse, não conseguia convencê-las de que estudar era um processo cumulativo, e que investir em horas extras desde o início compensava enormemente no sétimo ou oitavo dia. É difícil reverter 17 anos de relativa indolência. Basicamente, quando você pode pedir serviço de quarto, cozinhar se torna um baita desafio, mesmo que você fique quatro horas diante do fogão todos os dias.

Como havíamos decidido tirar folga no Natal, as gêmeas e eu começamos os estudos no dia 24 absurdamente cedo — às nove da manhã. O esquema iria deixá-las — e a mim também — livres de tarde para os preparativos para o baile daquela noite.

Pedimos café e croissant para comermos na beira da piscina e começamos a trabalhar no vocabulário. Mostrei uma cartolina para Sage.

Suzanne usava_____ para roubar o namorado de sua rival.
(a) cauteloso
(b) contemporâneo
(c) dualidade
(d) tramoia

— D — respondeu Sage. — Com toda certeza, D.

Tive que elogiá-la, uma vez que ela costumava ser a Rainha do Emprego Incorreto das Palavras. Passei para a próxima cartolina.

Calças brancas após o Dia do Trabalho não são mais consideradas um erro _____.
(a) exacerbante
(b) grave
(c) ergonômico
(d) astuto

— B — respondeu ela. — Grave.

Caramba. Duas, uma atrás da outra. Tudo bem que ela errou as três seguintes, mas duas seguidas era um marco. Rose assumiu e duplicou a proeza da irmã. Passamos para análise sintática e, trabalhando em conjunto, as duas conseguiram identificar corretamente as orações principais, compostas, sujeitos e predicados, embora o conceito de cláusulas condicionais ainda as escapasse. Eu sei, isso é coisa que a gente aprende no ensino fundamental, mas as gêmeas perderam esse bonde.

Para deixar a coisa mais interessante e aprimorar sua escrita, pedi que cada uma fizesse uma redação de cinco parágrafos, comparando o visual que pretendiam usar naquela noite com o que haviam usado no mês anterior, no Baile Vermelho e Branco — identificando depois as orações principais, sujeitos, predicados etc. Ouvi as reclamações e lamentos de sempre, mas elas acabaram sentadinhas com papel e caneta em punho. Já eu me acomodei numa espreguiçadeira enquanto elas faziam a redação, desfrutando o sol da manhã no rosto, pensando no que diria a James quando ele ligasse naquela tarde. Uma gripe de 48 horas? Algo assim.

Devo ter cochilado, porque acordei no susto com Sage cutucando meu tornozelo.

— Megan? Você tocou o terror ontem.

Abri os olhos. Ela estava na espreguiçadeira ao lado. — Terminou a redação?

— Não, parei na metade com um desejo incontrolável de apreciar sua adorável companhia — resmungou ela. — Claro que terminei.

Olhei para Rose, que continuava escrevendo, e fechei os olhos novamente, sorrindo. — Ótimo.

— Por que você não me disse que estava a fim do Will?

O comentário fez com que eu não só abrisse os olhos, como também me sentasse.

— Do que você está falando?

— Encontrei com ele no Breakers ontem à noite. Ele me contou tudo.

— Tudo o quê? — perguntei cautelosa.

— Que vocês passaram o dia juntos, que ele te carcou num laguinho...

— Ele não me *carcou*... em lugar nenhum! — protestei nervosa, sentindo o habitual rubor queimando meu rosto.

— Estou brincando. Segura a maré vermelha. Ele só disse que vocês saíram juntos e que ele gosta de você. Feliz, agora?

Para falar a verdade, estava. Mas não falei isso. Não falei nada.

— Não custava nada me contar. — Ela torceu o nariz.

— Tentei agir de maneira profissional.

Ela bocejou. — Mentira. Rose estava sabendo. Como se eu fosse me importar. Ele também disse que você vai ao baile com ele.

Rose se aproximou trazendo sua redação, que ela demorara o dobro do tempo ideal para escrever, e sentou-se ao lado da irmã. — Então, você gosta dele, Megan? — perguntou avidamente.

Vai ver foi porque nunca tive de fato a oportunidade de bancar a menina-fofa-apaixonada-pelo-menino-fofo no colégio. Ou porque fui para meu baile de formatura com Bruce Peterson, aquele do QI fantástico e da pele duvidosa, com quem eu tinha tanta química quanto com um arquivo de texto. Ou, então, porque minha irmã Lily viveu todos os momentos de menina bonita e eu jamais tive a esperança de competir. Fosse qual fosse o motivo, alguma mocinha adormecida despertou em mim e arrancou à força minha resposta direta.

— Gosto.

Deixe-me admitir uma coisa aqui: é muito difícil se convencer de que se vai a um baile com um cara apenas por motivos de pesquisa depois de confessar a suas alunas que está gostando dele.

— E com que roupa você vai? — perguntou Sage.

— Acho que com a mesma que usei no baile Vermelho e Branco — respondi, torcendo para minha bunda ainda caber dentro do vestido, depois de todos os quitutes de Marco.

Tenho certeza de que você conhece o quadro mais famoso de Edvard Munch, *O grito*. Imagine que está vendo em dobro, substitua o sujeito escandalizado na ponte pelo rosto das gêmeas, e terá uma ideia aproximada da reação de Rose e Sage à minha resposta.

Sage, como sempre, foi a primeira a verbalizar sua opinião. — Vocês costumam fazer *isso* na Filadélfia?

— Tipo, você é tão rica que pouco se importa de as pessoas te verem repetindo uma roupa? — tentou esclarecer Rose.

Claro. A Megan rica já estava cansada de *saber* que não podia repetir o vestido. Ela ficaria tão horrorizada quanto as gêmeas perante aquela ideia. Retrocedendo desesperadamente, expliquei que havia trazido apenas uma roupa de gala para Palm Beach e que não tinha tido tempo de comprar uma nova. Achei que podia usar a mesma desculpa à noite, se alguém perguntasse alguma coisa.

Sage assentiu com a cabeça. — A gente entende.

— Sério? — perguntou Rose, esganiçada.

— Claro — insistiu Sage. — Vamos pedir o almoço. Embora provavelmente vá ser uma droga, com Marco de folga.

— Para onde ele foi? — perguntei. Marco estava de folga? Aquilo era novidade para mim.

— Para Nova Jersey, com Keith — explicou Rose, enquanto Sage ligava para pedir o almoço. — Eles vão todos os anos visitar a família dele. Ele volta para o baile de Ano-Novo, não se preocupe. Vovó sempre o deixa a cargo dos bufês. — Ela se levantou e tirou a calça jeans e a camiseta; estava usando um biquíni de xadrez escocês por baixo. — Vou nadar um pouco até a comida chegar. Quer vir?

Recusei, sentindo que estava ficando pálida. Sem Marco *e* Keith naquela noite? E tinha que ficar pronta para o baile em algumas horas? Eu mal conseguia fechar o zíper do vestido sem Marco para me ajudar. A Gata Borralheira ia parecer mais borralheira do que gata desta vez.

— O que você tem? — perguntou Sage, pisando para fora do jeans e deixando-o embolado aos seus pés. — Está branca que nem papel.

— É que lá na minha casa... bem, sempre considerei maquiagem uma arte. E, não saia por aí espalhando, sou péssima artista. Tenho dificuldade para desenhar bonecos de palito. Então, eu nunca, em hipótese alguma, faço minha própria maquiagem. — O que não era exatamente uma mentira.

— E Marco não está aqui para te ajudar hoje à noite. — Rose mergulhou na piscina, voltando à superfície em seguida com o cabelo molhado se espraiando feito um leque na altura da nuca. — Ele nos disse que Keith conhece seu stylist lá na Filadélfia.

— *Disse*, é? — Deus o abençoe por cobrir minha retaguarda em vários sentidos.

— Claro. — Sage entrou na parte rasa da piscina. — Mas você está meio ferrada para hoje, não é?

Rose riu. Sage riu. Legal da parte delas acharem graça na minha desventura, embora possivelmente nem conhecessem essa palavra.

— Vamos — ordenou Sage para a irmã, como se estivesse chamando um cachorro bem adestrado. Ela saiu da piscina e calçou suas sandálias de dedo. — A gente liga para a casa principal e pede para servirem a comida lá dentro.

Ela foi embora em direção à casa, enquanto eu esperava Rose sair da piscina e se embrulhar na toalha. Encontramos Sage em seu quarto, diante do computador. Ela deu um clique e uma imagem minha em close surgiu no monitor.

— Como você fez isso? — perguntei, admirada. Meu rosto exibia uma maquiagem que eu jamais usara na vida.

— É mais uma ferramenta que criamos para o nosso sistema — respondeu Rose, orgulhosa.

— Observe e aprenda — ordenou Sage. Com alguns cliques no mouse, ela engrossou minhas sobrancelhas. — Embora o visual Brooke Shields fique horrível em você. — Ela as afinou novamente.

Enquanto as meninas mexiam no computador de Sage e eu observava, recebi um intensivão de como uma pessoa com os meus traços devia se maquiar e usar o cabelo. Depois, elas mudaram para uma imagem minha de corpo inteiro e me forneceram uma aula sobre proporção corporal, como esconder "defeitinhos abaixo da cintura" e valorizar ao máximo o que elas educadamente chamaram de meu modesto decote.

— Ok. Agora vamos ao meu quarto de vestir — ordenou Sage. — Vamos ver o que você aprendeu.

Ela me sentou diante de sua penteadeira. Rose abriu o que parecia ser uma caixa de ferramentas com acabamento em rosa perolado. Seus compartimentos de veludo rosa estavam recheados com cosméticos sofisticados, novíssimos.

Durante uma hora, as gêmeas debruçaram-se sobre o meu rosto. Ao contrário de Marco, elas se deram ao trabalho de me explicar tudo que estavam fazendo. Depois me deram instruções passo a passo para que eu pudesse me virar sozinha quando não estivessem por perto, simplificando o processo para que eu soubesse o que fazer, mesmo sendo desajeitada. Depois, elas me *deram* a caixa.

Isso mesmo, me deram. Haviam comprado para mim. Antes que eu pudesse começar a lhes agradecer, elas passaram para o meu cabelo, que Sage julgou limpo demais, explicando que os penteados duram mais quando o cabelo está um pouquinho sujo.

Quem diria, hein?

Sage o alisou com a chapinha e prendeu num rabo de cavalo. — Para este *look* funcionar, existem dois elementos fundamentais — decretou ela. — Aplique e fios soltos. — Ela apresentou um aplique deslumbrante, impecavelmente liso, da cor exata do meu cabelo. Ela o prendeu e, *voilà*, passei a ter um rabo de cavalo que descia pelas costas. Depois, ela soltou com desenvoltura algumas mechas ao redor do meu rosto, para suavizar o visual, e acrescentou uma fita lilás de gorgorão para amarrar o rabo de cavalo. Rose completou o processo passando mais uma camada de gloss nos meus lábios. Do pescoço para cima, eu estava um espetáculo.

Rose correu para buscar algo em seu quarto e Sage apoiou as mãos nos meus ombros. — Você sabe que não pode usar o vestido do Vermelho e Branco hoje à noite, não sabe?

— Eu...

Não consegui articular mais do que uma sílaba, pois Rose reapareceu trazendo um vestido lilás digno de uma princesa.

— Versace Atelier. Lilás é a sua cor. Olha só isso.

Ela me passou uma edição da *Scoop* com Emmy Rossum na seção de moda, usando exatamente o mesmo vestido. "Lilás é tudo!", dizia a legenda. Tive que admitir que eu de fato me parecia um pouco com ela. Isso se ela fosse uns cinco quilos mais gorda. — Não vai caber — lamentei.

— Experimenta — insistiu Rose.

Tirei a calça de moletom e a camiseta. Estava só de calcinha, o que era ideal, decretaram elas, já que o corpete do vestido sustentaria meus seios.

Com a ajuda delas, passei o vestido pela cabeça e prendi a respiração enquanto Rose subia o zíper.

— Pode respirar — instruiu Sage.

Estiquei a coluna e olhei para elas.

— Cara, nós somos demais. — Sage estalou a palma na palma de Rose.

Virei para me olhar no espelho. O corpete era sem alça e se ajustava perfeitamente ao corpo. Elas tinham razão: um sutiã teria sido desnecessário. A saia era toda plissada, em chiffon e crepe georgette.

— Como é que vocês... Quando foi que vocês...? — gaguejei.

— Quando se gasta seis dígitos por ano em roupas, sua *personal shopper* se torna sua melhor amiga — explicou Sage. — Pedimos para ela ontem à noite. Chegou antes do café da manhã.

— Você está linda — disse Rose, abrindo um sorriso largo.

— Não acredito que vocês fizeram tudo isso para mim.

Sage balançou a cabeça. — Nem eu. Devíamos estar drogadas.

Mas eu percebi que ela estava brincando. Teria eu vencido suas reservas sem sequer perceber?

— Antes que você comece a se achar — emendou Sage, como se lesse meus pensamentos —, lembre-se de que está nos poupando de uma tremenda angústia. Se você aparecesse no baile com um *vestido repetido*, iria ser uma humilhação para nós sermos vistas do seu lado.

Sorri. Elas me entregaram o estojo novo repleto de cosméticos, o diagrama com as instruções e depois me enxotaram, para poderem se arrumar também. Fui embora, mas não sem antes agradecer a elas por tudo. De coração. Como esta reviravolta na trama iria se enquadrar na minha matéria? Flutuando de volta para minha suíte sob camadas de chiffon finas como asas de borboleta, não pude deixar de pensar que as superficiais gêmeas Baker, que eu planejara desmascarar, jamais teriam feito aquilo por mim. No fim das contas, quem estava sendo superficial ali?

Sair com intenções de romance com mais de uma pessoa pode ser considerado:

(a) ridículo

(b) imprudente

(c) equestre

(d) decadente

(e) misantropo

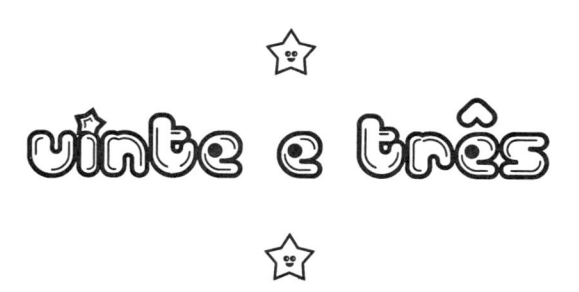

vinte e três

Quando Will foi me buscar naquela noite, disse que eu estava linda. E o mais estranho é que acreditei nele. Era como se eu começasse a me ver como a pessoa que estava fingindo ser. Não rica, talvez — algumas fantasias são ridículas demais, até mesmo para quem estava se tornando *expert* em mentiras como eu —, mas bonita. Quando me olhei no espelho, não reconheci mais a irmãzinha sem graça de Lily.

O baile anual do dia 24 em benefício ao Museu de Arte Norton não começava antes das oito da noite. Chegamos a West Palm às sete, ideal para que Will me mostrasse o museu antes de ficar lotado de convidados. Era tão cedo que os valets ainda nem estavam trabalhando, e ele teve que estacionar seu carro sozinho. Mas ele estava entusiasmado em poder me apresentar as pinturas e esculturas antes que elas tivessem que disputar com roupas de alta-costura e coquetéis.

As áreas de exposição estavam vazias, exceto pelos funcionários. Os músicos estavam se posicionando, fazendo testes de som, e os garçons estavam arrumando as mesas do bufê e abastecendo os bares. Ninguém prestou atenção quando Will me conduziu pelas várias exposições.

O Norton tinha seções de arte europeia, americana, chinesa do século XIX e XX, arte contemporânea e um vasto acervo de fotografia. A coleção contemporânea era a que mais empolgava Will. Nós dois amamos uma pintura chamada *Isaías: A grama crescerá sobre suas cidades*, que retratava a profecia bíblica tornando-se realidade em uma metrópole moderna.

— Porque tudo é temporário — ponderei em voz alta. Estava pensando em como aquilo era verdade na minha própria vida; eu havia perdido um emprego, um apartamento e...

— Feliz Natal, gente. — Thom deu um tapinha no ombro de Will. Ele estava usando um paletó branco padrão com uma toalha branca de garçom dobrada no braço. — Oi, Megan.

— Oi, Thom. — Eu lhe dei um beijo na bochecha. Já se aproximava das oito horas e o salão estava começando a encher ao nosso redor. — Feliz Natal.

— Está trabalhando, cara? — perguntou Will.

— Pagam bem. — Thom fez um sinal para o bar atrás de nós. — Só vim mesmo dar um oi antes de a festa começar. Mais tarde a gente se fala.

Assim que Thom se afastou, virei-me para Will. — Como foi que você o conheceu? Imaginei que vocês frequentassem círculos diferentes.

— Do iate. Tento não me ligar muito nessas coisas — disse ele, e pensei se ele achava que eu me ligava. Seria, no mínimo, irônico. — Dei força para Rose chegar nele e tudo.

Avistei as gêmeas e seus amigos entrando no salão. Sage estava usando um vestido vinho de renda chantilly com forro de seda rosa tão claro que parecia transparente à primeira vista. Rose usava um vestido preto decotado com penas e contas douradas na barra. Suas madeixas ruivas ondulavam pelas costas. Eram a propaganda em carne e osso de um estilo de vida com o qual a maioria das pessoas apenas sonhava.

Thom estava parado perto do bar, acompanhando todos os gestos de Rose. Fiquei esperando que ela se virasse e desejasse "Feliz Natal" para ele ou, pelo menos, lhe desse um sorriso do tipo estamos-loucamente-apaixonados-em-segredo. Em vez disso, ela agarrou a mão da irmã e a arrastou até a porta do hall central.

— Ela não me parece muito disposta a encarar o relacionamento em público... — comentei.

— É, bem, dá para entender por quê. — Will me deu uma piscadela. — Vamos, acho melhor a gente ver se as pessoas já chegaram.

Ele me ofereceu seu braço e me conduziu pelo museu, voltando ao imenso hall central todo branco, que servia como principal área de recepção para a festa. Os convidados estavam espalhados pelo salão, examinando as obras do museu e aceitando kir royales dos garçons. Em um dos cantos, um quarteto de cordas tocava canções natalinas, e uma árvore de Natal no centro do salão reluzia com luzes incandescentes. Os presentes haviam sido empilhados sob a árvore.

— Para quem são os presentes? — perguntei, observando um casal recém-chegado acrescentar dois embrulhos antes de se misturar à multidão.

— São brinquedos — respondeu Will. — Serão enviados amanhã para a ala pediátrica do centro médico da Universidade de Miami. Fazemos isso todo ano.

— Legal.

— É. Quer um kir? Vou procurar algum garçom.

— Ótimo. Vou ficar aqui.

Will avançou lentamente pelos convidados. Os meus olhos o estavam seguindo — acredite, você faria a mesma coisa —, quando senti um toque gentil no meu braço.

— Megan, querida. Você está adorável — cumprimentou Laurel. Ela estava usando um vestido preto que ia até o chão e um colar de pérolas com um fecho de diamantes do tamanho de uma bola de gude; seu cabelo loiro estava retorcido em um coque frouxo na altura da nuca. Ela usava pouquíssima maquiagem, apenas o suficiente para tornar sua pele luminosa e seus traços impecáveis. As francesas realmente entendiam mais de elegância sutil do que todas as outras mulheres do mundo.

— Oi, Laurel. Quando você voltou? — perguntei.

— Hoje à tarde. Tento comparecer a todos os eventos mais importantes da Temporada, mas é difícil. Você deve estar sabendo do baile de Ano-Novo em Les Anges, é claro. O baile beneficente para minha fundação?

Assenti com a cabeça. — Estou aguardando ansiosa por ele.

— Ano passado arrecadamos dois milhões de dólares para mulheres interessadas em abrir seus próprios negócios no continente africano. Este ano, estou esperando três milhões. Você veio ao baile com quem?

Incrível como ela conseguia pular da filantropia para meu encontro romântico com a maior facilidade.

— Will Phillips — respondi, esperando que não fosse uma violação na etiqueta de professora particular. — Ele foi buscar um drinque.

— Eu sabia. — Seus olhos brilharam. — Eu o vi chegando para te buscar. Ele é um rapaz encantador. Como você está indo com as gêmeas?

— Progredindo a cada dia.

Ela assentiu com a cabeça. — Certamente você espera reservar algumas horas para o estudo amanhã, mesmo sendo Natal. A data do teste está se aproximando, não está?

— Está — concordei. — Com certeza, vamos estudar amanhã.

Laurel avistou um casal conhecido e pediu licença, apertando minha mão. — Divirta-se, Megan.

As gêmeas não iam ficar nada contentes quando soubessem que iam ter que estudar em pleno Natal. Eu também não estava. Como eu ia conseguir encaixar uma sessão de estudos e ainda arrumar tempo para ficar com James? Meu Deus. Bastava pensar nele para eu me revirar inteira por dentro, como um origami. Que tipo de garota dispensa o namorado para ir a um baile com outro cara? Resposta: o tipo de garota de que eu não gostava e certamente não queria ser...

E então, como se materializado pela minha consciência, James surgiu no salão, bebericando um copo de merlot e admirando a gigantesca árvore de Natal. Fiz a única coisa sensata naquela circunstância: fugi, saí chispando do salão principal, entrei na galeria de arte chinesa, passando pela orquestra e pelos casais que estavam dançando, até a saída de emergência, que os organizadores da festa haviam deixado aberta. Fiquei lá, sozinha, em um jardim externo de esculturas, escondida atrás de uma parede de metal encurvada de Richard Serra, muito bem posicionada, por sinal.

Pense, Megan. Pense.

Will estava lá dentro, possivelmente me procurando. James estava lá dentro, e não esperava me encontrar. O que eu ia dizer a ele? Pior: e se ele e Will se encontrassem? Não era de todo impossível; James procuraria as gêmeas por pura diversão, as gêmeas encontrariam com Will, James e Will seriam...

Respira. Raciocina direito.

Está bem. Eu estaria mais segura *lá dentro*, tentando impedir que eles se esbarrassem, do que *lá fora*, onde ninguém poderia me achar.

Respirei fundo para ganhar coragem e entrei novamente... para dar de cara com James na mesma hora.

— Megan? *Você* aqui?

Ai, Meu Deus. Eu me atirei nos braços de James, examinando rapidamente o salão por cima do seu ombro. Onde estava Will?

— Que surpresa — sussurrei no ouvido dele. — Mas ainda estou mantendo meu disfarce. Você precisa me ajudar.

Ele me afastou com os braços, franzindo as sobrancelhas. — Surpresa digo eu. Pensei que você estava doente.

Aquilo pedia um improviso instantâneo. — Eu *estava* doente. Mas as gêmeas não aceitaram "não" como resposta. Elas são duas pirralhas *muito* das mimadas, praticamente me arrastaram à força. E aqui estou eu!

— Você não me parece doente — observou ele.

Coloquei as mãos na barriga depressa. — Foi uma parada intestinal. Estou muito bem e aí, de repente, tenho que correr para o W.C.

W.C.? Nunca falei *W.C.* na vida. As gêmeas falavam *W.C.* Bem, eu não tinha tempo para refletir a respeito. Dor de barriga me daria a desculpa perfeita para desaparecer toda hora, procurar meu par e mantê-lo a distância do meu namorado.

— E você? — perguntei, correndo os olhos pelo salão, procurando Will. — Pensei que você fosse passar um tempo com sua família.

James pareceu constrangido. — Eu estava com minha família. Meus pais estão por aí, em algum lugar...

— James! — gemeu uma voz. — Finalmente te encontrei.

Não. Não era possível. Ele estava com *ela*?

— ... com a família de Heather — terminou ele, enquanto Heather, a Perfeita, se juntava a ele, uma aparição em chiffon pêssego cujo corte em prata cintilante exibia seu decote perfeito.

Pensando bem, talvez eu não estivesse tão fodida assim. *Ele* estava.

Dissertação

Escreva sua opinião quanto ao seguinte enunciado:

Como os pais colocam seus filhos no mundo e cuidam deles, tanto financeira quanto emocionalmente, merecem desempenhar um papel na tomada de decisão de seus filhos por toda a vida.

vinte e quatro

epois de um torturante minuto de papo furado, Heather pediu licença e James me conduziu até a galeria de fotos. Era o espaço destinado a conversas pelos organizadores. Não havia músicos nem bar, apenas namoradeiras espalhadas pelo cômodo. Encontramos assentos vagos debaixo de um tríptico de Maria Magdalena Campos-Pons.

— Eu posso explicar — ele me disse.

— E eu estou disposta a ouvir — retruquei, artificialmente simpática. James não era o único escondendo informações sobre a noite, mas *ele* não sabia disso.

— Para começar, não estou aqui *com* ela — esclareceu James. — Foram os pais dela que nos ofereceram os convites para o baile.

— Você poderia ter dito isso antes.·

— E eu teria, mas minha mãe não me contou. Cheguei à casa de praia e lá estava Heather de biquíni no terraço.

Ok, não tinha a menor necessidade de me atingir com a imagem do biquíni.

— Ela e os pais vão passar a noite lá em casa. Partem amanhã para Turks e Caicos. Minha mãe cismou que devíamos vir todos juntos.

Eu realmente podia imaginar a mãe de James forçando a barra para que ele fosse ao baile com Heather. Tudo bem.

James tomou minha mão. — Estamos numa boa?

Estávamos... até eu avistar Will cruzando a entrada da galeria. Trazia nas mãos um copo de kir cheio e um vazio e estava com a testa franzida. Fiz uma careta.

— O que foi?

— Minha barriga. — Apertei o abdômen, torcendo para que Will não fosse de jeito nenhum verificar aquele salão. — Preciso ir ao banheiro. — Levantei correndo. — Pode deixar que eu te acho! — garanti, saindo às pressas da galeria, desviando de matronas cobertas de joias.

Merda. Para qual lado Will teria ido? Eu o vi de relance, entrando no salão onde estava a orquestra. Avancei sorrateira por trás.

— Procurando uma garota de vestido lilás?

Ele sorriu. — Onde foi que você se meteu?

— Ah, você sabe, um monte de caras me chamando para dançar. Tive que espantá-los com um taco de golfe.

Ele me passou o copo cheio e encostou o dele no meu, em um brinde. — Beber ou dançar? — perguntou.

Aquela estava longe de ser uma noite para o álcool.

— Dançar. Definitivamente.

Will entregou nossos copos para um garçom ẹ me conduziu até a pista de dança, onde a orquestra tocava uma versão de "Something" que deve ter feito John Lennon e George Harrison se revirarem em seus respectivos túmulos. Dançar mostrou-se um exercício de ansiedade em movimento. Tive que ficar manobrando Will, para que ficasse entre mim e a entrada; dei graças aos céus por cada um de seus centímetros de altura.

Ele baixou os olhos e me perguntou: — Você está bem?

— Claro! — relaxei contra seu ombro por um instante, depois fiquei novamente rígida ao pensar ter visto James. Alarme falso.

— Você parece... tensa — notou Will. Sua mão direita deslizou pelas minhas costas perigosamente e, surpreendentemente, perto do meu cóccix. Em circunstâncias normais, teria adorado aquilo. No entanto, aquelas não eram circunstâncias normais. Aquilo parecia um filme dos Irmãos Marx.

Precisava pensar rápido.

— Ah, estou com uma leve indisposição.

— Você deve estar com fome. Vamos comer alguma coisa. Este bufê é famoso pelo camarão com crosta de coco. Você precisa experimentar.

Embora a ideia de comer me fosse tão repugnante quanto a de beber, não tive escolha a não ser seguir Will até o bufê do salão principal. O salão estava tão lotado que levamos quase dez minutos para chegar ao bufê. Eu estava prestes a pegar o prato de porcelana branco que Will me oferecia quando vi James entrar na fila, no lado oposto.

Cólicas intestinais podem surgir com uma velocidade impressionante.

Após prometer que não ia demorar, fui direto para o toalete feminino, que estava quase tão lotado quanto o resto da festa. Após uma demora condizente com um mal-estar, voltei, mas desta vez procurando por James.

E, agora, permita-me filosofar um instante. Algumas pessoas não conseguem desviar os olhos de um acidente de carro. Entendo isso, de coração. É horrível, mas não foi com você, então não dá para evitar um olhar fixo com uma espécie de fascínio doentio. Evidentemente, o mesmo pode ser dito quando é o seu próprio carro que está avançando contra um muro de concreto a 160 quilômetros por hora.

Quando voltei para o salão, não consegui tirar os olhos de James. E de Will. Juntos no bar. Estavam brindando com seus copos de martíni como se fossem velhos amigos.

Will me viu primeiro e acenou. — Megan! Venha cá. Tive que brigar com esse cara pelo último camarão ao coco. — Eu torcia desesperadamente para que Will não tivesse visto James piscar para mim enquanto eu me aproximava. — Megan, me deixa te apresentar, James Ladeen. Ele se formou em...

Arrisquei: — Yale?

— Como você sabe? — Will estava admirado.

James esfregou o queixo. — Você não me é estranha...

— A gente já deve ter se esbarrado no campus — disse, esticando a mão para cumprimentar James. — Megan Smith.

James apontou para mim. — Peraí. Você não era do departamento de biologia?

— Não, literatura. O que o traz a Palm Beach, James? — perguntei, ríspida.

Ele sorriu. — Ah, tenho amigos e parentes aqui. E você, Regan?

— Megan — consertei, lutando contra a vontade de girar os olhos. Confundir deliberadamente o meu nome era o fim da picada.

Durante os dez minutos seguintes, Will e James bateram papo enquanto eu tentava manter meu personagem, atenta a qual versão da minha vida seria a real. Os dois pontos a meu favor eram que James sabia sobre a Megan rica e sobre eu estar fingindo ser "solteira" para me aproximar das pessoas na ilha. Quando Will explicou como havíamos nos conhecido através das gêmeas, e disse que estava me levando para conhecer melhor Palm Beach e alguns lugares ao sul da Flórida, James concordou com a cabeça.

— Sabe, tenho que confessar uma coisa — disse James, após apanhar um kir da bandeja do garçom e brindar sua nova amizade. — Eu te vi uma vez num café perto do campus, Regan. Te achei a maior gata e quis te cumprimentar, mas você foi embora antes que eu tivesse oportunidade.

Procurei algo inteligente para dizer, mas acabei não conseguindo nada mais genial do que: — Legal.

— Quer dançar, Regan? — perguntou James. — Você não se importa, não é, Will?

— À vontade — concordou Will, balançando a cabeça. — Só não se apaixonem. Megan, nos vemos daqui a pouco.

— Ele está a fim de você — observou James, enquanto me conduzia até a pista de dança, passando a mão na minha cintura. — Ele é bonito demais para estar a fim de você.

— Não fica com ciúmes. É só mais um rostinho bonito de Palm Beach — menti. Vi Pembroke dançando com Suzanne, que estava com um vestido verde que erguia tanto os seus peitos que fiquei com medo de ela se sufocar no decote.

James me puxou para mais perto. Respirei fundo e suspirei. Ok. Acontecera o pior — James conheceu Will. E eu, de algum modo, havia sobrevivido à batida.

Logo depois, vi os pais de James ao nosso lado. A mãe dele usava um vestido preto de jérsei com decote nas costas — super Nova York — e ergueu as sobrancelhas, surpresa ao me ver. Depois, implorou ao filho: *Venha dançar.*

— Tudo bem — sussurrei em seu ouvido. — Pode ir. Você pode explicar como vim parar aqui.

Encontrei um banco vazio perto de uma vitrine com peças de jade da Dinastia Ming de dois mil anos, e comecei a pensar que Jim Morrison estava errado: alguns de nós *realmente* conseguem sair vivos. Estava orgulhosa de mim mesma por ter conseguido o impossível.

Claro que, assim que Heather se aboletou ao meu lado, percebi que estava comemorando cedo demais.

— Bela festa — disse ela.

— Hum-hum — respondi, já esperando alguma bomba.

— Qual é a sua com seu novo par?

— Will Phillips? Ele é vizinho das gêmeas — respondi. — E não é meu novo par.

— Vi vocês dançando. — Ela ergueu uma das suas profissionalmente arqueadas sobrancelhas.

Pronto. Finalmente. A bombinha estourando na minha cara.

— Pode desistir, Heather — disse, tentando passar uma segurança que no fundo não existia. — Se eu estivesse traindo James, aposto que você adoraria dar uns beijinhos e consolá-lo, não é?

Ela deu um sorrisinho. — Acredite, Megan, tenho ele de volta a hora que eu quiser.

Gente, o que era aquilo? Estávamos de volta aos tempos de colégio?

— Ele não é um suéter que você me emprestou, Heather. Diga o que quiser para ele. Faça o que quiser. — Levantei e fui embora. Heather tinha uma vantagem sobre mim. Pelo menos ela sabia o quê, e quem, ela queria.

Escolha o melhor antônimo para a seguinte palavra:

ACOLHEDOR

(a) envolvente
(b) atencioso
(c) hostil
(d) insincero
(e) paramentado

vinte e cinco

eus pais e Lily me ligaram na manhã de Natal, do apartamento de Lily. Minha irmã não pôde ir para New Hampshire por causa da peça, então meus pais foram para Nova York passar com ela. Foram ao teatro conferir a atuação de Lily, patinaram no Rockefeller Center e jantaram em um restaurante impossível de se conseguir uma reserva, não fosse a grande Lily Langley oferecer convites para sua peça ao maître. Falando nisso, Lily me contou alegremente que o Revolution Studios havia comprado direitos para o cinema e Joe Roth em pessoa havia lhe prometido um teste, assim que o roteiro estivesse pronto.

Depois de desejar um Feliz Natal para todos, lhe dei os parabéns, é claro, mas não pude deixar de pensar que a verdadeira atriz da família era eu, estrelando *As duas faces de Megan*. Ela é uma professora particular — não — é uma jornalista! Ela é Megan Smith, uma intelectual igualitária. Não, ela é Megan patricinha, uma chata de nariz empinado! Ela ama o seu namorado, James. Não, ela lhe dá o bolo para ficar com outro cara! Uma história muito louca cheia de aventura e confusão.

Eu me despedi, passei um café e depois liguei para Charma, que estava na casa dos pais. Ela ficou toda empolgada por eu ter ligado, exigiu o relatório completo das gêmeas, e me deu a boa notícia de que voltaria ao nosso apartamento logo depois do dia 1º. Sim, ela continuava trabalhando para o teatro infantil e, sim, ainda estava namorando Wolfmother. Para falar a verdade, ele ia ajudá-la com a mudança. Ela quis saber quando eu voltava para casa. Dia 15 de janeiro, respondi. Tem problema ele ficar lá até você voltar?, perguntou ela. Por mim, tudo bem, respondi. Só lamentava não estar perto para ajudar. Eu quis saber sobre os móveis e ela disse para eu não me preocupar. A avó dela, em Levittown, estava prestes a se mudar para um asilo e tinha uma casa lotada de móveis. — Sei que você vai sentir saudades daquele futon da Avenue B — ela disse. — Mas vai ter que se acostumar.

Depois que eu desliguei, minhas duas personas e minhas coxas se enfiaram no chuveiro, depois nós — eu — colocamos uma calça de veludo preto Ralph Lauren e um suéter de cashmere preto com gola larga. Eram quase nove horas, o horário que havia marcado para estar no quarto de Natal da mansão principal. É isso mesmo. Havia um cômodo na casa de Laurel que só era usado uma vez por ano, no Natal. Era todo organizado pela secretária de Laurel, uma garota sem graça chamada Jillian, que eu via raramente e cujo trabalho era basicamente dar presentes, receber presentes e escrever cartões de agradecimento. Seu maior trunfo profissional era a capacidade de forjar a assinatura de Laurel com tamanha perfeição, que ninguém jamais poderia supor que Madame Limoges não havia escrito ela própria o cartão.

Os preparativos no quarto de Natal haviam começado semanas antes e naquela temporada foram supervisionados pelo famoso decorador de interiores de Nova York, Harry Schnaper. Naquele ano, Schnaper havia escolhido um tema prata e roxo, uma mudança drástica do habitual cor-de-rosa de Laurel; mas ele possuía credenciais tão boas que Laurel lhe dera carta branca — o que resultou, por exemplo, em uma árvore com um anjo de cabelos prateados no topo que guardava uma impressionante semelhança com Laurel. Aos pés da árvore estavam os presentes, mas só os que haviam sido embrulhados em cores complementares à cartela de cores escolhida. Os outros foram colocados dentro do armário.

Quando eu cheguei, Laurel e as gêmeas já estavam trocando presentes. Laurel vestia seu figurino tradicional de trabalho — saia preta reta, blusa de seda branca e scarpins pretos de camurça. As gêmeas vestiam a parte de cima dos biquínis e um short xadrez com acabamento em renda (Sage) e uma calça capri de algodão rosa enrolada na cintura (Rose).

Era esquisito comemorar o Natal no ar-condicionado.

Laurel dera pérolas da Tiffany para as meninas, que não me pareceram muito entusiasmadas. Elas deram à avó um livro novo sobre a arquitetura de Palm Beach. Laurel lhes agradeceu educadamente. Não havia um pingo de sentimento verdadeiro no ambiente.

Eu não fazia ideia do que poderia dar às gêmeas e não tinha muito dinheiro para gastar. Para Rose, gravei um CD com minhas músicas favoritas, para ela transferir para o seu iPod. Para Sage, comprei um vale-presente para saltar de paraquedas — tinha visto uma propaganda na revista e achei que ela fosse gostar. Ambas pareceram surpresas por terem recebido um presente meu. Para meu espanto, Rose me deu a mesma coisa que dei a ela — um CD com suas bandas alternativas favoritas. De Sage, ganhei um vale para passar um dia num spa no Breakers.

E depois teve Laurel. O que você dá para uma chefe que tem tudo? Eu sabia que não podia investir numa coisa cara, então decidi apelar para o valor sentimental. Encontrei num site uma primeira edição autografada de *Le Sang des Autres*, de Simone de Beauvoir, um romance existencialista sobre a resistência francesa. O presente mereceu apenas um inescrutável: "Obrigada, é adorável." Laurel não era a pessoa mais calorosa do mundo, mas, salvo um engano de minha parte, ela me pareceu realmente comovida.

Este foi o Natal em Les Anges. Nenhuma canção natalina, castanhas assadas, e a única coisa que Jack Frost poderia beliscar eram as covinhas sobre a bunda das gêmeas quando elas tiraram as roupas e rumaram só de biquíni para a piscina. Consegui a promessa de estarem prontas para estudar às cinco, o que me rendeu um olhar de aprovação de Laurel.

Eu tinha dito a James que chegaria na casa dele às 11, mas me atrasei 15 minutos por causa de uma ponte engarrafada na intercostal. Desta vez, ele não foi me receber do lado de fora, o que significa que tive de tocar a campainha um pouco tensa, imaginando que Sua Heatherstade provavelmente ainda estava lá. Mas a sorte sorriu para mim. James explicou que Heather e sua família tinham acabado de partir para South Beach para visitar uns amigos, ficariam hospedados no Abbey e depois seguiriam direto para T&C.

Foi o melhor presente de Natal que eu poderia receber.

Os pais de James estavam na sala de estar lendo o *New York Times*. Seguindo a linha da decoração *Laranja mecânica*, a árvore de Natal era artificial, estando mais para uma escultura abstrata em forma arbórea do que para uma homenagem à tradição da época. Não havia um único enfeite. Guirlandas coloridinhas nem pensar.

Sentamos no pátio dos fundos para o brunch de Natal: salmão defumado com torradas, cogumelos recheados com caranguejo, pepinos com molho de ervas e salada de frutas frescas. A sra. Ladeen, que se orgulhava por ser uma iconoclasta, chamava de um "antijantar de Natal". Pelo menos agora eu podia dizer: "Obrigada, Marisol."

— Então, Megan — disse a sra. Ladeen, sentando-se na cabeceira da mesa do pátio. — Ontem à noite James nos contou seu motivo verdadeiro de estar morando com as Baker. Por que você não nos disse que estava escrevendo uma matéria bombástica sobre elas? Pelo menos isso faz sentido!

Olhei imediatamente para James, sentado do outro lado da mesa.

— Tive que explicar por que você estava aqui — disse ele, afoito.

— E nós detestamos Palm Beach. Tudo mesmo — interrompeu a mãe dele. — Então ficamos empolgadíssimos por você estar escrevendo essa matéria. De verdade.

— Assino embaixo — dr. Ladeen fez coro, servindo-se de mais um portobello recheado com caranguejo.

Eu estava prestes a observar que eles haviam comparecido a um dos principais eventos da Temporada na noite anterior quando a sra. Ladeen ergueu sua taça de chardonnay. — Marisol, por favor? De todo modo, conhecemos as gêmeas no baile. James te contou?

Certamente, não.

— Peruas, mal-educadas e vazias toda vida. — A sra. Ladeen bebericou seu vinho.

— Elas são muito mais do que isso — comentei.

— É mesmo? O conteúdo de suas bolsas Prada? — A sra. Ladeen sorriu com sua própria tirada.

— Para falar a verdade, elas não são burras. Elas simplesmente cresceram tendo que ser bonitas, ricas e idiotas e acabaram presas nesse estereótipo. — Aquilo me fez lembrar uma de minhas citações preferidas. — "Se os homens definem as situações como reais, elas passam a ter consequências reais."

— W. I. Thomas, *The Unadjusted Girl*, e a editora acho que foi Little, Brown. — A sra. Ladeen me lançou um olhar de desdém. — Ele já era superestimado na época que eu estava em Yale. Ele continua fazendo parte do currículo?

James pigarreou, mas eu não me deixei intimidar. — Continua, sim. E com certeza em Duke também, que é onde as gêmeas vão estar no próximo ano.

O que posso dizer? Nunca fui de entregar os pontos.

A sra. Ladeen riu. — Ora, Megan. Dar aula para elas é apenas uma tática, não é? Você não caiu no meu conceito por isso, querida. Pelo contrário, admiro a sua estratégia. É diabolicamente esperta. E se você conseguir essa proeza, sua matéria vai ficar ainda melhor. Mas você não está mesmo contando com isso, está?

James me conhecia bem o bastante para sentir que estava na hora de batermos em retirada; ele me convidou para dar uma volta na praia. Acredite, tínhamos mil coisas para conversar, mas não dava para ficar. Eu tinha que voltar para Les Anges, para as meninas.

Enquanto dirigia rumo ao norte, voltando para Palm Beach, não consegui tirar da cabeça as coisas que a sra. Ladeen tinha dito sobre as gêmeas. Um mês antes, eu provavelmente estaria rindo com ela. Mas, em vez disso, eu as defendera. E mais: prometera que elas iam entrar em Duke.

É claro que eu queria muito o bônus de 75 mil dólares se elas conseguissem. Mas era mais do que isso. Em algum momento durante a jornada, pouco a pouco, eu realmente me tornara a professora delas... e, talvez, até mesmo algo mais.

As modelos podem ter que recorrer a medidas _____ para manter a forma para os desfiles.

(a) drásticas
(b) bulímicas
(c) aceitáveis
(d) razoáveis
(e) espantosas

ê uma voltinha, Megan — pediu Daniel Dennison, com seu sotaque australiano cantado. — Um tiquinho para a esquerda, por favor.

Eu estava sobre uma plataforma de madeira não muito maior do que o encosto de uma cadeira, e arrastei devagar meus pés para a esquerda. Era muito estranho ter o cara cuja beleza máscula havia recentemente agraciado a capa da revista *Time,* com a manchete "O salvador da moda?", analisando o meu vestido. Na verdade, o vestido *dele*, um dos dois que ele criara para que eu usasse no desfile beneficente do baile de Ano-Novo da Heavenly, em Les Anges.

O desfile de moda era o ponto alto do evento. Um grupo de estilistas famosos, que por acaso eram amigos de Laurel — Vera Wang, Donatella Versace, Anna Sui, entre outros —, participavam de bom grado, assim como atrizes e modelos famosas, além das princesinhas de Palm Beach. Depois do desfile, havia um leilão desses vestidos exclusivos e toda a renda era revertida para a Fundação Heavenly. Geralmente, o leilão batia a casa dos dois milhões de dólares.

Dois dias após o Natal, e lá estava eu com as gêmeas em Grand Bahama Island, na casa de veraneio desse estilista australiano, Daniel Dennison, um dos designers mais jovens na história da Chanel e o atual queridinho do mundo da moda. Daniel era o participante mais cobiçado por Laurel naquele ano, e ela conseguira. Por isso, estávamos experimentando vestidos no seu ateliê do tamanho de uma quadra de basquete e com uma parede de vidro, dando vista para a praia. Havia seis pequenas plataformas para os ajustes nas modelos, peças de fazenda por todo canto, uma mesa enorme usada para os cortes e uma parede de croquis alfinetados em um imenso painel de cortiça.

As gêmeas e eu tínhamos viajado no jatinho de Laurel, que fizera o percurso em vinte minutos. Após passarmos pela alfândega, um dos empregados de Daniel nos recebeu, uma garota extremamente solícita chamada Nance. Ela nos conduziu em seu Land Rover até o "chalé" de Daniel — foi assim que ela o chamou — para nossa prova de roupas.

Para ser justa com as meninas, elas estudaram matemática e ciências a manhã inteira. Seus boletins do primeiro semestre haviam chegado naquela manhã pelo correio. Sage tirou vários "C+" e um "B" — o que pode não parecer grande coisa, mas era um salto de qualidade, considerando seus semestres anteriores. Rose fez ainda melhor, tirando praticamente só "B's", exceto por um "C" em biologia. Concordo, não eram notas do tipo "Sejam bem-vindas ao primeiro ano na Universidade Duke", mas representavam uma melhora significativa. Outro incentivo era que há dias não havia nenhuma briguinha, nenhuma implicância, nenhuma picuinha, sobretudo da parte de Sage. Elas estavam na minha mão. Tudo que eu precisava fazer era continuar escutando e fazendo observações para minha matéria. Eu tentava espantar a ideia de que minhas anotações cada vez mais traíam a confiança delas, mas de vez em quando a culpa me assaltava.

Daniel instruía uma moça, cheia de alfinetes na boca, a fazer seus ajustes. — Aqui, Marie.

Sage estava à minha direita e Rose à minha esquerda, cada uma sendo ajustada por outros assistentes. Daniel andava de um lado para outro, dando ordens e instruções, fazendo bajulações e reprimendas, e até ocasionalmente fazendo ajustes nos tecidos para se ajeitarem aos seus padrões. As gêmeas pareciam um pouco entediadas. Aquele lance de desfile devia ser rotina para elas, mas não para mim — quando fui convidada, minha primeira reação foi um "Deus me livre!" sucinto e apavorado. Imaginei na mesma hora todas aquelas modelos magérrimas, trotando como gazelas na passarela, seguidas pela digníssima que vos fala. Eu, a rainha do quero-olhar-mas-não-quero-ser-olhada, chacoalhando a tábua do assoalho com meu corpitcho 42 na passarela. Isso da cintura para cima. Da cintura para baixo, depois dessa temporada desfrutando a culinária de Marco, estava flertando seriamente com o 44 para mais. Havia apenas uma pessoa na minha família que nascera com talento para enfeitar uma passarela e, definitivamente, não era eu. Nas fotografias de família, Lily estava sempre em primeiro plano, sorrindo para a câmera. Eu era a que sempre estava escondendo o quadril atrás de outro membro da família ou de uma almofada estrategicamente posicionada.

Não obstante, lá estava eu, me equilibrando no banquinho e recebendo o toque mágico de um estilista mundialmente famoso.

— Fique quieta, Megs — alertou Daniel, enquanto Marie inseria um alfinete no tecido logo abaixo dos meus peitos. — Você não vai querer ser espetada, vai?

O tecido finíssimo que estava sendo alfinetado em mim era branco, e o decote era tão transparente que parecia que eu não usava nada além de um véu até o ponto onde terminava a pele e começava o bico do seio. O corpete era pesadamente incrustado de pedrarias brancas e prata, que iam se espalhando pela saia, descendo em camadas compridas e elegantes até o chão.

— Vira de novo — mandou Daniel. — Para mim. Agora, se inclina pra frente. — Fiz o que ele pediu, me sentindo num vídeo de ginástica de quinta. — Fica parada. — Ele estava olhando direto para os meus peitos, torcendo o nariz. Ou não estava impressionado, ou jogava no time de Marco. Provavelmente, as duas coisas.

Vieram mais alfinetes. — Ok, terminamos essa aqui. Rose, acho que terminamos com você também. Sage, vou aí cuidar pessoalmente de você. Não estou gostando do caimento desse zíper e sei como posso consertar. Marie, traga roupões para Megan e Rose. Tem um lanchinho no terraço para vocês. Sage, não se mexa, sob pena de morte.

— Sem problemas — respondeu Sage. — Rose, Megan, daqui a pouco estou lá. Não bebam todo o champanhe!

Rose e eu vestimos nossos roupões e fomos para o terraço de Daniel. Como Sage previra, ele havia deixado uma garrafa do favorito delas, Taittinger, num balde de gelo. Uma mulher nativa escultural trouxe uma bandeja com *crudités* e frutas tropicais fatiadas.

Agradeci, beberiquei meu champanhe e virei meu rosto para o sol.

— Você conseguiu encontrar com Thom ontem à noite? — perguntei a Rose.

Ela balançou a cabeça. — Ele teve que trabalhar em outro bufê. Não o vejo desde o baile no dia 24, quando rolou aquele clima esquisitíssimo. Mal consegui falar com ele. Quer dizer, ele estava lá e eu também, mas não dava para a gente ficar junto. Tão *trágico*!

Aquilo era *Romeu e Julieta* demais até para mim, fã de todos os romances trágicos. — Não sei por quê. Tenho certeza de que ele ia adorar ficar com você.

— Todos os meus amigos estavam lá — protestou Rose. — Não é tão simples assim.

Bebi mais um pouco e observei o modo como o sol cintilava em seu cabelo, seus olhos luminosos, suas maçãs do rosto bem delineadas e a pequena covinha em seu delicado queixo. Ela era reluzentemente bonita.

— Qual a pior coisa que pode acontecer se você e Thom contarem para as pessoas que estão juntos? — perguntei. — Vocês nem teriam que dizer nada. Só precisariam *ser*.

— Você deve estar brincando.

— Suponha por um momento que estou falando sério — respondi, secamente.

Ela olhou para o ateliê de Daniel, como se quisesse se certificar de que Sage não ia aparecer de repente no terraço. — Bem, para começar, Sage ia estragar tudo.

— Sério, Rose. O que ela pode fazer de tão mal? Ela ia te encher o saco por um tempo. Grandes merdas.

Rose matou o champanhe e colocou o copo em uma mesinha lateral. Depois, contemplou o mar em silêncio. Aquilo me fez lembrar a primeira vez que realmente conversamos em Les Anges, depois da visita de Zenith e o fracasso do plano de Sage para a sua independência financeira. Ficamos sentadas em silêncio por um longo tempo. O único barulho era o das ondas quebrando na areia. Então, ainda contemplando o horizonte, ela falou tão baixo que mal pude ouvi-la.

— Eu me lembro de quando voamos de Boston para Palm Beach, depois que meus pais morreram. Foi no avião antigo de vovó. O comissário de bordo nos trouxe uns sundaes, como se aquilo pudesse nos alegrar. Me lembro de ter ficado observando o sorvete derreter. Eu achava que devia estar sentindo alguma coisa, mas não sentia nada. Não estava com medo. Nem triste. Nada. Aí o piloto ligou o motor e, de repente, tudo passou a ser real. E Sage... ela segurou a minha mão e disse: "Enquanto tivermos uma a outra não seremos órfãs." Rose virou-se para mim com os olhos cheios d'água.

Uau. Tudo que consegui pensar foi: quem sou eu para forçar a barra com ela sobre esse assunto? Eu não sabia o que era passar por uma tragédia daquelas. Eu não podia contar apenas com a minha irmã no mundo. Estendi o braço e apertei a mão dela. — Acho que entendo, Rose.

— Ih, tá rolando um clima, é? — Sage estava parada atrás de nós, com as mãos nas cadeiras, enfiada num roupão. Seu tom foi decididamente maldoso.

Rose recolheu a mão da minha, como se tivesse sido pega em flagrante. — Terminou lá com Daniel? — perguntou à irmã.

— Não, vim apenas participar do momento novela de vocês. — Sage apertou o cinto do roupão e tomou um bom gole de champanhe, direto do gargalo. — Qual é a palhaçada aqui?

Rose me lançou um olhar de advertência. Ela obviamente não deveria ter me contado tanto a respeito de sua irmã.

— É pessoal — respondi.

— Ah, ficou ofendidinha, é? — Não havia nada na expressão de Sage além de desdém. Onde estava a menina que tinha sido tão legal comigo antes do baile de Natal? Ela se virou para a irmã. — Você não acha realmente que ela se *importa* com você de verdade, acha?

— Para ser franca... acho, sim — respondeu Rose, endireitando seus ombros bronzeados e sardentos.

— Não seja idiota, Rose — Sage disse em tom de pena para a irmã. — Ela só quer o dinheiro que vovó prometeu se a gente entrar na faculdade.

Rose pareceu confusa. — Como assim? Megan é *rica*.

— Ela me contou que a mãe cortou a mesada porque ela deu uma de Precious, e ela só vai ter acesso ao seu fundo aos 30 ou algo assim.

Na verdade, eu não tinha contado nada disso a Sage. Mas também não havia movido uma palha para desmentir o que ela havia supostamente "descoberto" a meu respeito.

Rose levou a revelação numa boa, graças a Deus, e não se intimidou. — Isso é problema dela, não nosso. Se você fizer merda, *nós* é que vamos ficar sem dinheiro.

Sage se levantou tão abruptamente que quase derrubou a cadeira.

— Quer saber, Rose? Você tem razão. Se eu fizer merda, você pode tirar a nota máxima no exame e continuar sem um puto. Sabe qual é o meu conselho para você? Comece a puxar o meu saco, não o dela. Porque, agora, eu fiquei puta de verdade.

Ela desceu pelas escadas correndo, de dois em dois degraus, e sumiu pela praia.

Virei para Rose. Ela parecia arrasada.

— Relaxa, querida — disse, afagando sua mão. — Ela fica fora de si com esse lance do dinheiro. — Eu me debrucei, peguei a bandeja de frutas e ofereci a ela. — Você devia comer...

— Você não entende, Megan. — Rose se levantou. — Ela é tudo que eu tenho.

Fiquei parada, observando-a sair correndo pela praia atrás da irmã.

A solução dramática de dois relacionamentos amorosos em um dia
é algo que:

(a) só acontece nos filmes

(b) só acontece em Palm Beach

(c) só acontece com babacas

(d) só acontece em situações de mal-entendidos extremos

(e) não pode ser aturada sem bebida

vinte e sete

age virando-se contra a irmã no ateliê deveria servir de bojo para minha saga editorial sobre Palm Beach. Eu devia ter corrido para o meu computador, para digitar minhas deliciosas lembranças, palavra por palavra. Eu deveria estar motivada. Mas tudo que eu conseguia sentir era tristeza. Não só por Sage, por mim também.

Quem era esta pessoa que eu havia me tornado, que estava disposta a lucrar com o sofrimento de duas meninas ainda magoadas com a morte dos pais? Como podia contar tantas mentiras em benefício próprio para tanta gente, só para conseguir uma matéria? Pelo menos, Sage tinha uma desculpa: seu crescimento emocional havia estagnado no momento em que aquele avião mergulhara no mar. Mas eu tive uma criação perfeitamente normal — tirando a obsessão dos meus pais por adubo composto — e, supostamente, deveria ser uma adulta. Qual era a minha desculpa? Sobretudo quando sentia, de vez em quando, que eu era a pessoa mais próxima de uma mãe substituta que elas tinham.

Fui dormir pensando nisso e acordei pensando a mesma coisa, quando James ligou. Estava havendo uma crise qualquer na *East Coast*. Ele ia ter que voltar para Nova York naquela mesma tarde. Queria saber se eu podia encontrá-lo para um drinque, antes de ele partir para o aeroporto.

Nos encontramos no pátio do Le Palais D'Or — o Palácio Dourado — na Worth Avenue, um restaurante que pegava pesado no ouro, compatível com o peso da minha culpa. Coloquei uma roupa na qual conseguia respirar: uma calça Chloe cinza de risca de giz e um colete preto por cima de uma camiseta cinza-claro da Imitation of Christ. Tudo da mala de Marco. Ele era um travesti de muito bom gosto. Um sujeito incrível, um amigo maravilhoso. E mais uma pessoa que eu iria usar na minha matéria.

James já havia chegado. Ele se levantou para me dar um abraço, mas rolou uma estranheza. Sentei à sua frente. Ele pediu stoli bloody marys para nós dois, depois esticou o braço sobre a mesa e segurou minha mão.

— O que aconteceu na revista, afinal? — perguntei.

Ele se encostou na cadeira e correu os dedos pelo cabelo. — Queria saber por que todo mundo pensa que pode ser escritor. Recebemos mais um conto de um desses compositores. Pior do que os outros. Irrecuperável. E, então, agora eu vou ter que catar outro compositor para fazer o trabalho em uma semana.

— Jimmy Buffett — sugeri.

— Tem que ser alguém novo e mais jovem do que Jesus. — James suspirou.

A garçonete, uma loira típica de Palm Beach com mechas de salão no cabelo, serviu nossos drinques e uma cesta de pães. James bebericou seu drinque. Segui a deixa, só para ter o que fazer.

— Então, o que você tem em mente? — perguntou ele, finalmente.

Como assim? Será que ele também percebeu que havia algo errado?

— A sua matéria — esclareceu ele. — Você já deve estar com bastante material. O lance é começar a pensar num formato e já produzir um esboço. Você pode incrementar depois, quando voltar para casa e...

— Não — deixei escapar.

Ele sorriu. — Você quer improvisar? Vivendo perigosamente. Sabe, é melhor, a longo prazo, ter esboçado a história e...

— Não foi isso o que eu quis dizer, James. Eu disse não, não vou mais escrever a matéria. — Juro, quase virei para ver quem estava falando. Mas assim que pronunciei essas palavras soube que era a coisa certa a fazer.

Ele riu de nervoso. — Fala sério, Megan...

— Estou falando sério.

— Está bem. — Ele cruzou as mãos e as apoiou sobre a mesa. — Posso te perguntar uma coisa?

— Claro — respondi, me inclinando para a frente.

— *Você enlouqueceu?*

— Eu gosto delas — disse sem jeito. — Gosto das gêmeas.

— Você gosta delas. — Ele me olhava como se eu tivesse feito brotar um terceiro olho na bochecha. — Você não vai escrever sua matéria porque *gosta* delas?

— É, mais ou menos isso.

Ele balançou a cabeça, cruzou os braços e me olhou como se não me conhecesse. — Cara, Megan, você é uma jornalista. Ou, pelo menos, pensei que fosse.

— Eu sou uma jornalista — respondi, me defendendo. — Você precisava ver minhas anotações. Ver o que eu tive de passar para conseguir o material que consegui. Assim que cheguei aqui e comecei a pressionar o cozinheiro para me contar algo sobre as gêmeas, ele me disse... não estou inventando, estou citando *ipsis litteris*... "Elas são corrompidas pela mágoa."

— Hum, muito bom — reconheceu James.

— Não! Você não percebe? Como posso me aproveitar de duas garotas que perderam os pais e nunca mais se recuperaram? Que tipo de pessoa eu seria se fizesse isso?

A garçonete se aproximou e perguntou se queríamos mais alguma coisa. Eu a dispensei com um gesto enquanto James afundava a cabeça nas mãos.

— Se o seu insight genial é que as gêmeas Baker foram marcadas pela morte dos pais, o que não é exatamente uma surpresa, por sinal, dê um jeito de escrever sobre isso, de tornar isso interessante. Mas não jogue no lixo a maior oportunidade da sua vida só porque está com peninha das pobres meninas ricas.

Olhei James nos olhos. Olhei mesmo. — Não posso ser a professora delas e escrever uma matéria ao mesmo tempo, James. Não está certo.

Ele tamborilou os dedos na mesa. — Sei exatamente o que está acontecendo aqui.

— Então, faça o favor de me contar.

— Olhe para você. — Ele fez um gesto na minha direção.

Olhei para baixo e depois de volta para ele.

— O cabelo, a maquiagem, as roupas — listou ele. — Megan, você se transformou num *clone* delas.

— Isso é ridículo.

— Não, faz todo sentido se você parar para pensar — retrucou ele, confiante. — É a Síndrome de Estocolmo, quando o refém se identifica com seus sequestradores. No seu caso, é a Síndrome de Palm Beach, quando o autor se identifica com seus personagens.

— Só porque eu estou diferente...

— Você mudou. — James agarrou a quina da mesa e se inclinou na minha direção, muito compenetrado. — A garota que eu conheci era uma escritora *de verdade*. Ela estava cagando para a porra do estilista não sei quem. E ela jamais deixaria seus sentimentos atrapalharem sua história.

— Não estou deixando, eu...

A frase foi condenada a ficar para sempre incompleta, pois naquele exato momento eu avistei Will caminhando do outro lado da calçada.

Nunca me fiei muito no poder da oração, mas rezei para que ele não nos visse.

Mas Will parou de andar, e vi que ele levava a mão à testa, protegendo os olhos do sol, tentando enxergar o outro lado da rua. James fez a mesma coisa para ver quem eu estava olhando.

Foi jogo rápido. Will continuou deliberadamente seu percurso pela calçada, o corpo rígido e o rosto contraído, e James virou-se para mim na mesma hora. — Você deu pra esse cara? — indagou, praticamente cuspindo a pergunta.

Mentalmente conta?

— Não. — Era a verdade. Não tinha rolado sequer um beijo.

— Meu Deus.

— Não aconteceu nada, James — insisti. — Nada.

Ele se levantou. — Acho bom você acordar para a vida, Megan. Daqui a pouco você vai voltar para casa e será o fim do conto de fadas. E então? Você acha que incluir professora particular de ricos no seu currículo vai deixar o mercado editorial de Nova York boquiaberto?

Nós dois sabíamos a resposta.

Segurei a mão dele. — Eu sei que você está chateado. E talvez eu tenha mesmo enlouquecido. Mas...

— Você não vai mudar de ideia — ele completou por mim.

— Não. Acho que não.

— Na boa, Megan. Acho que você não tem pensado em nada. No seu trabalho. Na gente. — Ele atirou algumas notas sobre a mesa. — Talvez seja melhor darmos um tempo até você voltar para Nova York. Namorar uma refém é meio esquisito.

Eu queria pedir desculpas, dizer que ele estava com a razão, que eu estava enganada e que é claro que ia escrever minha matéria. Mas não consegui. Não disse nada.

Observei James entrar no seu Volvo, dar partida e ir embora.

Fiquei parada contemplando a vaga onde o carro dele estivera estacionado por um tempo, desejando ter alguém para conversar. Um amigo de verdade. E meus pés começaram a caminhar, sem que eu me desse conta, para a Galeria Phillips.

Lá dentro, Giselle estava conversando com uma jovem que usava uma microssaia xadrez laranja e com um homem que tinha o dobro da idade dela, cujo implante de cabelo ainda não havia crescido o bastante.

— Olá, Megan — cumprimentou Giselle, assim que o casal esquisito partiu. — Will está lá nos fundos. É só bater na porta.

Foi o que eu fiz. Ele gritou "pode entrar", sem nem perguntar quem era.

— Oi — cumprimentei, abrindo a porta.

O escritório dele era pequeno e sem janelas, com livros de arte abertos, espalhados por toda parte. Dei uma espiada na planilha de Excel aberta em seu monitor. Não significava nada para mim. O modo como ele me olhou por um segundo antes de voltar sua atenção novamente para o trabalho deixou claro que eu também não significava nada para ele.

— Oi — repeti. — Será que a gente pode conversar?

Ele me lançou um olhar frio. — Estou meio ocupado.

— Você é o mais próximo de um amigo que tenho nessa cidade — disse, sincera. — Então, por favor, só cinco minutinhos...

Ele fechou o laptop, fez um gesto para uma cadeira vazia e cruzou os braços. — Então?

— Então... eu te vi ainda agora — admiti. — E, na boa, eu sei que *você* me viu ainda agora.

— Com o cara que você só conhecia *de vista* em Yale. Ficaram amigos em tempo recorde, hein?

— É... complicado. — Uma parte minha queria contar tudo, mas como? Ele ia me odiar. As gêmeas iam me odiar. Todo mundo ia me odiar. Eu ia ficar absolutamente fodida.

Will franziu a testa e balançou a cabeça. — Qual é a sua, Megan? Eu realmente gostaria de saber. Na boa, sempre que eu acho que estou começando a te conhecer de verdade...

— E você? — retruquei, porque, tudo bem, estava me sentindo na defensiva e mais do que atacada e atingida. — Numa hora você é o típico playboy do mundo ocidental, na outra esse sujeito sensível que curte arte.

Meu comentário provocou um espasmo em sua bochecha. Acho que atingi algum ponto fraco.

— Você já terminou? — perguntou ele.

— Não quero brigar com você, Will. — Pude ouvir o tom exasperado da minha voz. — Não temos *motivo* nenhum para isso.

— Você tem razão. Motivo nenhum para brigar. — Ele se levantou e abriu a porta num movimento brusco. — Passar bem, Megan.

Celebridades ocupam um evento de gala para arrecadar fundos numa média de 0,2 por metro quadrado. Quantos famosos estariam presentes numa festa em uma mansão de 4.000 metros quadrados?

(a) 200
(b) 300
(c) 500
(d) 800
(e) 900

vinte e oito

Você conhece, eu conheço, não é preciso sequer estudar em Yale para conhecer a frase mais famosa de F. Scott Fitzgerald em *O grande Gatsby*: "Os ricos são muito diferentes de nós."

Dizem que Ernest Hemingway teria respondido: "Sim. Eles têm mais dinheiro."

Fala sério. Aí vai o que ele deveria ter dito: "Sim. As festas deles são maiores e melhores."

Pensei ter visto extravagância no baile Vermelho e Branco e no evento do Norton na véspera de Natal. Mas tudo aquilo era fichinha se comparado ao que estava sendo preparado em Les Anges. Eu estava começando a entender que ninguém supera Laurel Limoges.

A primeira pista deveria ter sido a chegada de agentes do Serviço Secreto na propriedade com dois dias de antecedência, para preparar um posto de comando e definir o perímetro de segurança. Almocei com Marco e Keith, que tinham acabado de voltar de Nova Jersey. Marco preparou um risoto de trufas brancas, indescritível em termos de delícia e calorias, e eu perguntei, brincando: — Quem eles acham que vem, o presidente?

— Os ex, querida. — Ele me serviu mais um copo de vinho. — Dois. E também os diretores de diversas empresas listadas entre as 100 + na *Fortune*, um punhado de chefes de Estado e uma massa estonteante de estrelas do cinema, da moda e dos esportes. — Então, preparada para o seu *début*?

— O meu o quê?

— Ele está se referindo ao desfile — explicou Keith. — Toda mulher bonita deveria desfilar pelo menos uma vez na vida.

Imaginei o risoto se assentando em gordas camadas no meu quadril.

— Sou muito mais gorda do que as outras modelos.

— É só uma tendência, meu bem — garantiu Keith. — Alguns anos atrás foi *heroin chic*, lembra? — Ele estremeceu. — Todas as matronas de Palm Beach se esforçando para parecerem adolescentes trincadas. Um verdadeiro show de horrores.

Marco brindou seu copo no meu. — Tim-tim, meu bem. Você é divina, deslumbrante e perfeita exatamente como você é.

— Mas... não faço a menor ideia de como desfilar — protestei.

— Ombros para trás, estique o pescoço e levante a cabeça — instruiu Keith.

— E, é claro, tem a andada — acrescentou Marco. — Mas todo mundo sabe fazer a andada.

Fiquei pálida na hora. — Eu... não sei fazer a andada.

— Nunca viu *America's Next Top Model*? — perguntou Marco. — Conheço uma dúzia de travestis que se vestem e desfilam na passarela mil vezes melhor. — Ele se levantou, colocou uma das mãos no quadril e desfilou impecavelmente. — Você tem que focar numa linha reta, meu bem — instruiu, andando até o outro lado da cozinha e virando-se para nós. — Como se estivesse numa corda bamba. Algo assim. — Ele voltou pisando firme até nós e fez um gesto, me incentivando a tentar.

Tentei. Me senti ridícula. Perdi o equilíbrio. — Olha que sexy — resmunguei.

— Bem, para começar, você não pode olhar para os pés. Cabeça erguida. Ombros para trás. O mundo inteiro está aos seus pés! Tente novamente.

Cabeça erguida. Ombros para trás. O mundo é meu. Desfilei pela cozinha outra vez. Desta vez, houve uma melhora mínima.

— A parte mais sexy do seu corpo, meu bem, está bem aqui. — Marco apontou para a cabeça. — Lembre-se disso, o resto é consequência.

Nos dias seguintes, enquanto a decoração e os preparativos eram montados a toda, exercitei o andar de modelo no quarto. Me senti um asno desprovido de qualquer charme todas as vezes.

A segunda pista de que Laurel Limoges não podia ser superada foi o considerável exército de operários que baixou na propriedade dias antes do evento. Foram erguidas diversas tendas em Les Anges. Uma para o serviço de bufê, outra, para ser usada como camarim na hora do desfile, outra com ar-condicionado e tela de proteção contra mosquitos, para ser usada caso a noite estivesse quente e úmida, e uma para abrigar o leilão.

Percorri a tenda do leilão logo depois que foi montada. A quantidade de mercadorias poderia ter reabastecido a Neiman Marcus. Havia caixas de vinho, casacos de pele, cruzeiros pelo mundo, brincos de diamantes Tiffany impecáveis, uma ponta em *Grey's Anatomy*... e isso só em um corredor. Quanto ao leilão dos vestidos que usaríamos no desfile, havia manequins de prontidão com imensas fotografias emolduradas das roupas apoiadas neles. O lance mínimo para cada vestido era cinco mil dólares.

Todas as contingências para a festa haviam sido contempladas. Ancoradouros temporários foram instalados no mar para que os convidados pudessem chegar de barco. Visando descongestionar o tráfego, apenas um número limitado de salvo-condutos para estacionar fora expedido, para o *crème de la crème* da sociedade de Palm Beach e para os acionistas majoritários de uma empresa que Laurel estava pensando em adquirir. Para o resto dos convidados, foi projetado um esquema no qual limusines fariam o trajeto, transportando as pessoas do Breakers, Mar-a-Lago, Bath & Tennis, o Colony Hotel e o Ritz-Carlton. Havia um heliporto e um helicóptero de resgate com uma equipe médica de plantão, caso as convidadas em trajes sumários na pérgula da piscina fossem demais para o coração de algum octogenário.

A terceira pista de que a festança de Ano-Novo de Laurel era *o* evento da Temporada foi contemplá-la com meus próprios olhos.

Desci às nove e quinze e a festa já estava bombando. A propriedade estava lotada de gente bonita e famosa ou bonita e nem-tão-famosa-assim. Fui cortando caminho pela massa de convidados, tentando ver se localizava Will. Não nos falávamos desde o dia da galeria. Talvez ele nem fosse aparecer. Dei passagem para uma pessoa que me deixou em estado de choque — o cara que eu considerava *o* presidente passou por mim com sua filha, cercado por agentes do Serviço Secreto.

E depois dizem que os democratas não pisam em Palm Beach.

A tenda do desfile já estava relativamente cheia, embora ainda faltassem 45 minutos para as modelos fazerem cabelo e maquiagem. Na revista onde trabalhei, eles cobriam a cena da moda nova-iorquina amplamente, então muito do que eu estava vendo me era familiar. Havia degraus conduzindo até a passarela e a entrada estava escondida por trás de uma cortina rosa de veludo. À esquerda, ficavam as araras de roupas; uma mulher parruda com uniforme de segurança montava guarda. Havia

16 modelos no total — as gêmeas e eu estávamos no grupo três. Notei Faith Hill enquanto o maquiador colava seus cílios postiços, Kate Bosworth debaixo do secador e Julie Delpy falando mansamente em francês no celular.

Eu ia desfilar com elas. Eu. Megan Smith. *Meu Deus*.

Emparelhei com a arara de roupas, sorri para a segurança — ela não retribuiu o sorriso — e encontrei meus vestidos. Eles eram maiores do que os outros; dava para perceber até mesmo pendurados em seus cabides de veludo rosa.

Eu tinha enlouquecido? Por que fui comer o risoto de Marco? E se os vestidos não entrassem mais em mim? Tirei o cabide da arara e coloquei o primeiro dos dois vestidos contra o meu corpo, como se de algum modo pudesse adivinhar se ia conseguir fechar o zíper, só de olhar.

— Se é esse que vai usar, vai ficar ótimo em você.

Virei para trás, assim que ouvi aquela voz. Parecia a voz de...

Lily. Ela estava usando um vestido todo de seda, com gola canoa, e o cabelo preso em um rabo de cavalo simples e elegante. — Anna Sui. — Ela deu uma voltinha para mim. — Não é divino?

Eu me atirei nos braços dela. Era bom ver minha irmã. — Meu Deus, por que você não me disse que vinha?

— Uma das modelos caiu de cama hoje de manhã e eles precisavam de alguém com as mesmíssimas medidas. Encontraram a mim! Eu quis te fazer uma surpresa. — Nos soltamos e ela me olhou de cima a baixo. — Nossa, Megan. Você está *linda*.

Fiquei corada, mas pelo menos daquela vez não foi de vergonha.

— Sério?

— Seu cabelo, seu rosto, esse vestido... muito bonita mesmo.

— É, andei mudando umas coisinhas — admiti. — E... acho que estou gostando.

Ela abriu um sorriso e pegou a minha mão. — Eu também. Vem, quero apresentar minha irmãzinha para minhas amigas...

Dei um passo para trás. — Espera.

— Como assim? Você tem que conhecer Drew; ela é o máximo, e...

— Lily — sussurrei, finalmente me dando conta da presença dela em Palm Beach. — Presta atenção.

— O quê?

Diminuí ainda mais a voz. — Minhas alunas não sabem que você é minha irmã.

— Por que não? Gente, que loucura.

Verdade. Mesmo não tendo contado mentiras deslavadas sobre quem eu era e de onde vinha, eu definitivamente tinha usado cada mal-entendido a meu favor. Além do mais, eu nem sequer lembrava de ter mencionado uma irmã. Não havia tempo para explicar tudo para Lily, muito menos para pedir que ela entrasse no jogo. As pessoas conheciam Lily. Era por isso que ela estava lá. Se eu dissesse que éramos irmãs, minha farsa chegaria ao fim.

Tentei explicar de modo que ela não me odiasse. O que é muito egoísta, por sinal. Mas eu estava ferrada demais para ainda por cima pensar nisso.

— As gêmeas têm muitas questões entre si — expliquei. — Não quis complicar as coisas.

Lily esfregou o queixo, mas finalmente assentiu com a cabeça.

— Hum, Megan, acho que entendi.

— Tudo, não. Elas acham que eu sou rica. — Simplesmente escapou. Eu não estava acostumada a mentir para minha irmã. O que é uma coisa boa.

Gostaria de aproveitar esta oportunidade para repetir que minha irmã é, e sempre foi, uma pessoa boa. Ainda que *um pouco* condescendente.

— Está bem, sem problemas, vou ser Lily Langley a noite inteira. E como é que a gente se conhece, então?

Vi Sage e Suzanne entrarem na tenda.

Ah, não. Eu mal conseguia raciocinar direito.

Lily deve ter percebido a expressão de horror no meu rosto, porque se inclinou para a frente e segurou o meu braço. — Passamos um verão estudando francês na mesma escola de moças. Na Suíça.

— Nós o *quê*? — perguntei, arregalando os olhos.

— Oi, Megan! — cumprimentou Suzanne, vindo direto na direção da minha irmã. — Você não é Lily Langley? Estive em Nova York no Dia de Ação de Graças com meus pais e fomos ver sua peça. Você estava *maravilhosa*.

— Obrigada — agradeceu Lily. — Quem você vai vestir hoje à noite?

— Versace. Ela sabe valorizar meus pontos fortes. Já dei um lance de dez mil no primeiro vestido que vou usar, para ninguém ficar com ele.

Sage bateu o dedinho na sua boca carnuda e olhou para mim, depois para Lily, depois novamente para mim. — Estranho. Vocês duas se parecem muito. E você tem o mesmo nome da irmã dela.

Dei uma risada um pouco escandalosa demais. Pelo visto, eu *tinha* falado que tinha uma irmã chamada Lily.

— Ah, sei, eu conheci essa Lily. Megan já deve ter contado, mas... — Lily se inclinou para a frente, em tom de segredo. — Ela é um *fracasso*.

Escolha a alternativa que mais se relaciona com a palavra seguinte:

ROSA-PINK

(a) licor francês

(b) aplicação de ruge nos mamilos

(c) blush

(d) cerúleo

(e) m!ssundaztood

vinte e nove

Eu não conseguia sentir minhas mãos. Nem meus pés. Ou eu tinha contraído uma doença circulatória terrível ou estava tão nervosa para desfilar que tinha perdido todo o fluxo sanguíneo nas extremidades do corpo.

Estava entre as gêmeas no backstage, onde vários telões haviam sido instalados para que as modelos e os funcionários pudessem acompanhar o que estava acontecendo do outro lado da cortina. Naquele momento, o último forro de plástico estava sendo removido da passarela temporária.

Havia apenas duas fileiras de cadeiras circundando o palco em T, para os convidados que pela idade ou posição social mereciam ficar sentados. O resto estava todo em pé, estrelas de cinema lado a lado com atletas, artistas e jovens herdeiros. Um assento especial — grande, régio e rosa — havia sido reservado para Laurel, e todos aplaudiram quando ela se sentou.

Ela estava usando uma camisa social de seda branca com gola smoking e uma saia longa preta de chiffon. Observando-a no monitor, ombros esticados e cabeça erguida — a rainha soberana —, me perguntei se ela ainda pensava na parisiense pobre que fora um dia.

De repente, as luzes instaladas ao redor da propriedade se apagaram e os holofotes iluminaram a passarela. Dos dois imensos alto-falantes, um de cada lado do palco, ecoou uma música instrumental suave. Duas assistentes abriram as cortinas de veludo rosa, revelando a primeira modelo. Houve certo bochicho na plateia, que aplaudiu ao reconhecê-la. Kate Bosworth começou a desfilar na passarela.

— Nosso primeiro vestido está sendo apresentado pela atriz Kate Bosworth. Foi criado por Vera Wang — anunciou a voz no alto-falante. — O chiffon de seda pura tem nervuras estreitas horizontais no peito e na saia e mangas com babados.

Kate parou na ponta da passarela, com uma das mãos no quadril, depois deu uma voltinha e caminhou até a outra extremidade como se fizesse aquilo desde criança.

A dormência atingiu meus pulsos e tornozelos. Aquilo era uma maluquice! Eu era uma escritora, uma *observadora*, droga! Que diabos eu estava fazendo num maldito desfile de modas? Era o ápice da exposição.

— Nosso próximo vestido foi criado por Ralph Lauren e é apresentado pela nova sensação da cena teatral de Nova York, Lily Langley.

As cortinas se abriram e a plateia aplaudiu minha irmã com mais entusiasmo do que a Kate, em um aparente esforço em provar que estava por dentro das novidades de Nova York. Lily deslizou graciosa pela passarela. Para ela, era mais do que fácil.

Um por um, os nomes foram sendo chamados e uma por uma, as modelos iam desfilando na passarela. As que acabavam de voltar trocavam depressa de roupa, com a ajuda de uma equipe de assistentes. O coordenador de palco acenou três dedos, o que significava que as modelos do grupo três tinham que se preparar para entrar. Eram as gêmeas, Suzanne de Grouchy, Precious e eu.

Eu precisava muito, muito, mas *muito mesmo* fazer xixi.

— Agora, as adoráveis moças de Palm Beach...

Rose se aproximou discretamente de mim. — Megan?

— Oi?

Com o máximo de discrição, ela colocou algo na minha mão direita. Quando eu olhei para ver o que era, senti o familiar rubor explodindo no meu rosto. Era uma calcinha. Uma calcinha comum, cor da pele — o oposto da La Perla rosa que eu estava usando.

— Esse vestido é meio transparente. Sage e eu estamos achando que é melhor você colocar essa. Está chamando muita atenção para a sua...

Saquei na hora — eu certamente não queria chamar atenção para aquela parte descabelada. Coloquei a calcinha em tempo recorde e a agradeci efusivamente.

As cortinas rosa se abriram. Sage deu um passo à frente, claramente à vontade. Assim que cruzou a cortina, jogou o quadril para a frente e colocou a mão na cabeça, como se dissesse: *Olá, mundo! Aqui vou eu!*

— Trajando um Daniel Dennison para Chanel, temos a encantadora Sage Baker. O vestido de Sage é de seda azul com poá verde, franzido no busto. A bainha e o corpete são de extremidades cruas.

Sage deixou a passarela sob aplausos estrondosos. Rose era a próxima. Depois viria Suzanne, depois eu. Vi Suzanne ajustando o decote do seu Betsy Johnson rosa-pink.

— Estou tão nervosa — sussurrei para ela. — Tem algum conselho de última hora para me dar?

Suzanne sorriu. — Quando fizer uma pose, fica meio assim de lado e coloca a mão *em cima* do osso do quadril com a palma aberta. Emagrece uns cinco quilos.

Como se *aquilo* me fizesse me sentir melhor.

Rose voltou, Suzanne pisou na passarela e eu era a próxima. Ai, Meu Deus. Senti um toque delicado no meu antebraço. Era Lily, já vestida com seu segundo modelo de lantejoulas cobre. — Merda para você — sussurrou ela.

Sim, eu sei que é assim que o pessoal do teatro deseja boa sorte. Mas, no meu estado, eu não precisava de nenhuma sugestão subliminar.

Suzanne voltou passando pelas cortinas e colocou a palma aberta sobre o osso do quadril, para me lembrar como parecer cinco quilos mais magra. Melhor maneira de acabar com a minha autoconfiança praticamente inexistente.

— E agora vamos receber uma novata em nossa comunidade, a encantadora Megan Smith, em um vestido assinado por Daniel Dennison!

As cortinas se abriram. Luzes fortíssimas atingiram meu rosto — não estava preparada para aquilo. Não consegui enxergar a plateia de imediato, o que talvez até tenha sido uma bênção. Não arrisquei a tal "andada" que parecia tão simples para todas as outras. Em vez disso, tentei não despencar do meu Manolo salto dez.

Somente quando atingi a frente da passarela pude distinguir as pessoas sentadas lá embaixo. Laurel estava ao lado do meu ex-presidente favorito e sua mulher. Todos os três sorriram para mim. As modelos devem parecer flutuando numa nuvem de tédio, mas, na boa, como eu poderia não retribuir aqueles sorrisos?

Eu me virei — faltavam apenas 25 metros até o backstage, também conhecido como sobrevivência. Então, atrás dos ilustres convidados que tinham direito a um assento, logo a minha esquerda, avistei Will. Ao contrário das expressões encorajadoras à sua frente, a dele estava glacial.

Foi toda distração de que eu precisava. Senti meu tornozelo começando a falhar e ouvi a plateia sussurrando. Só não caí por pura força de vontade. É impressionante constatar como o medo de ser humilhada em público pode ser uma tremenda motivação.

— Tudo bem? — perguntou Rose, assim que cruzei a cortina, cambaleante. Sage estava ao lado dela e, se eu não a conhecesse bem, diria que ela também parecia preocupada. Elas já estavam devidamente prontas, com seus segundos vestidos — os dois de seda azul-esverdeada com corpete sob medida e uma saia de babados. A de Sage era coberta por caveiras brilhantes; a de Rose era adornada com corações e borboletas.

— Tudo bem — respondi, o que era verdade, já que ainda conseguia me mover.

Uma camareira abriu o zíper do meu vestido, enquanto outra colocava um Laboutin de veludo preto nos meus pés.

Sage me cutucou. — Então você se amarrou, né?

— Para falar a verdade, foi assustador.

Sage suspirou, dramática. — Não dá para ser frouxa a vida inteira, Megan. Sério, pensa nisso. Você acaba de desfilar com algumas das mulheres mais deslumbrantes e famosas do mundo, incluindo a que vos fala.

Aquilo me fez rir. Uma camareira baixinha e atarracada segurou minha mão enquanto eu calçava os sapatos.

— Sabe aquele lugar em Nova York, como se chama mesmo? onde as mulheres tiram o sutiã e dançam no bar? — perguntou Sage.

— Hogs and Heifers — respondeu a camareira. — Perdi um sutiã lá uma vez. — Ela virou de costas para ajudar outra modelo.

— Isso mesmo — concordou Sage. — Viu só, até gente como ela larga de frescura nesse lugar.

— E isso tem alguma coisa a ver comigo? — perguntei, enquanto alisava a saia do meu vestido com as mãos.

— Tem. — Sage me segurou pelos ombros. — Pelos próximos dez minutos, para de se preocupar com seja lá que diabos está se preocupando e bota para foder! Você agora é uma supermodelo, porra!

O assistente do coordenador de palco gesticulava freneticamente na nossa direção para que entrássemos na fila do segundo desfile. Logo antes de Sage e Rose entrarem na passarela — elas iam desfilar vestidos parecidos ao mesmo tempo, de acordo com as instruções de Daniel — mudaram a música para Justin Timberlake. Rose e Sage entraram. Observei as duas desfilando ao som da música pelo monitor, jogando beijinhos para a plateia agitada no final da passarela.

Foi então que me ocorreu: eu podia ir lá e fazer o que eu sempre fazia — me observar em vez de aproveitar o momento. Ou eu podia ir lá e me divertir de verdade.

Quando dei por mim, estava na passarela. A música pulsava. Joguei meus ombros para trás e empinei o peito. Fiz a andada tipo corda bamba, um pé na frente do outro, a cabeça erguida. Dei uma jogada de cabelo quando fiz a volta e deixei-o cair num dos olhos, bem sexy, antes de tirá-lo do rosto.

Durante os segundos seguintes, eu *fui* uma supermodelo, porra. Não fiquei sequer procurando Will com os olhos. Estava muito ocupada seduzindo a plateia inteira com todo o meu deslumbre. E Sage tinha razão: foi diversão de primeira, inacreditável, fantástica.

Quando saí da passarela, me senti eufórica. Rose me deu um abraço.

— Meu Deus do céu, você estava incrível!

Retribuí seu abraço. — Estava mesmo, não foi? — perguntei, animada.

— Todas na passarela! — gritou o coordenador de palco, fazendo gestos frenéticos com os braços.

Todas as modelos foram empurradas para o palco; os estilistas vieram logo atrás. A plateia ficou de pé e aplaudiu. Eu estava entre Sage e Rose. Colocamos o braço uma nas costas da outra e começamos um cancã improvisado, para o delírio da plateia.

— Lembrem-se, senhoras e senhores, todas essas roupas podem ser vistas na tenda do leilão, daqui a vinte minutos. Feliz Ano Novo para todos!

No backstage, entreguei meu vestido com cuidado para a camareira, que o levaria para a tenda do leilão. Ainda nas alturas, coloquei o vestido longuete rosa-claro que estava usando antes. Eu, Megan Smith, havia desfilado com os ricos, os famosos, os infames e sobrevivido para contar a história.

Lily veio correndo até mim. — Não foi o máximo? — perguntou ela, toda contente.

— Eu *amei*! — respondi, abraçando minha irmã. — Vem, vamos nos divertir.

Assim que saímos da tenda, as primeiras pessoas que vimos foram as gêmeas, às gargalhadas com Will. Ele olhou rapidamente para mim, desviando o olhar de volta para Sage e Rose. Bem, não estava disposta a deixar que aquilo arruinasse meu humor.

— Quem é aquele com as gêmeas Baker? — perguntou Lily, me puxando pelo braço.

— Will Phillips. É o vizinho.

— Gostosão, hein — comentou Lily, decidida. — Você não acha?

Ah, que ironia.

— Ele é legal.

— Ele está ficando com alguém? — perguntou ela.

— Não que eu saiba.

— Ótimo. — Ela apertou minha mão. — Me apresenta.

Juntamo-nos ao trio e eu tratei logo de apresentar Will para Lily Langley, que me conhecia da nossa *séjour linguistique* na Suíça.

— Você está morando em Nova York agora? — perguntou Will. — Minha mãe mora lá. Da próxima vez que eu estiver por lá, de repente vou ver sua peça.

— Se ainda estiver passando — brincou Lily.

Droga. Os dois estavam conversando como só duas pessoas confiantes e deslumbrantes como eles sabiam conversar.

— Eu vi um programa sobre você — Rose disse para Lily. — Você foi escalada para a versão da sua peça no cinema, não foi?

Lily sorriu. — *Escalada* talvez não seja a palavra adequada. Mas sei que eles vão me sondar para o papel. Depois disso, eu só preciso derrotar Natalie Portman. — Lily girou os olhos. — Como se fosse possível.

Sage torceu o nariz. — Ela é valorizada além da conta.

— Então vocês duas se conheceram há um tempão — comentou Will, olhando para Lily e depois para mim. Minha mera existência já fazia com que seu tom ficasse mais frio. — Mundo pequeno.

Lily olhou para ele, sedutora. — Você parece saber muito mais a meu respeito do que eu sei sobre você. Megan disse que você é vizinho delas.

— Ela só disse isso? — perguntou Rose, olhando para mim como se eu tivesse enlouquecido.

— E que somos amigos — acrescentei. A minha voz, percebi, estava tão ríspida quanto a de Will.

— Bem, espero que possamos ser amigos também — disse Lily para Will. — Nos vemos mais tarde?

— Claro — concordou ele, olhando novamente de soslaio para mim. — Vou adorar.

— Que gato — comentou Lily, vendo Will e as gêmeas se afastarem em direção ao bar.

O máximo que consegui articular foi um débil:

— É.

Verônica fica com um cara novo a cada dois meses. Sua irmã mais nova, Alexandra, descola um namorado novo a cada cinco meses. Supondo que Verônica e Alexandra fiquem com os caras numa média constante, no fim de dez anos, quantos caras Verônica terá beijado a mais do que Alexandra?

(a) 46

(b) 27

(c) 59

(d) 36

(e) Quem manda ser lerda, sua vaca invejosa?

trinta

Fui andando com Lily até a tenda das comidas, que tinha sido dividida em três áreas de bufês diferentes. Havia comida francesa para os *gourmets*; vegetariana orgânica para as estrelas de Hollywood; e churrasco brasileiro para os que seguiam a dieta do dr. Atkins, com todos os tipos de carne sendo assados no carvão. O aroma me atingiu, convidativo. Descobri que estava faminta.

— Você não é Lily Langley? — Uma sessentona magérrima, com um vestido de seda listrado, segurou a mão direita de Lily assim que pisamos na tenda. — Minha querida, você é uma dádiva para o teatro americano!

— Muito obrigada. Esta é minha ir... amiga Megan Smi...

— Encantada — disse a mulher, que já estava passando por nós, seu olhar escaneando a área em busca de outras pessoas importantes.

— Escolhe uma fila — disse Lily. Apontei para a do churrasco. Quando estávamos indo para lá, uma das amigas atrizes de Lily apareceu e segurou o braço dela. — Lily, Dominick Dunne está cercado de fãs perto da tenda do leilão. Ele quer te conhecer.

Lily olhou para mim, hesitante.

— Vai — insisti. — Você pode comer mais tarde.

Ela me abraçou e sussurrou: — Te ligo um pouco antes da meia-noite e a gente se encontra na praia.

Para ser franca, era mais fácil assim. Fingir que minha irmã não era minha irmã era uma vilania nova, até mesmo para mim. Consegui umas suculentas fatias de filé grelhado e comi parada, em pé num canto, observando as pessoas que passavam por mim. Vi uma das modelos do desfile com o namorado. Ele era um deus, mas, mesmo usando sapatilhas de veludo, ela continuava sendo mais alta do que ele. Havia um casal na casa dos 30 dançando ao som da música de orquestra, que vinha dos alto-falantes. A única pessoa com a qual eu realmente queria estar naquela noite — Will — não queria ficar comigo.

Passei por dezenas de pessoas no caminho das quadras de tênis até o mar; não conhecia a grande maioria. Ouvi alguns comentários como "Mandou bem no desfile" e "Vestido maravilhoso!", mas a minha persona que havia flertado com a plateia enquanto exibia seu vestido exclusivo de dez mil dólares, já havia se recolhido novamente à sua concha.

Quando me aproximei do deque da piscina das gêmeas — a muralha de pedra ficava logo atrás —, vi Sage descendo os degraus que davam para a praia. Ela estava indo na direção dos seus amigos, no bar ao lado do palco. De repente, Thom, que estava usando seu uniforme de tripulação do iate, subiu desvairado pulando degraus, a agarrou por trás e lhe tascou um beijo *caliente* na nuca.

Sage deu um grito e virou para trás. — Que porra é essa?

Thom quase caiu para trás. O beijo, obviamente, era para a outra irmã. — Sage! Merda! Eu sinto muito — desculpou-se ele, ofegante.

Vi Rose e o grupinho de sempre — Suzanne, Precious, Dionne — se aproximando correndo, atraído pelo grito de Sage.

— Foi mal mesmo, Sage — Thom apressou-se para explicar. — Pensei que fosse Rose.

— Rose? Você achou que eu era *Rose*? Que desculpa mais esfarrapada é... — Todo o estudo para o exame valeu a pena, pois ela conseguiu a proeza intelectual de somar dois mais dois. Seu queixo caiu. — Meu Deus do céu. Rose, você está dando para o *serviçal do iate*? — Ela jogou a cabeça para trás e deu uma ruidosa gargalhada. — Isso é tão... *desesperado*!

Olhei para Rose, que exibia no rosto um tom de vermelho normalmente reservado para mim.

— Olha, numa boa, Sage — disse Thom. — Mas o que Rose faz e com quem ela faz não é da sua conta.

— Escuta aqui, seu merdinha. *Tudo* o que minha irmã faz é da minha conta. Você andou comendo a minha irmã no seu horário de trabalho?

— Eu não vou sequer me dignar a responder a uma coisa dessas — disse ele, parecendo realmente ofendido.

O sorriso de Sage foi arrasador. — Eu vou acabar com a sua raça.

— Vá em frente, Sage — incentivou Thom, estendendo a mão para Rose. — Vem, Rose. Vamos dar o fora daqui.

Com todas as partes do meu ser que ainda acreditavam no amor, se não para mim, pelo menos para ela, torci para que Rose segurasse a mão dele. *Vamos lá*, pensei. *Vamos. Segura a mão dele e vai embora. Por favor, Rose. Segura a mão do cara.*

Em vez disso, ela deu um passo para trás. — Não sei do que você está falando.

Foi o suficiente. Thom sacudiu a cabeça, sem desviar os olhos dela.

— Eu não... — Mas ele sequer terminou a frase. Posso imaginar como deve ter se sentido traído, indo embora sozinho.

— O que você fez, Rose? Levantou a saia e ele se apaixonou, foi isso? — perguntou Precious. — Que ridículo!

Rose sorriu e pediu licença. Fui atrás dela, torcendo para que os outros não me vissem, mas foi difícil localizá-la naquela praia lotada de gente. Somente quando alcancei a fina corda náutica que marcava o limite entre Les Anges e a propriedade dos Phillips, Barbados, é que avistei Rose, sentada na areia, perto da linha d'água.

Sentei ao lado dela, sem dizer nada. Ela atirou algumas pedrinhas nas ondas que se aproximavam. Fiz a mesma coisa. Depois, ela atirou algumas pedras maiores no mar.

— Você deve estar me odiando — disse ela, finalmente.

— Eu não.

— Eu estou me odiando. Não acredito que estraguei tudo com Thom.

— Quem sabe não resta uma chance? — sugeri. — Você pode pedir desculpas, sabe.

— E como vou fazer isso? — perguntou ela, jogando mais uma pedra na água.

— Se joga nos braços dele, alega insanidade temporária e pergunta se ele quer que você coloque um outdoor na Worth Avenue, anunciando que vocês estão juntos — aconselhei.

Ela me olhou de esguelha. — É proibido colocar outdoors na Worth Avenue.

Sorri e passei a mão no cabelo dela. Ela se encostou em mim, quase como uma criança se encosta na mãe. — Você vai conseguir pensar em algo — garanti. — Que tal escrever no céu, com fumaça de avião?

— É uma ideia.

Voltamos descalças, segurando os sapatos nas mãos e andando em silêncio pela beira do mar. Quando chegamos diante dos degraus, parecia que a festa inteira havia se reunido na praia, para a contagem regressiva dos últimos segundos do ano.

— Dez, nove, oito... — Mais e mais pessoas se agrupavam, contando para a meia-noite.

— Cinco, quatro, três, dois, um. Feliz Ano Novo!

O céu ficou repleto de fogos de artifício deslumbrantes, que explodiam num barulho ensurdecedor em fagulhas multicoloridas, vermelho-sangue para esmeralda e depois prata e ouro. A praia ficou toda iluminada pelo espetáculo nos ares. Corri os olhos pela massa de convidados contemplando o céu, todos os casais se beijando para comemorar a chegada de um novo ano.

Foi então que vi Lily nos braços de Will. Ele estava beijando minha irmã como eu sonhava que me beijasse um dia. Senti uma pontada de dor no coração. O ano, que tinha começado há poucos segundos, já estava arruinado.

Escolha a palavra ou frase que melhor define o vocábulo seguinte:

EPIFANIA

(a) uma descoberta súbita e significativa
(b) o novo perfume de Britney Spears
(c) eternidade
(d) sarcástico
(e) atingir finalmente seu peso meta

trinta e um

 h, que teia emaranhada tecemos quando decidimos engendrar mentiras! Jura?

A maioria das pessoas acha que William Shakespeare foi o responsável por essa verdade perspicaz, mas, na verdade, foi Sir Walter Scott. Eu acho que quando uma pessoa (tipo eu) acaba sendo a definição ambulante de uma citação como essa, ela tem a obrigação de no mínimo saber quem diabos a cunhou.

Foi um simples caso de entorpecimento, estilo Palm Beach. Depois de ter visto Lily aos beijos com Will, me arrastei até o bar mais próximo, agarrei uma garrafa de Cristal e passei a primeira meia hora do Ano-Novo escondida na minha suíte, enchendo a cara.

Lily me ligou por volta de meia-noite e meia, quando eu já tinha feito um estrago sério no champanhe. Falei que não estava me sentindo bem — o que não deixava de ser verdade, embora não por motivos físicos — e que ia me deitar. Ela disse que queria passar lá para me dar um abraço, já que ia voltar para Nova York bem cedo. Eu a dissuadi. Disse que estava indo me deitar, que ela devia ficar na festa, se divertir. Continuar beijando Will.

Tá, isso eu não disse.

Pessoalmente, jamais acreditei nesse lance de carma. Quando alguma mulher atormentada aparece no jornal da noite agradecendo a Deus por ter salvado sua vida, sua família e sua casa de um tornado pavoroso, sempre me pergunto: e a família do lado que perdeu tudo? Estaria Deus tipo realmente puto com *eles*? Essa história de que aqui-se-faz-aqui-se-paga não passa de nosso modo de encontrar sentido onde não há. Coisas boas acontecem com pessoas ruins. Coisas ruins acontecem com pessoas boas. Assim é a vida.

Mas se eu *realmente* acreditasse em carma, diria que ver minha irmã beijando Will era bem o que eu merecia. Não podia culpar Lily. Ela não tinha como saber o que eu sentia por Will. E não podia culpar Will também, porque havia um pequeno detalhe *namorado* que eu havia escondido dele. Tudo o que me restava era me culpar.

Terminei a garrafa e caí no sono; só fui acordar muitas horas depois. Franzi os olhos para tentar enxergar os ponteiros luminosos do relógio na cabeceira. Cinco da manhã. Sentei na cama. Sentia como se um time de futebol estivesse correndo dentro da minha cabeça. Sentei e acendi o abajur. Minha fronha de algodão egípcio de oitocentos fios agora estava adornada com uma minitela à la Jackson Pollock, feita com rímel, batom e baba.

Existem pouquíssimas coisas piores do que ressaca de champanhe às cinco e meia da manhã. Uma delas é ressaca de champanhe aliada à lembrança atroz do que te levou a tomar o porre, em primeiro lugar. Imaginar Will fazendo com Lily as coisas que eu havia sonhado que fizesse comigo já era o suficiente para me fazer correr até o banheiro e vomitar. O mais interessante era perceber que vomitar numa mansão depois de encher a cara de Cristal era tão nojento quanto vomitar no quinto andar de um prédio sem elevador no East Village, após ter exagerado na dose de ice tea calibrado. Passei por isso na festa de aniversário de Charma, no nosso apê, em pleno verão, meu único encontro cara a cara com o trono de porcelana até então.

Tomei banho, escovei os dentes e, me sentindo minimamente mais humana, decidi ir até a varanda pegar um ar fresco. As tochas ao redor da piscina continuavam queimando, embora a festa já tivesse terminado há tempos. Mas não foi isso que me chamou a atenção. Foi Sage e Rose. Elas estavam discutindo. Discutindo feio.

— Por que você estraga tudo para mim, Sage?

— Não faço ideia do que você está falando — respondeu Sage, se despindo.

— Thom!

— Quem é Thom? — perguntou Sage, tirando a blusa. Depois, deu um riso de deboche. — O serviçal do iate?

— Ele não é *só* o serviçal do iate — retrucou Rose.

— Meu Deus! Você *realmente* gosta dele! — Sage entrou na parte rasa da piscina. — Olha, não venha me culpar não, foi *você* quem o deixou ir embora. Hum, está deliciosa. Ei, pega uma garrafa de champanhe ali na cabana.

Rose não se mexeu. — Me diz como é, Sage. — Sua voz estava baixa. Tive que me esforçar para ouvi-la.

Sage deslizou na água, agarrou um spaghetti de piscina e o enroscou nas costas. — Como é o *quê*?

— Ser você. Estar sempre tão segura de tudo.

— É ótimo, Rose. — Sage se ergueu no canto oposto da piscina e ficou sentada na pérgula, com a maior perfeição que uma pessoa poderia alcançar vestida apenas com juventude, excelentes genes e piercing no mamilo. — Vai ver é o seu gosto para homens que é uma merda, Rose. Já parou para pensar nisso?

— Ah, então eu devia ser como você? Dar para quem eu quisesse sem jamais me importar com nada nem ninguém?

— Tanto faz. — Sage se levantou e foi andando molhada até uma pilha de toalhas rosa e azuis, macias e imensas. — Vai pegar o champanhe, Rose. Sério.

— Às vezes você age de um jeito que não dá para acreditar. — Percebi o aperto na voz de Rose. Ela estava à beira das lágrimas.

— Ai, ai, a pobrezinha — cantarolou Sage.

— Eu *odeio* você! — O som gutural veio de algum lugar bem profundo em Rose.

— E eu estou cagando — retrucou Sage, em tom de deboche.

— Gente, gente, vamos parar com isso! — As palavras saíram da minha boca antes mesmo que eu pudesse avaliar se devia ou não intervir.

Elas olharam para a varanda, aturdidas por eu ter ouvido a discussão. Coloquei um roupão e corri até lá embaixo. Quando cheguei, Rose estava sentada sozinha à mesa e Sage embrulhada na toalha imensa, deitada numa espreguiçadeira e mandando ver no champanhe que ela apanhara na cabana.

— Vai embora — ela disse para mim.

Ignorei sua ordem e sentei na ponta da espreguiçadeira. — Vocês estão falando coisas da boca para fora, só porque estão chateadas.

Sage equilibrou a garrafa de champanhe na barriga e olhou para mim.

— Eles te ensinaram isso em Yale?

— Não — respondi. — Isso eu aprendi com os meus pais. Deus sabe que cometi muitos erros mesmo assim... — Parei de falar. Não era para eu ser o tema da conversa. — Talvez Rose devesse ter te contado sobre

Thom, mas você precisa entender por que ela não contou. Ela dá muita importância à sua opinião.

— Dá, nada — resmungou Sage.

Olhei para Rose, que não tinha dito uma palavra. Ela estava com a cabeça baixa e com os braços envolvendo todo o corpo, como se pudesse atar fisicamente seu próprio sofrimento.

Virei-me para Sage. — Rose me contou uma história. Sobre o dia em que vocês duas saíram de Nova York, depois da morte dos seus pais. Sobre como ela estava apavorada no avião. Você sabe como ela conseguiu suportar, Sage? Ela conseguiu suportar por sua causa.

Sage abriu um sorriso frio. — Eu sei. Ouvi ela te contando, naquele terraço em Bahamas. — Sage virou-se para Rose. — Você não tinha o direito de contar isso para ela. Ouviu?

Rose assentiu com a cabeça, sem dizer uma palavra.

— Você é uma idiota mesmo. — As palavras de Sage para a irmã foram ofensivas como sempre. Mas depois ela se calou.

Eu estava contemplando a água, tentando arejar minha cabeça confusa e decidir o que mais eu poderia dizer, quando ouvi um soluço.

— Como é que você acha que eu suportei, Rose? — Sage perguntou à irmã, com a voz embargada. Ela apoiou a garrafa de champanhe no chão e sentou, girando as pernas na direção de Rose. — Você acha que eu só segurei a sua mão por *você*?

Dava para ver no rosto de Rose que ela tinha entendido. — Mas você não parecia assustada.

— Não espalha pra ninguém. — Sage esticou o braço e segurou a mão da irmã, do mesmo modo como havia feito quando eram pequenas. — É que eu... eu não quero te perder pra ninguém, entendeu?

Rose soluçou e assentiu com a cabeça.

Fiquei de pé. — Vou até a praia assistir ao nascer do sol. Vocês precisam ficar a sós. — Desci pela escada de pedra e atravessei a passarela de tábuas até o cais temporário. Caminhei até o fim. Um minuto depois, ouvi passos atrás de mim e as gêmeas pararam ao meu lado. Ficamos juntas por um tempo em silêncio, enquanto os primeiros fragmentos de luz perfuravam o céu.

— Sage? — disse Rose.

— Oi?

— Enquanto tivermos uma a outra não seremos órfãs.

Elas choraram. Eu chorei. O sol nasceu sobre nós, todas três com cara de choro.

Quando finalmente voltamos para a mansão, eu abracei as duas e depois fui para a minha suíte. Havia mais uma coisa que eu precisava fazer. Meu iBook estava ligado. Cliquei no folder chamado GÊMEAS, onde guardei as anotações que eu colhera tão diligentemente para a minha matéria bombástica. Se eu quisesse, podia escrever muita coisa, porque finalmente eu havia entendido.

Todas as vezes em que Rose parecia estar se aproximando de mim, Sage entrava em pânico. Foi o que aconteceu nas Bahamas, foi o que aconteceu no deque da piscina, quando Sage de forma oh-que-madura atirou um lápis na irmã, e foi o que aconteceu — ainda que brevemente — quando Sage percebeu que Rose sabia mais sobre a minha ida a Clewiston com Will do que ela. Rose tinha me dito que Sage implicava com todos os seus namorados. Mas Rose podia estar namorando um Orlando Bloom com a conta bancária de Bill Gates que Sage reagiria da mesmíssima maneira. A equação era simples. Rose + qualquer um = a possibilidade de Sage sem Rose.

Tanta besteirada para encobrir tanta insegurança, pensei. Mas talvez seja isso o que acontece quando seus pais morrem jovens, e tudo o que você tem no mundo é a sua irmã e muita bravata para suportar os momentos mais assustadores.

Cliquei no folder GÊMEAS e hesitei com o dedo sobre o teclado. Depois, apertei o "delete".

Identifique qual parte, se houver alguma, da seguinte sentença está incorreta:

(a) <u>Às vezes</u> uma certa dose (b) <u>de chantagem</u> é a única forma de (c) <u>alcançar</u> um (d) objetivo <u>significativo</u>. (e) Nenhum erro

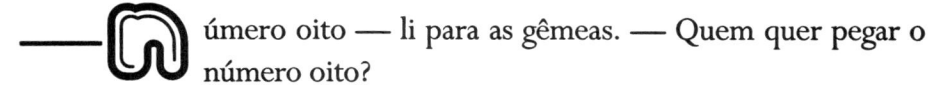

— úmero oito — li para as gêmeas. — Quem quer pegar o número oito?

Na tentativa de estimular o raciocínio delas, mudamos o ambiente de estudos e nos instalamos de manhã na minha suíte, em vez de ficarmos no deque da piscina, como sempre. Eu estava estirada no sofá. Elas, esparramadas no chão, que já estava uma bagunça de papéis, livros, calculadoras, notebooks, sacos de pipoca de micro-ondas pela metade e garrafas de água mineral.

Uma semana havia se passado desde a longa jornada noite adentro da véspera de Ano-Novo. As gêmeas não haviam conversado a respeito comigo, sequer mencionado o assunto. Se conversaram entre si, não compartilharam comigo. Mas era impossível ignorar o resultado — elas estavam mais gentis uma com a outra. Sage estava menos pavio curto e Rose não parecia mais buscar tanto a aprovação de Sage.

Eu estava orgulhosa delas e contente por ter ajudado. Era de se imaginar que, com minha sensibilidade, maturidade e tudo o mais, tudo isso seria o catalisador de que eu precisava para pegar o telefone e ligar para minha irmã. Mas não liguei.

É *tão* mais fácil ser sensata e madura em benefício dos outros.

Rose ligou para Thom, para se desculpar. Como ele não atendeu, ela deixou uma mensagem na secretária eletrônica, pedindo desculpas com toda sinceridade. Como ele não ligou de volta, ela escreveu uma carta (estamos falando de correio tradicional, o que deve ter sido uma coisa inédita para ela) e me pediu para revisar, para que não houvesse erros constrangedores. Ela tinha escrito "psicológico" errado e empregou mal a palavra "difamar", mas, tirando isso, foi sensível e reconheceu suas fraquezas.

Gostaria que seus esforços tivessem sido recompensados. Mas Thom não respondeu. Claro que Rose podia ir até o iate e conversar com ele pessoalmente, mas progresso não é a mesma coisa que transformação. Eu não podia culpá-la. Quem disse que eu teria coragem de dar um pulo na casa ao lado para um cara a cara com Will?

— Eu leio o número oito — se ofereceu Rose. Ela pegou a apostila do exame. Estávamos estudando gramática. — "Alguns italianos consideram os americanos obesos, esbanjadores, e eles não entendem de política internacional."

— Quem quer corrigir a gramática desta parte da sentença? — perguntei. — "Obesos, esbanjadores, e não entendem."

Rose apontou para as opções de respostas. — Eu marcaria "E": "Obesos, esbanjadores e ignorantes." É o lance de estrutura paralela que Megan explicou semana passada.

— Merda — disse Sage.

— Ainda bem que isso não vai cair na prova, né — brincou Rose. Para a minha surpresa, em vez de ficar irritada, Sage conseguiu esboçar um sorriso.

— Dá uma lida de novo depois, da próxima vez você acerta — incentivei Sage.

Espero que minha voz tenha disfarçado a minha preocupação. Faltavam apenas sete dias para o exame e nosso tempo para "a próxima vez" estava se esgotando. O progresso acadêmico delas havia estacionado na pontuação limite — logo abaixo do que precisavam para entrar na Duke. Elas haviam progredido muito, mas ainda não era o bastante, e eu não sabia mais o que fazer.

Rose admitia estar estressada com o exame; Sage, não. Mas percebi que suas unhas, normalmente em um estado de perfeição constante, estavam roídas e mordidas. Ela agora passara a escondê-las, para que ninguém visse seu estado.

— Está bem — disse. — Vamos tentar o primeiro problema de matemática da próxima lição. Rose, quer tentar?

— Minha cabeça não funciona assim — resmungou Rose, tentando entender a equação.

— Você consegue, eu sei que consegue — incentivou Sage.

Bem, pelo menos uma de nós estava otimista. Era lindo vê-las estudando juntas, mas tirando o esforço qualitativo de Sage e o quantitativo de Rose, não havia muito de sobra para que eu pudesse me tranquilizar.

Rose bateu na testa. — Não consigo me concentrar! — ela se lamentou. — Thom não me sai da cabeça.

— Querida, nenhum amor é assim tão cego — declarou Sage. — Não era você mesma que vivia me dizendo para não fazer merda e colocar nossos 84 milhões em risco? Siga seu próprio conselho.

— Eu sei — concordou Rose. — Mas é difícil. Preciso descansar. — Ela puxou a última edição da *Scoop*, que estava debaixo dos seus livros. Eu já estava imaginando ver uma foto de Lily Langley com seu "novo e misterioso peguete" ou seja lá como minha substituta decidisse nomear Will.

— Rose, guarda essa revista — disse, gentilmente. — Só temos sete dias. Se você acordar às sete horas da manhã e estudar até as onze e meia da noite, são mais de 16 horas por dia. Vezes sete, menos intervalos rápidos para comer e fazer xixi. Vamos dividir o tempo igualmente entre matemática, humanas e redação.

As meninas gemeram em uníssono.

— Está bem, a gente sabe que *você* não faria o teste pela gente — disse Sage, pensativa. — Mas e Ari? Sério, o cara é um cérebro ambulante.

— Nem Keith consegue fazer com que Ari se passe por você — respondi. — Que tal a senhorita decidir mandar ver e fazer tudo que eu disser, e somente o que *eu* disser, durante a semana mais importante da sua vida? — Olhei para Rose. — E você também?

Quando eu era pequena, meu pai uma vez levou Lily e a mim até Mount Washington, em junho. Ele gostava de esquiar, eu e Lily gostávamos de snowboard, e ele queria que escalássemos a Tuckerman Ravine com ele — que ainda estava coberta de neve — para descermos de lá; ele nos acompanhando de esqui. Não há teleférico na Tuckerman. Para chegar até o topo, é preciso escalar. Tanto Lily quanto eu estávamos mortas quando alcançamos os últimos 150 metros. Eu tinha apenas dez anos de idade.

Lily desistiu. Ela atirou sua prancha no chão e deitou na neve. Mas eu fiz tudo que papai mandou, prestei atenção em todas as suas instruções. E, quando dei por mim, tinha vencido a última encosta íngreme. No topo, fixei a prancha nos pés e dei aquele primeiro mergulho que desafia toda a razão na beira do penhasco.

E então estava voando. Levei apenas trinta segundos para fazer as manobras até onde Lily ainda estava esperando.

— Você conseguiu — disse ela, admirada.

— Foi só seguir o que papai falou — respondi.

Por que me lembrei disso? Sempre achei que Lily fazia tudo melhor do que eu. Mas naquele dia na Tuckerman, ela desistiu e eu fui até o final. A memória às vezes pode ser tão seletiva.

Sage lançou um olhar suspeito para mim. — Olha só, Megan. Se você fizer uma coisa para a gente, a gente faz o que...

— Ah, não, nem pensar! Já caí nessa antes, lembra? Fiquei nua na piscina.

— Na verdade, o que a gente queria que você fizesse é uma questão de... — Sage se inclinou e cochichou alguma coisa no ouvido de Rose.

Rose abriu um sorriso e assentiu com a cabeça. — Sage tem razão. Precisamos fazer algo a respeito. Com seu cabelo.

Essa era a última coisa que eu podia esperar. — Mas Keith o cortou! — reclamei. — *O* Keith!

As irmãs se entreolharam. Sage cruzou os braços. — Deixa eu tentar explicar, Megan. Lembra do desfile? Quando Rose te emprestou uma calcinha?

— Você está... resumindo em uma palavra... hirsuta — explicou Rose, com muita dignidade.

Eu ri. "Hirsuto" havia sido uma palavra recente nos estudos de vocabulário.

— Eu não acharia graça se fosse você — reprovou Sage. — Hirsuto só é um adjetivo desejável quando estamos falando do *cabelo de cima*.

Fiquei vermelha, obviamente. — Não está tão ruim assim.

— Ora essa! — entoou Rose. — Nós te vimos nua na piscina, lembra? Você estava a poucos metros de nós.

Sage fez um movimento de tesoura com os dedos, na altura na barriga. — Cintura. — Ela cortou duas polegadas abaixo. — Pentelhos.

— É física! — protestei. — A água amplia tudo!

— Lembra aquele vale que eu te dei para um spa nos Breakers? — perguntou Sage, com rara doçura. — Não foi sem motivo. Está na hora de usá-lo. — Ela olhou fixamente para minha virilha.

— E não estamos falando de depilação comum — acrescentou Rose. — Nem de deixar aquela faixinha.

O que só poderia dizer que... Fiquei horrorizada. — Não. Ah, não.

— Ah, sim — respondeu Sage, alegremente.

— Faça isso que a gente obedece a tudo que você mandar — disse Rose.

Sage concordou. — O dia inteiro, pelos próximos sete dias.

Há sete semanas, elas haviam me feito uma proposta e a usado para me humilhar. Agora, me ofereciam outra. Mas desta vez era diferente. Elas estavam diferentes. Talvez até mesmo eu estivesse diferente.

Não sei que cara eu fiz, mas elas interpretaram como um sim.

Três minutos depois, a depilação estava marcada. Uma hora mais tarde, estava deitada na mesa de Jinessa, no spa. Uma hora e cinco minutos depois, Jinessa manipulava tesouras, e eu de olhos fechados, temendo pela vida. Dez minutos mais tarde, uma espátula com cera líquida aproximou-se perigosamente de um lugar onde poucos — nenhuma mulher, exceto eu — haviam se aventurado antes.

Dizem que a dor do parto é algo de outro mundo. Mas eu sinceramente duvido que doa mais do que aquilo que o spa batizou, delicadamente — e, devo dizer, não há definição mais adequada —, de "Libere o Rosado".

Escolha a definição que melhor se aplica à seguinte palavra:

LAURÉIS

(a) castigo

(b) charme

(c) espanto

(d) elogio

(e) G-sus, a melhor notícia de todos os tempos!

trinta e três

— Pontualmente às sete, por favor, Megan — entoou Esqueleto ao me convocar para jantar com Laurel.

O sr. Anderson manteve o mesmo tom de voz sonoro que empregara nas últimas oito semanas; no entanto, havíamos feito algum progresso — ele finalmente me chamara pelo primeiro nome.

Aquilo me fez sorrir, bem como o fato de as gêmeas terem mantido sua palavra. Nos últimos sete dias, haviam se portado como alunas dignas de Yale, no que diz respeito ao seu empenho e quiçá seus resultados.

Tentei tornar a coisa suportável, mas estudar para o exame de aptidão pode fundir com a cabeça de qualquer um. Mesmo assim, elas pouco reclamaram e se queixaram. Fizeram um trato e foram fiéis a ele.

Eu lembrava a minha parte do trato toda vez que arriava as calças. As refinadas tangas da La Perla, que as gêmeas mandaram entregar na minha suíte enquanto eu estava sob os cuidados de Jinessa, eram tão lindas que transformavam qualquer recheio em uma obra de arte. Não que eu tivesse alguém admirando a minha arte ultimamente. Não tinha notícias nem de James nem de Will. O que me faz lembrar da velha questão filosófica: a arte continua sendo arte se ninguém a vê? Algo do gênero.

Enfim, voltando às gêmeas. Todo dia estudávamos durante três horas pela manhã, quatro à tarde e três de noitinha. Os resultados dos testes simulados estavam passando de raspão — *muito* de raspão — pela média exigida na Duke. Mas estavam passando e eu não podia estar mais contente.

Na última manhã antes do exame, fizemos uma revisão. Depois, eu declarei que elas estavam o mais preparadas possível; era hora de esquecer da prova naquela tarde e fazer o que mais gostavam: compras. Existem poucas coisas na vida das quais as gêmeas Baker gostem mais do que a Worth Avenue e um cartão American Express preto sem limite de crédito.

Então. O que usar para jantar com Laurel? Contemplei minha considerável seleção de peças de grife emprestada por Marco. Agora já havia aprendido que fico melhor usando um tom de pêssego, que realça o verde dos meus olhos castanho-claros, e que bege me deixa sem vida. Escolhi um vestido Vera Wang pêssego com corte princesa simples, de algodão, não muito arrumado, nem decotado — se bem que as roupas dela nunca são. Também aprendi isso. Tomei um bom banho quente e demorado, lavei e escovei meu cabelo e coloquei uma maquiagem leve, disfarçando meus pontos fracos.

Cheguei à mansão principal às sete em ponto. Esqueleto estava à minha espera. — Boa-noite, Megan. A senhorita está com boa aparência.

Siga-me, por favor. — Vindo do Esqueleto, "boa aparência" equivalia a "Nossa, gata, você está um tesão".

Pensei que ele fosse me conduzir até a sala de jantar formal do andar principal. Em vez disso, descemos em direção à adega de vinhos.

— Hum, a madame não disse jantar? — perguntei.

— Sim. Acompanhe-me, por favor.

Depois de atravessarmos toda a extensão da adega, ele abriu uma porta para um cômodo que eu sequer sabia que existia. Havia uma única mesa esculpida em um bloco maciço de granito. As oito cadeiras que a circundavam eram de madeira bruta. Nas paredes, afrescos de cenas rurais do campo francês.

Laurel estava sentada na cabeceira, bebericando um copo de vinho. A mesa estava posta para dois. Possuía a aparência que as mulheres da sua idade sonhavam ter. Usava um vestido justo dourado e preto, de linho metalizado. O cabelo estava penteado para trás e preso em um coque frouxo, que deixava algumas mechas soltas caindo engenhosamente no rosto. Seus olhos azuis, contornados por longos cílios negros, pareciam ainda maiores do que de costume. Como sempre, Laurel era um anúncio ambulante de seus próprios produtos.

Assim que o sr. Anderson foi embora, Laurel fez um gesto para a cadeira vazia. — Por favor.

Sentei.

— Você me acompanha? — Ela apanhou uma garrafa de vinho e me serviu num copo de água. Estranho. Ela monopolizava o mercado de cristais. Por que estávamos bebendo em copos de água? Notei que os pratos de cerâmica eram mais utilitários do que elegantes.

Laurel entrelaçou os dedos. — Examinei os últimos testes das gêmeas hoje. Elas melhoraram muito.

Sorri. — Melhoraram, sim.

Ela tomou um gole de vinho. — Megan, confesso que cheguei a duvidar que você estaria à altura da tarefa de dar aulas para essas meninas. Mas você provou que eu estava enganada.

Elogios do Esqueleto *e* de Laurel Limoges na mesma noite? Aquilo era prenúncio de uma noite extraordinária ou sinal de que o apocalipse estava próximo.

— Obrigada. Fico muito feliz — disse.

— Não sei se minhas netas vão se sair bem amanhã — continuou ela. — Mas sei que Debra Wurtzel me orientou corretamente quando me sugeriu você. — Laurel ergueu seu copo. — A você, Megan Smith. Você conquistou um grande êxito nesses dois meses aqui. Parabéns. *À ta santé.*

Bati o meu copo contra o de Laurel, surpresa por ela ter usado o francês familiar para *você* em vez do mais formal e distante *à votre santé*, e provei o vinho. Era terroso e acre, diferente do Bordeaux vintage que ela geralmente preferia.

— Para falar a verdade, Madame Limoges, também aprendi muito desde que cheguei aqui.

Os olhos de Laurel brilharam. — Acho que você aprendeu a apreciar a sua própria beleza, não? — Eu não soube o que responder. Ela afagou minha mão. — A beleza é um dom, querida. Deve ser desfrutada. — Ela sacudiu seu guardanapo e o apoiou no colo. — E agora, Megan, vamos ver se você aprendeu a apreciar a melhor refeição que Marco pode preparar.

— E servir — interrompeu Marco, na porta. — Serei seu garçom hoje à noite, meu bem. E devo dizer que não respondo a quem estala os dedos para me chamar.

— Nem pensar. — Pisquei para ele. Marco era um dos aspectos de Palm Beach de que eu mais sentiria falta.

— O menu, Marco? — indagou Laurel.

— Muito *campagne*. Patê de *fois gras*, para começar. O prato principal vai ser cassoulet, seguido por uma salada campestre de folhas verdes, flores, queijo de cabra e pinhão. O vinho, realmente francês e ordinário, *le pinard* como bebem os camponeses. E para sobremesa, meus minidonuts.

Laurel se inclinou na minha direção, abaixando a voz. — Eu não permito que ele os faça com muita regularidade. São tão fantásticos que eu simplesmente não consigo resistir.

— Cada um tem um recheio diferente: creme de amêndoas, chocolate amargo com raspas de laranja, Grand Marnier etc. — Marco beijou as pontas dos dedos e partiu para buscar o primeiro prato.

— As gêmeas virão para a sobremesa. — Laurel partiu um pedaço pequeno de pão.

— Elas não comentaram nada comigo.

— Pedi ao sr. Anderson para chamá-las. Mas queria conversar com você primeiro. — Ela fez uma pausa, como se estivesse decidindo o que queria dizer exatamente. — Há oito semanas eu criei... suponho que se possa chamar de um desafio para minhas netas. Agora que seu trabalho chegou ao fim, imagino que você queira me fazer algumas perguntas a respeito.

Uma vez jornalista, sempre jornalista. Ela estava prestes a me dar o grande furo. Eu podia sentir. Mesmo não querendo mais escrever a matéria, pelo menos eu ia saciar minha curiosidade.

Marco trouxe o patê. Laurel espalhou um pouco em um pedaço de pão e esperou que ele saísse para voltar a falar.

— A pior coisa do mundo é ver um filho partir antes de você — continuou Laurel. — Você não pode imaginar o que é e espero que jamais passe por isso em sua vida. Dois anos antes de perder minha filha, meu marido morreu após uma súbita *crise cardiaque*. — Ela suspirou. — A perda modifica as pessoas. Você não sabe disso, nem pode saber, a não ser que seja obrigada a suportar uma perda.

Concordei e fiquei esperando que ela continuasse.

— Quando as gêmeas chegaram, receio não ter estado muito preparada para cuidar delas. Eu estava muito imersa no meu próprio sofrimento. — Ela deu de ombros, de maneira quase imperceptível. — Eu me arrependo de tantas coisas. Mas não podemos voltar atrás. Só podemos seguir em frente. — Ela tomou um gole generoso de vinho. — Quando finalmente me senti pronta para cuidar delas, elas haviam erguido uma muralha que eu não sabia como transpor. Então, eu vi aquela reportagem abominável na revista e a realidade do que elas haviam se tornado, o resultado do *meu fracasso*, se revelou diante dos meus olhos.

Ela fitou o copo como se o vinho fosse uma espécie de oráculo. — Foi por isso que eu inventei este desafio, no qual a beleza não iria ajudá-las e no qual elas teriam que depender uma da outra. Eu estava torcendo para que isso trouxesse de volta as meninas que elas teriam sido, caso a tragédia não tivesse tocado suas vidas tão profundamente. E isso, minha querida, me levou até você.

Havia tantas perguntas que a escritora dentro de mim queria fazer. Para começar, será que nunca lhe passou pela cabeça que ela e as meninas eram o sonho de qualquer terapeuta familiar? Por que o sofrimento dela foi uma desculpa para negligenciar suas próprias netas? E outra: quando ela percebeu que havia cometido um erro, *por que simplesmente não contou a verdade para elas?*

Eu. Logo eu! Especulando por que outra pessoa simplesmente não contou a verdade. Vou fazer uma pausa para vocês poderem rir.

A única coisa que consegui perguntar foi: — Sage e Rose, você quis que elas te detestassem?

— Não. Mas, se para aprenderem a se amar e amar uma a outra isso fosse necessário, eu não me incomodaria.

Marco voltou, recolheu a louça das entradas e dispôs os pratos de cassoulet à nossa frente. O cheiro delicioso me deu água na boca. Enquanto comíamos Laurel relembrava histórias da sua infância — ela contou de um tio que morava no distrito Morvan, entre Autun e Nevers, e tomava conta do gado charolês de um riquíssimo proprietário de terras. O patrão o recompensara com um pequeno chalé de pedra, cuja cozinha se parecia bastante com a sala onde estávamos.

— Eu a recriei aqui. É por isso que estamos bebendo este vinho simples e comendo cassoulet. É uma receita dele. Trago pouquíssimos convidados a este lugar.

Eu sorri. — Obrigada, madame. — Não sabia ao certo o que dizer.

— Então, Megan. O que você vai fazer quando voltar para Nova York?

Nada melhor para arruinar com meu apetite. Descansei o garfo e limpei a boca com o guardanapo áspero de musselina. Esperava que as gêmeas entrassem na faculdade e que minhas dívidas fossem quitadas. Só saberia disso ao certo depois que o resultado dos exames fosse divulgado na internet, duas semanas depois das provas. Fora isso, não fazia a menor ideia.

— Procurar um emprego, eu acho.

— Como o que você tinha antes na revista de Debra? — Ela sorriu e eu percebi que Debra devia ter comentado sobre a minha afinidade com a *Scoop*. Que era nula, é claro.

— Eu espero encontrar algo mais… substancial — sugeri.

— Talvez eu possa ajudá-la a realizar suas ambições. Conheço muita gente no mercado editorial. Alguns trabalham em revistas… *substanciais*. Posso fazer algumas ligações para você. E, enquanto isso… — Ela enfiou a mão no bolso do vestido e tirou um pequeno envelope. — Para você.

Abri o envelope. Havia um cheque de 75 mil dólares.

— O seu bônus — explicou Laurel. — Você se esforçou bastante, Megan. Preparou as meninas. Fez tudo o que podia ser feito.

Fitei o cheque. A coisa certa a fazer seria contestar, dizer que eu não o merecia até que as meninas tivessem de fato sido admitidas na Duke.

Claro que eu aceitei, *faça-me o favor*. Não sou nenhuma santa.

— Gostaria de fazer uma observação — disse Laurel. — Faz mais sentido em francês do que em inglês, se me permite. *Tu es une jeune femme très débrouillarde.*

Fiquei ruborizada. Em francês, a palavra *débrouillard* é o maior dos elogios que alguém pode fazer. Significa uma combinação de esperta, atenciosa, prática e, acima de tudo, expedita.

— Obrigada. De coração.

— Quando eu estava começando em Paris, não foi nada fácil. Pouquíssimos salões estavam dispostos a experimentar os novos produtos de beleza de uma garota que morava no *dix-huitième arrondissement*. Eu misturava os produtos na pia do banheiro coletivo do meu prédio; embora na época eu não contasse isso para as pessoas. Precisei de cada centavo que pude mendigar, tomar emprestado ou roubar. — Ela cruzou seus dedos elegantes. — Então, algumas vezes, eu tive que maquiar um pouco a realidade. Um financiador generoso me comprou um vestido caro e eu passei a usá-lo quando ia vender os produtos, para que pensassem que eu era da elite. Foi uma maneira de alcançar o meu objetivo.

Ela me encarou, com olhos brilhantes. E naquele momento, eu soube que ela sabia.

— Desculpe-me — foi tudo que consegui dizer.

Ela fez um gesto de pouco caso com a mão. — Essa história de família rica na Filadélfia foi o seu modo de alcançar um objetivo — disse ela, com um meio sorriso. — De certo modo, você seguiu os meus passos, mesmo sem saber.

— Vou contar a verdade para as meninas — precipitei-me em dizer. — Depois da prova amanhã.

Laurel assentiu com a cabeça. — Me parece o momento certo.

Olhei mais uma vez para o cheque na minha mão. — Você está sendo tão generosa...

— Generosa por quê? — perguntou Sage. Ela e Rose estavam paradas na porta.

— *Mon dieu* — exclamou Laurel. — Rose, o que você fez?

Rose abriu um sorriso, depois deu uma voltinha. — Gostaram?

Ela havia cortado seu deslumbrante cabelo. Estava batido na nuca, com uma franja repicada que destacava ainda mais seus olhos imensos.

— Eu amei! — respondi, não só porque era verdade, mas porque o brilho nos olhos de Rose deixava claro que ela havia adorado também. Ela não se parecia mais com uma imitação de Sage. Havia encontrado sua própria identidade.

— É uma... mudança — reconheceu Sage.

— Jean Seberg, *À bout de souffle* — observou Laurel, enquanto Marco trazia o bule de café e uma bandeja com seus minidonuts. — *O acossado*, com Jean-Paul Belmondo. Vocês deviam assistir um dia. Sim, Rose, eu gostei muito. Sentem-se, meninas. Está na hora da sobremesa. E na hora de parabenizá-las por um belíssimo trabalho.

Sage acomodou-se lentamente na cadeira, fitando a avó como se ela fosse de outro mundo. — Você acabou de nos fazer um elogio?

— Sim, Sage — confirmou Laurel. — Fiz, sim. Acho que vocês se esforçaram bastante. Mas o que realmente importa é que agora *vocês* viram o quanto são capazes de se esforçar. E quando você se empenha, o empenho por si só já é um sucesso. É por isso que, passando ou não passando amanhã...

— Você vai nos dar o dinheiro de qualquer jeito! — gritou Sage. Ela se levantou num salto e começou a dançar de alegria. — Lá lá lá lá lá!

Laurel estendeu a mão. — *Não*. Nada motiva mais do que a motivação. Sente-se.

Sage voltou para a sua cadeira.

— O incentivo para que vocês façam o melhor que podem amanhã continua — decretou Laurel. — Mas estou quitando a dívida de Megan. Na íntegra. Acho que nós três concordamos que ela mais do que merece. Não é?

— Sim — concordou Rose.

— Definitivamente — reconheceu Sage.

— Ótimo — aprovou Laurel. — Meninas, sua avó está orgulhosa de vocês. Megan, acho que você fez tudo que estava ao seu alcance.

— Eu, não — disse Rose, baixinho. — Tem uma coisa que ela podia fazer se realmente quisesse.

Laurel franziu a testa. — O quê?

Os olhos delineados a lápis de Rose ficaram cheios d'água. — Ela podia *desistir* de voltar para Nova York. Ela podia ficar aqui.

— Todo mundo precisa seguir em frente, minha querida — explicou Laurel. Senti um aperto no peito. — Megan. Vocês. Até mesmo eu. — Ela ergueu as sobrancelhas para mim. — Cabe fazermos um pequeno brinde, não acha? Com algo especial?

— Pequeno — adverti. — Bem pequeno.

— Um golinho. Tenho um conhaque, do meu tio-avô, no escritório. Jubileu de Camus. Reservado para ocasiões muito especiais. Vou lá buscar.

Ela saiu, deixando-me com as gêmeas. É claro que, sabendo o que eu sabia sobre ela agora, entendi que ela poderia ter chamado qualquer um da sua dúzia de empregados para buscar. Laurel foi buscar o conhaque apenas para me deixar a sós com Sage e Rose.

— Só quero dizer que... — comecei.

— Não ouse nem *pensar* em vocabulário — advertiu Sage.

— Não vou. Vocês estão prontas. Não vamos mais nem tocar no assunto, eu já disse.

— Você gostou mesmo do meu cabelo? — perguntou Rose.

— Muito — garanti.

Sage sacou seu novo telefone celular do bolso traseiro da calça jeans.

— Enquanto estou pensando no assunto, me passa o número dos seus pais em Gladwyne.

Tomei um gole do vinho tinto para ganhar tempo. Que telefone dos pais na Filadélfia? Eu não sabia nem o código de área de lá.

— Pra quê? — perguntei, tentando parecer casual. — Você tem o meu celular.

— Caso você se mude ou vá para a Europa ou algo assim — explicou Sage. — Seus pais sempre vão saber onde você está. Então, me diz aí.

Foi um daqueles momentos em que a vida passa diante dos seus olhos. E fui salva pelo destino.

— Ai, merda, está descarregado — reclamou Sage. — Me lembre de pegar depois.

— Claro — concordei prontamente. *Amanhã*, disse a mim mesma. *Amanhã depois do exame. Você vai contar a verdade para elas.*

Suspirei aliviada quando Laurel voltou com o conhaque.

— Amanhã — brindou ela.

Eu tinha 75 mil dólares no bolso, o que fazia me sentir ótima, mas havia algo me incomodando lá no fundo. Há apenas oito semanas, eu detestava aquelas meninas, e com razão. Mas o ódio já havia se dissipado há muito tempo. Elas eram muito mais do que se poderia supor na primeira impressão. No entanto, eu era tão diferente da pessoa que elas julgavam conhecer. Como elas haviam se tornado corajosas o bastante para serem honestas uma com a outra, e comigo também, enquanto eu ainda estava há anos-luz de ser honesta com elas?

— A amanhã — concordei. Aquelas duas palavras haviam adquirido um significado especial agora. No dia seguinte, tão logo elas tivessem feito o exame, eu contaria tudo às gêmeas. — *Tim-tim*.

Escolha o par de palavras que mais se assemelha à seguinte analogia:

LUZ DO LUAR: CHAMPANHE

(a) morangos: champanhe
(b) filhotes: fofinhos
(c) sexo casual: tequila
(d) pegar sol: rugas
(e) rímel: cílios

trinta e quatro

Última noite no paraíso. Última caminhada na praia.

Eu podia sentir a areia fria sob meus pés descalços. Fitei o mar, que se estendia infinito e arroxeado sob o brilho prata da lua. Após ter me banqueteado com os minidonuts de Marco — acredite, nenhum ser humano, nem mesmo as gêmeas, poderia resistir a eles —, voltei com as meninas para casa. Verifiquei duas vezes os despertadores delas, brinquei que as estava colocando na cama como se fossem crianças e dei um abraço bem apertado em cada uma. Tomaríamos café da manhã juntas no dia seguinte e depois eu as levaria até o local da prova, em West Palm. Tentei não ficar pensando se elas me odiariam quando eu contasse a verdade. Um pensamento me consolava: assim que eu tivesse a chance de explicar, elas iam entender.

A noite estava fresca e soprava uma leve brisa. Apertei minha jaqueta jeans True Religion contra o peito e observei as ondas arrebentando na praia. Quando eu voltasse para a concretude de Nova York, será que conseguiria evocar as cores, reviver o efeito revigorante do ar marinho, relembrar o aroma inebriante das flores que perfumavam o ar de Les Anges? Será que conseguiria fechar os olhos e imaginar a silhueta iluminada de um navio no mar? Relembrar como a melodia vaga de uma orquestra, tocando uma música bem antiga, era carregada pelo vento até a praia?

A partir de amanhã à noite, tudo aquilo desapareceria da minha vida. Palm Beach não era minha casa — estava longe de ser —, mas mesmo assim ter que ir embora me entristecia. Por que será que para cada coisa que ganhamos na vida temos sempre que perder algo?

Quando dei por mim, notei que caminhava rumo ao sul, em direção a Barbados. Não poderia dizer que Will era algo que eu havia perdido, já que na verdade jamais o tivera. Não importava mais o que eu sentia — *havia sentido* — por ele naquele dia em Lake Okeechobee: tudo parecia remoto e distante, como um sonho.

Atravessei o cordão náutico entre Les Anges e a propriedade da família de Will. A uns 300 metros havia uma pequena construção em que eu não tinha reparado antes, iluminada por tochas a gás. Não havia mais ninguém na praia, então fui investigar. À medida que me aproximava, vi que a construção era uma cabana de telhado de palha, com um bar e umas poucas mesas espalhadas aleatoriamente sobre um terraço com tábuas de madeira. O que os moradores de Palm Beach faziam para recriar um lugar cujo produto interno bruto não chegava aos pés da fortuna de uma família local era pura ironia.

Comecei a cantarolar "One Love", de Bob Marley.

— Errou de ilha.

Virei, surpresa em ver Will caminhando pela areia usando um smoking sem gravata, a camisa branca aberta no colarinho. Ele parecia um daqueles caras do Rat Pack na década de 1960, como Frank Sinatra ou Dean Martin, cantores que meus pais contracultura detestavam. Os olhos de safira de Will reluziam sob a luz das tochas.

— Não tem uma *vibe* caribenha? — perguntou ele, simpático, como se fôssemos amigos casuais que se encontraram por acaso. — Foi ideia da minha madrasta. Ela e meu pai passaram a lua de mel em Barbados, como você já deve ter imaginado. Tenho certeza de que nem saíram do resort e conheceram a ilha de verdade, mas o que vale é a intenção. — Ele se sentou em um dos bancos do bar, enfiando as mãos nos bolsos. — Oi, por sinal.

— Oi. Há quanto tempo — respondi, fazendo uma careta. Eu tinha mesmo dito "há quanto tempo"? Eu? A rainha das tiradas inteligentes? — Adoro caras que passeiam na praia de smoking — acrescentei. Pronto. Agora estava melhor.

— Meu pai está dando uma festa para alguns compradores. Black-tie. Povinho bastante careta. — Ele esboçou um sorriso, mas não de alegria.

— Não é mesmo a clientela de Hanan, não é?

Will deu uma risada. — Meu pai ia preferir morrer do que exibir o trabalho de Hanan.

Enfiei o pé na areia. — Mas você prometeu. Ela está contando com você.

Will franziu a testa. — O que não é muito sábio da parte dela. — Ele foi para trás do bar. — Que tal um red stripe?

— Não devíamos estar em Barbados? Alguém não é lá muito bom em geografia.

— Minha madrasta, novamente. Não é o forte dela. Poucas coisas são. — Ele apanhou duas cervejas de um pequeno refrigerador, me passou uma e brindou. Nós dois demos longos goles. Will apoiou o cotovelo no bar. — Eu ia mesmo dar uma passada lá daqui a pouco.

Está bem, eu admito. Fiquei empolgadinha. — Que legal.

— Pra desejar boa sorte para as gêmeas amanhã — esclareceu ele. Ai.

— Acabamos de chegar de Londres — explicou. — Fomos para os leilões de inverno. Sotheby's. Christie's. Depois, Tajan, em Paris.

— Vida boa.

— Alguém tem que vivê-la. — Ele tomou outro longo gole. — Queria saber como elas estão. Se estão bem preparadas para o exame.

Corri o dedo pela garrafa de cerveja. — Sinceramente? Não sei. Mas sei que elas se mataram de tanto estudar.

— Isso é novidade.

— Vou te contar algo ainda mais impressionante. Laurel me pagou.

— Uau. Isso devia estar na manchete dos jornais. — Will saiu de trás do bar. — Vamos dar uma volta?

— Claro.

Nos dirigimos até a beira da água, caminhando em silêncio. Uma coisa que ele havia dito estava me incomodando. — Por que você disse naquela hora que não era sábio confiar em você?

— De vez em quando eu tenho ilusões de independência: abrir minha própria galeria, representar o tipo de arte que eu amo... — Ele deu de ombros. — Mas convenhamos, Megan. Eu sou um cara rico que nunca teve que se esforçar em trabalho nenhum. Para que me incomodar agora?

— Para provar que você é diferente do seu pai.

Ele me olhou de relance. — Para você?

— Para si mesmo.

— Ah.

Caminhamos em silêncio enquanto as ondas se desfaziam na praia.

— Quero te perguntar uma coisa, Megan Smith — disse ele, finalmente. — Aquela manhã na Worth Avenue. Aquele cara no café. E no baile de Natal. Quem era ele, afinal?

Um breve comentário editorial: mentir é cansativo.

De repente, fui tomada por um mal-estar. Queria afundar na areia e dormir, o que seria mais uma maneira de evitar o momento de contar a verdade.

Está bem. Sem cochilo na areia, então. Eu ia contar para Will agora e para as gêmeas no dia seguinte. Mas como começar? Por onde?

— Conheci James em Yale — disse, cautelosa.

— É, essa parte eu entendi. — Senti a tensão na voz de Will. — E?

— E houve uma época em que éramos... íntimos.

— Acho que saquei isso, também. Mas por que você simplesmente não me contou?

— Eu devia ter contado — concordei. — Quando cheguei aqui, depois das gêmeas terem aprontado aquela para mim na piscina, fiquei com ódio delas. E com ódio dos amigos delas. E *você* era um dos amigos.

— O que isso tem a ver com o cara de Yale?

Suspirei. — É que... — Estalei os dedos, coisa que não costumo fazer. — Presta atenção, é uma longa história.

— Tááá. — Will franziu a testa, chutando a areia enquanto caminhava.

— Até irmos visitar Hanan, eu não estava nem aí para você ou para o que você pensava. Mas, lá, tudo mudou.

Ele parou de andar e se virou para mim, esperando.

— Porque eu vi quem você era de verdade. — Parei de andar também. — E você era, você é, tão... tão... pensei que se você soubesse...

Nos filmes, este é o momento em que a mocinha freia subitamente sua grande confissão, e o galã a puxa para si e a beija com todo o ardor.

Senhoras e senhores, bem-vindos ao meu momento de filme.

Os lábios dele estavam nos meus, uma de suas mãos mergulhada no meu cabelo e a outra me puxando para ele. Tudo que eu havia imaginado, incluindo as minhas fantasias no banho, virou pó diante da realidade de tirar o fôlego daquele beijo. Uma imagem momentânea de Lily e de como eu o havia visto beijando-a também passou pela minha cabeça, mas Will tirou minha jaqueta e minha camiseta e todos os pensamentos se foram.

Will apoiou o paletó na areia e me deitou sobre ele. Logo, eu estava nua e ele também, e eu entendi todas aquelas metáforas cinematográficas sobre ondas quebrando na praia.

Tenho certeza de ter murmurado coisas que deixavam bem claro que eu realmente estava gostando muito do que estava acontecendo. Fiquei até mesmo feliz de ter "liberado o rosado" — e de Will ter sido o escolhido para apreciar, digamos, a minha arte.

Descobri que sexo na praia é realmente o máximo. O lance da areia realmente acrescenta certo... elemento tátil não necessariamente desejável, mas não nos atrapalhou nadinha, até porque repetimos a dose. O que posso dizer? Eu estava com muita tensão sexual acumulada.

Acho que adormecemos por um instante, com todo aquele ar fresco e a respiração ofegante da atividade aeróbica. Acordei nos braços de Will. Ele beijou minha testa. Depois, os lábios dele começaram a descer. Eu o puxei de volta.

— Vamos para a minha cama — sussurrei. — A gente entra escondido.

— Estou me sentindo no colégio — brincou Will. Ele se levantou e me ergueu. Coloquei minha camiseta e meu jeans, mas embolei a calcinha na jaqueta. De mãos dadas, caminhamos em direção a Les Anges. Ele parava para me beijar, para sussurrar o meu nome com sua voz rouca.

Subimos os degraus de pedra, atravessamos o deque da piscina e depois andamos pé ante pé até a porta da frente da mansão das gêmeas. Ele apertou minha bunda enquanto subíamos a imensa escada em caracol. Dei um tapinha nele e coloquei o dedo nos lábios, pedindo para ele fazer silêncio. No topo da escada, ele me puxou novamente para os seus braços e me deu mais um beijo estonteante.

Algo entre um gemido e um suspiro escapou dos meus lábios. Se o meu QI não tivesse descido até certo lugar abaixo do umbigo, eu provavelmente teria ficado constrangida. Mas, como ele estava lá embaixo, não fiquei.

Estava prestes a apontar o caminho para a minha suíte, quando as luzes se acenderam de repente. Sage e Rose estavam paradas na nossa frente, bloqueando a passagem. As duas usavam moletons da Juicy Couture. Havia uma dureza implacável no olhar delas, indicando que algo terrível havia acontecido.

— O que houve? — perguntei. — Por que vocês não...

— Como você pôde? — perguntou Rose, pálida apesar de todo o bronzeado.

— Já sabemos de tudo — disse Sage, me encarando com ódio puro.

Escolha o melhor antônimo para a seguinte palavra:

SUCESSO

(a) fracasso

(b) devastação

(c) sem noção

(d) fracasso devastador sem noção

(e) todas as opções acima

trinta e cinco

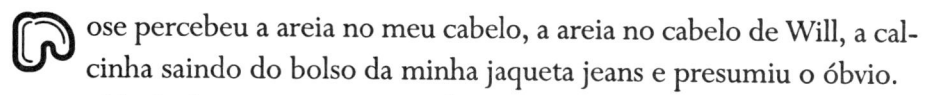

Rose percebeu a areia no meu cabelo, a areia no cabelo de Will, a calcinha saindo do bolso da minha jaqueta jeans e presumiu o óbvio.

— Vocês dois estavam transando na praia.

Will e eu continuamos parados. Os indícios eram inegáveis.

— Quer saber quem você acabou de foder? — Sage perguntou a Will, irada. — Ou, melhor, quem está te fodendo?

Foi então que vi o que estava pendurado num cordão na mão esquerda de Sage.

O meu pen drive. Meu Deus do ceu. O meu pen drive. Como pude ser tão burra? Tinha apagado todas as anotações sobre Palm Beach do computador depois de termos assistido ao nascer do sol na manhã de Ano Novo. Tinha até mesmo esvaziado a lixeira do computador. Mas me esquecera da cópia no pen drive. Elas devem ter lido cada uma das malditas anotações feitas durante as seis semanas em Palm Beach.

— Do que ela está falando? — perguntou Will.

Sage deu um sorriso glacial e girou o pen drive. — Você quer contar a ele, Megan? Ou prefere que a gente conte?

Eu queria vomitar, ou sair correndo, ou cair de joelhos e implorar perdão. Mas, é claro, não podia fazer nada disso. Fiquei lá parada enquanto as gêmeas contavam como haviam descoberto tudo.

Depois que eu saí para passear na praia, as duas ficaram muito nervosas para dormir, explicaram elas. Então, foram até o meu quarto para conversar. Como eu não estava lá, decidiram revisar algumas questões para a prova, só para passar o tempo.

— Ligamos seu iBook para ver alguns exemplos — disse Rose. — Não encontramos nenhum arquivo, e então vimos isso aqui.

Sage ergueu o meu pen drive. — Então, conectamos no notebook, e o que você acha que encontramos, Will? — perguntou ela. — Arquivos. Com nossos nomes.

— E o seu nome também, Will — acrescentou Rose.

Olhei para ele, pela primeira vez. Seu rosto transbordava de sentimentos e eu podia traduzir todos. Suspeita. Dúvida. Esperança de que não fosse verdade. Medo de ser.

— Pergunta só a ela o que tem nos arquivos — pressionou Sage.

— Não precisa perguntar, Will. Eu conto. — Meus joelhos estavam fracos, mas fui em frente. — São anotações. Para uma matéria que eu ia escrever sobre Palm Beach. Mas eu mudei de ideia e desisti. Deletei tudo do meu HD. Mas, pelo visto, esqueci de deletar do pen drive também.

Vi a expressão de Will mudar da confusão para a raiva. — Você realmente espera que a gente acredite nisso, Megan? Uma garota sagaz como você "esqueceu" de apagar o backup?

— É verdade — insisti.

— *Verdade?* Meu Deus, Megan. — Sage deu um riso sarcástico. — Você fingiu ser nossa professora, fingiu ser nossa amiga, quando na verdade, o tempo todo, foi tudo um plano para ferrar com a gente numa revista.

— E você quer saber o que ela disse a seu respeito, Will? — perguntou Rose, numa fúria glacial. — Que você é um ex-veterano patético que anda com garotas que ainda estão no colégio. Que o que os outros chamam de estupro presumido você chama de se dar bem.

— Você escreveu isso? — perguntou ele.

— Eu posso explicar — disse, repetindo o velho clichê de quem é pego no flagra. — Fiz essas anotações antes de te conhecer direito. Eu estava sendo escrota porque estava com raiva, como disse na praia. — Virei-me para as gêmeas. — Quando vim para cá, foi realmente para ser professora de vocês. Eu não tinha outra intenção.

— Ah, fala sério — debochou Rose. — Quem é você, afinal? Qual o seu nome? Não é Megan Smith nem fodendo.

— Mas *é* Megan Smith — respondi, quase chorando.

— Sei — retrucou Sage. — Tô sabendo. E de onde você saiu, Megan Smith?

Engoli seco. — Fui criada em Concord, New Hampshire. Frequentei a escola pública. Meu pai é professor da Universidade de New Hampshire. Minha mãe trabalha como enfermeira.

— Então você não é da Filadélfia — afirmou Will. Ele resmungou baixinho. — Sabia que tinha algo de errado.

— Na verdade, eu nunca disse que era da Filadélfia — respondi, numa tentativa pífia de me explicar. Virei para as gêmeas. — Foram vocês duas que jogaram meu nome no Google e cismaram que eu era uma garota rica de lá. Beleza, eu não corrigi. Mas, se tivesse contado a verdade, vocês nunca teriam estudado comigo.

— Mas, depois que começamos, você também não corrigiu o erro, né? — comentou Sage, me colocando contra a parede.

— Não — respondi, arrasada. — Não corrigi.

— Nem mesmo depois de supostamente ter apagado suas anotações?

Balancei a cabeça. Contra fatos não há argumentos. Olhei de relance para as gêmeas. Rose parecia estar prestes a cair no choro. Sage, por outro lado, estava obviamente disposta a cometer um homicídio.

— Megan, tem uma coisa que eu não entendo — murmurou Rose.

— O quê?

— Se você não é a garota da Filadélfia e não é rica, onde conseguiu todas essas roupas?

— Com Marco. Ele me ajudou.

— Vovó vai saber disso — disse Sage, estreitando os olhos.

Não adiantava grande coisa contar que a avó delas já sabia. Sage ia descobrir em breve.

— Por que você fez isso? — perguntou Will, atordoado. — Por que contou tantas mentiras?

— Eu tentei te contar antes... na praia. Era o que eu estava tentando falar antes da gente, você sabe. — Balancei a cabeça, tentando não pensar na cena da praia que me veio à mente. — Quando cheguei, não tinha nem noção do que tinha vindo fazer aqui. Mas, naquela primeira noite, quando elas me sacanearam e...

— Peraí — interrompeu Will. — Você está tentando colocar a culpa nas gêmeas?

— Não — respondi. — Quer dizer... Tá, eu fiz a pesquisa. Também fiz as anotações. Mas...

— Você desistiu de escrever — completou Rose, terminando minha frase num falsete debochado.

— Eu estou falando a verdade, Rose — insisti, ouvindo minha voz embargada. — Eu queria muito... queria que vocês realmente acreditassem em mim.

Sage fez uma careta. — Por que deveríamos? Você mentiu pra cacete.

— Porque se você olhar no meu iBook, vai ver que não tem nenhum arquivo. E tem duas semanas que eu não escrevo nada!

— Porra, Rose, ela usou a gente — concluiu Sage. — E ainda queria ganhar dinheiro às nossas custas.

— Mas olha todo o meu esforço com vocês — observei. — Aconteceu de verdade!

— Qualquer um poderia ter feito isso — rebateu Rose, num tom monótono. Ela apanhou o pen drive da irmã e jogou em cima de mim. — Eu *confiei* em você.

O que dizer? — Desculpa, desculpa *mesmo*. — Tentei segurar a mão dela, mas Rose recuou, ofendida.

— E eu estou cagando — respondeu ela, cuspindo as palavras.

— Megan? Aquele cara, James. Ele está envolvido nisso também? — Ele leu a resposta nos meus olhos. — Caralho — murmurou ele, como se pensasse alto. — *Está*, né.

— Quem é James? — perguntou Sage.

— Pergunte à sua professora — respondeu Will.

Não havia nada que eu pudesse falar ou fazer, nenhuma explicação que pudesse dar, capaz de fazer com que os três compreendessem. Era uma causa perdida. Mas eu não queria que as meninas se prejudicassem mais ainda.

— Desculpe todo sofrimento que fiz vocês passarem — disse a elas. — Não deixem que a raiva que estão sentindo de mim estrague a prova de vocês amanhã.

— Você está pouco se lixando — bufou Rose. — Daqui a pouco, vamos ver nossa vida estampada nas páginas da merda da *Scoop*.

Por um segundo, me perguntei o que mais elas sabiam a meu respeito. Será que tinham feito a ligação com a *Scoop* também? — Eu sei que você não acredita em mim, Rose, mas eu realmente gosto de vocês. Gosto mesmo. E Will...

Ele balançou a cabeça. — Megan, se é que esse é seu nome mesmo, chega. Seja lá o que você vai dizer, na boa... chega.

Ele virou de costas e desceu as escadas. Sequer cogitei ir atrás dele.

— Vamos para os nossos quartos agora — disse Rose. — Quando a gente acordar amanhã, acho bom mesmo você já ter ido embora.

Acabou assim. Voltei para minha suíte e fechei a porta. Sem conseguir pensar direito em nada, pedi um táxi para o aeroporto, tomei uma chuveirada, vesti meu horrendo conjuntinho número dois da Century 21 e arrumei minhas coisas. Não demorei muito, já que estava levando de volta para Nova York apenas o que tinha trazido comigo. Todo o resto — as roupas que Marco me emprestou, as que as meninas me deram, a maquiagem, os acessórios, as joias, até mesmo a chapinha — empilhei direitinho em cima da cama. Por cima de tudo, coloquei o cheque de Laurel, o cartão da conta bancária que Laurel abriu para mim e o pen drive.

Escrevi um bilhete para Marco também. Ele se tornou meu amigo quando eu mais precisei. E o que eu tinha feito? Eu o tinha usado. Um pedido de desculpas parecia altamente inadequado, mas eu o fiz mesmo assim.

Então, com exatamente as mesmas roupas que cheguei a Les Anges, com a mesma mochila nas costas, me dirigi até o portão de entrada para pegar o táxi, parando apenas para passar o bilhete por baixo da porta do chalé de Marco. Estava deixando para trás tudo que conquistei em Palm Beach — tudo, incluindo meu coração.

Identifique o erro, se houver, da seguinte sentença:

(a) A <u>sorte</u> é um conceito que parece (b) <u>vago e teórico</u>, mas (c) <u>que</u> na verdade desempenha um papel na vida da maioria das (d) <u>pessoas</u>.
(e) Não há erro

trinta e seis

Enfiei as mãos nos bolsos para protegê-las do frio cortante enquanto subia os degraus da estação de metrô Astor Place, no centro da cidade.

A noite anterior tinha sido a pior de toda a minha vida. Mostrar minhas partes íntimas para metade de Nova York e ter meu apartamento queimado não chegava nem perto. Tentei me acomodar no aeroporto de Palm Beach até as seis e dez da manhã, quando finalmente consegui embarcar num voo para o La Guardia. Fui jogada num purgatório da classe econômica, entre um bebê que não parava de chorar e um sujeito com deficiências higiênicas. Isto me fez lembrar de uma das minhas primeiras aulas de vocabulário com as meninas — uma lembrança que me fez sorrir antes de descobrir que meu queixo estava tremendo.

Havia uma tevê na frente do meu assento, mas não consegui assistir. Tudo que conseguia fazer era pensar em como eu havia bagunçado não só a minha vida, mas a de um monte de gente também. Torcia para que Rose e Sage estivessem no local da prova em West Palm. Desejei com todas as minhas forças que elas pudessem esquecer o acontecido do dia anterior e se empenhar de verdade para obter um bom resultado.

O clima em Nova York estava cinzento e dez graus mais frio do que em Palm Beach. Eu estava cercada pelos rostos pálidos de uma mão de obra urbanoide que não pegava muito sol. Quando alcancei o topo da escada da estação Astor Place, a tempestade de inverno que ameaçava desabar desde que aterrissei me atingiu em cheio, como um tapa na cara. Uma rajada gelada agrediu meu rosto; a neve carregada pelo vento se acumulou nos meus cílios. Eu estava sem luva, sem bota, cachecol, chapéu ou casaco. Quando parti às pressas de Nova York há dois meses, esqueci completamente de que ia voltar em pleno inverno.

Um senhor de meia-idade com um casaco comprido correndo até a escadaria do metrô me deu um esbarrão; escorreguei na calçada molhada. Caí pesadamente no chão, aterrissando a bunda em uma daquelas poças feitas de neve, lama e xixi de cachorro que parecem gritar *inverno em Nova York*.

Bem-vinda ao lar.

Absolutamente encharcada, batendo os dentes, segui andando a duras penas, passando pelas lojas e restaurantes baratos e chiques em St. Mark's Place. Quando alcancei a East Seventh Street, os sinos da St. Stanislaus começaram a tocar enquanto eu entrava no meu antigo prédio. Não cheirava mais a fumaça, mas, sim, aos pratos típicos preparados pelos seus moradores: repolho recheado da senhora polonesa do térreo, *borscht* caseiro da família russa do terceiro andar, uma certa erva da boa dos rastafáris do quarto andar.

Finalmente, cheguei até minha porta. Já não era sem tempo. Minha bunda tinha virado uma escultura de gelo.

Tinha ligado para Charma do aeroporto para avisá-la de que estava chegando em casa mais cedo. Como ela não retornou a ligação, imaginei que estivesse fora, em uma de suas turnês de teatro infantil. Mas, quando destranquei as três fechaduras e abri a porta, me deparei com Charma completamente nua e *enroscada* com o cara da camiseta Wolfmother, que ela havia conhecido no parque, naquele domingo remoto quando roubaram minha mochila.

Dei um passo para trás, de volta ao corredor e bati a porta. — Foi mal, gente! — berrei do outro lado. — Depois eu volto!

— Não, espera, calma aí! A gente vai se vestir! — gritou Charma de volta.

Estava tão gelada e deprimida que esperei. Alguns momentos depois, Charma abriu a porta, vestida num roupão verde. Vi Wolfmother atrás dela, lutando para fechar o zíper da calça. Pelo visto, minha entrada surpresa não havia murchado seu entusiasmo ainda.

— Desculpa mesmo! — repeti, entrando no apartamento.

Charma riu. — Por que você está sem casaco? Troca de roupa que eu vou fazer um chá. — Fui direto para o banheiro e apanhei meu outro conjunto da Century 21 da mochila, grata por ele estar seco, mas deprimida toda vida por estar tendo que colocá-lo mais uma vez. Estendi minhas roupas molhadas no varal do chuveiro.

— Bem melhor — aprovou Charma, assim que saí do banheiro. Ela me deu um abraço apertado. — Bem-vinda de volta! Megan, este é Gary Carner. Gary, esta é a amiga que mora comigo, Megan.

Ele abriu um sorriso e apontou para mim. — É você que me chama de Wolfmother, não é? Por causa da camisa que eu estava usando no dia em que conheci Charma.

— A própria — admiti. — Eu liguei para avisar que ia chegar mais cedo — disse a Charma. — Eu devia ter...

— Sem problemas — interrompeu Wolfmother. — A gente só estava deixando rolar.

Charma sorriu amorosa para Wolfmother e colocou a chaleira na cozinha. Andei por um apartamento onde somente as quatro paredes me pareciam familiares; todo o resto era completamente novo para mim. Os móveis arruinados que encontramos no lixo haviam sido substituídos por uma mobília chique da década de 1960, que pertencera à avó de Charma. Havia outra surpresa: o que antigamente era o quarto de Charma antes do incêndio agora havia sido dividido em dois espaços menores por uma divisória. Havia uma cama de solteiro em cada quartinho. Percebi de cara qual era o meu — o que não tinha roupas e óleo de massagem espalhado por todo canto.

— Gostou? — perguntou Charma, me passando uma caneca.

Depois da minha suíte na mansão das gêmeas, aquilo parecia duas celas de prisão. Não, melhor. Dois caixões.

— Ficou ótimo — respondi, tentando disfarçar meu desânimo.

— Charma grita muito quando a gente transa — disse Wolfmother. — Acho que essa divisória não vai adiantar grande coisa. O lance vai ser aumentar o volume do seu iPod.

— Vocês não costumam ir para a sua casa? — perguntei a ele, bebendo meu chá e tentando parecer casual.

— Tive um lance com a pessoa que mora comigo — explicou Wolfmother. — Então, a gente fica mais por aqui mesmo.

Voltamos para a cozinha e sentamos na nova — pelo menos para mim — mesa de fórmica verde.

— Por que você veio para casa antes? — perguntou Charma. — Pensei que fosse voltar só amanhã.

— Eu também pensei que fosse voltar só amanhã — confessei.

— E?

Talvez eu tivesse contado tudo para Charma, se Wolfmother também conhecido como Gary, também conhecido como Gary Boca Frouxa, não estivesse coçando o saco com o qual eu já estava mais familiarizada do que gostaria ali, na minha frente.

— Rolou um problema lá e tive que voltar. Foi isso.

Charma me olhou fixamente. — Como assim, "um problema"? Você ainda vai receber o dinheiro se as gêmeas entrarem na Duke, não vai?

— Como se isso fosse acontecer! — exclamou Wolfmother, rindo. — Charma me contou da tua parada e eu vi o lance com as duas na *Vanity Fair*. Ri pra cacete.

— Na verdade — disse, aquecendo minhas mãos na caneca —, elas têm uma chance de conseguir.

— Pelo que sei, ter algum QI é um dos pré-requisitos obrigatórios — opinou Wolfmother.

— Megs, você não respondeu à minha pergunta — disse Charma. — Você vai receber o dinheiro ou não?

Balancei a cabeça.

— Peraí, como assim? — perguntou Charma. — Você se matou de trabalhar para eles te foderem depois?

— Não, gata, quem *te* fodeu fui eu. — Wolfmother se inclinou para beijar Charma, depois sorriu para mim. — Charma descobriu o ponto G dela ontem. Não é de matar?

De matar? Eu queria era matá-lo.

— Uau — arrisquei.

— Você imaginava que elas fossem fazer essa sacanagem com você? — perguntou Charma. Ela apontou para Wolfmother. — E não me venha falar que quem fez sacanagem comigo foi *você*! — Ela deu uma risadinha.

— De jeito nenhum. Quer dizer... — interrompi para beber o chá. — No início, foi um horror. Elas só faziam me insultar. Tive que me repaginar inteira para ser aceita. Em Palm Beach, ou você é uma diva com cabelo e maquiagem impecáveis, usando roupas de grife, ou faz parte da criadagem. É toda uma subcultura que eu nunca tinha visto na vida.

— Me amarro nessas paradas da elite! — vociferou Wolfmother. — Conta mais.

— Os adolescentes de Palm Beach têm todas as falhas que você puder imaginar — comentei.

— Você chegou a frequentar as festas deles? — indagou Wolfmother.

— Fui a três bailes de caridade nas últimas seis semanas e perdi o dobro disso. — Balancei a cabeça, relembrando a loucura que era tudo aquilo.

— E você chegou a conhecer muitos dessa garotada pessoalmente? — perguntou ele.

— Melhor do que jamais poderia supor.

Wolfmother coçou o queixo e olhou para mim fixamente. — Charma me contou que você trabalhava na *Scoop* antes de ir para a Flórida.

— Hum, hum.

— Você escreveu coisas mais sérias do que isso?

— Quando estava em Yale. — Bocejei, percebendo que estava realmente cansada.

— Charma te disse o que eu faço da vida?

Terminei meu chá e coloquei a caneca na pia. — Não.

— Trabalho como editor numa revista. A *Rockit*. Engraçado, nunca te vi lá no prédio.

Meu cansaço evaporou imediatamente. Wolfmother era editor da revista para qual eu queria escrever? Por mim, ele e Charma podiam trepar a noite inteira, todas as noites, e eu ainda ia bancar a torcida-organizada-de-um-membro-só se ele me desse a oportunidade de lhe mostrar meus textos.

Tentei permanecer calma. Pelo menos por fora. — É uma revista incrível.

— Eu adoraria ler o que você tem para contar sobre sua experiência — sugeriu ele. — Se você estiver interessada.

Meu Deus. *Se eu estava interessada?* Eu tinha material suficiente para cinco artigos. — Com certeza.

— Você conhece nossa linha editorial, né? Sem meias palavras. Pode contar tudo. Quanto mais suculento, melhor. Sexo, drogas e rock and roll. Se ficar bom, posso colocar como destaque. Dez a 12 mil palavras, que tal?

Dez a 12 mil palavras? Aquilo era coisa séria. Do tipo que pode lançar a carreira de qualquer um.

— Parece interessante — comentei, despretensiosa, como se aquilo não fosse nada de mais e me oferecessem para fazer um artigo de destaque na *Rockit* todo dia.

— Manda ver, Megan — incentivou Charma. — É exatamente o tipo de coisa que você vivia dizendo que queria escrever.

Wolfmother e Charma decidiram tomar café da manhã no San Loco, mas eu declinei do convite para acompanhá-los. Tudo que eu queria era um banho bem quente. Naturalmente, não tinha água quente. Então, tentei dormir, mas mesmo estando exausta, foi uma causa perdida. Tinha me acostumado com o barulho do mar e dos pássaros nas palmeiras, não mais com a barulheira dos caminhões de lixo e das ambulâncias berrando pela First Avenue a cada cinco minutos.

Mas o que estava realmente tirando meu sono era a algazarra na minha cabeça. Eu estava desempregada e sem dinheiro. Wolfmother me oferecera um salva-vidas. Eu teria que ser muito idiota para recusar.

Peguei meu iBook, coloquei dois travesseiros nas costas e liguei. Não tinha mais o meu pen drive, mas sabia que não ia precisar dele. Tudo que eu precisava lembrar estava dentro da minha cabeça. Abri um documento novo e digitei:

LIÇÕES PARA GAROTAS PODRES DE RICA
Por Megan Smith

Se uma garçonete trabalha em um turno de seis horas, ganhando $2,10 por hora mais as gorjetas, e se suas gorjetas somam em média $11,00 a hora, quanto ela ganha em média por noite?

(a) $78,60

(b) $67,80

(c) $76,80

(d) $68,70

(e) Que diferença faz? Ela jamais vai conseguir pagar o aluguel mesmo.

trinta e sete

ocê gostaria de molho no seu *kasha varnishkes*? — perguntei para o cara com cabelo moicano azul. Ele usava um suéter preto de lã todo esburacado por cima de uma camisa arrastão. Notei uma pequena tatuagem de caveira no seu pomo de adão. Ele estava com uma menina de cabeça raspada com alargadores na orelha do tamanho de pratos de sobremesa.

— Manda ver — respondeu Moicano, bebendo o café expresso que eu havia trazido para ele e para a Garota do Alargador.

— E duas doses de vodca — pediu a menina. — Para nós dois.

Eles estavam sentados em uma das oito mesas que eu atendia desde que comecei a trabalhar como garçonete no Tver, o bar e restaurante russo que tinha preços bastante acessíveis na East Tenth Street, perto da Avenue B. Comecei dois dias depois de ter voltado da Flórida e aquele era o meu terceiro dia de trabalho; estava torcendo para que Vadim, o dono, me colocasse logo para atender as mesas maiores. Garçonetes vivem de gorjetas. Mais fregueses significa mais dinheiro, coisa que eu — sem o cartão de banco que Laurel me dera — precisava desesperadamente.

Falida era pouco. Tinha voltado com duzentos dólares em cash, do dinheiro que eu recebera para minhas despesas pessoais. Usei uma parte para comprar maquiagem barata na Duane Reade e roupas quase tão baratas no brechó Sacred Threads, que ficava a um quarteirão da minha casa. Você não faz ideia das preciosidades que as pessoas jogam fora.

Consegui convencer Vadim que eu não era uma daquelas garotas de vinte e poucos anos moderninhas, típicas do East Village, que iriam perder a linha e não aparecer para trabalhar. Ele me ofereceu a vaga no mesmo dia em que o procurei. Infelizmente, em termos de vestuário, o estabelecimento ainda estava preso na era soviética — éramos obrigadas a usar um uniforme preto e branco com o avental mais feio do mundo. Se a mulher tivesse um quadril avantajado, o que graças ao conjunto da obra de Marco eu certamente tinha, o tecido brilhoso só servia para torná-los ainda maiores.

— Stoli? — perguntei à Garota do Alargador, caneta em punho sobre meu bloco de pedidos. Vadim instruíra todas as garçonetes a sempre perguntar se os clientes queriam a marca mais cara da bebida escolhida. Eles nunca queriam.

O Moicano me olhou como se eu fosse maluca. — Se quiséssemos Stoli, acha que estaríamos comendo *aqui*?

— Vodca da casa — confirmei, anotando no meu bloco. — Vou trazer suas bebidas em um instante.

— Traga uma porção extra de picles — acrescentou Moicano, limpando o salão com o dedo enfiado na narina esquerda.

Disfarcei minha ânsia de vômito. — É pra já.

Eu sabia que tinha tido sorte em conseguir o emprego, já que me candidatei sem nenhuma experiência. Meu turno ia de quatro da tarde até meia-noite, quando o restaurante geralmente estava movimentado. Por ser um dos únicos lugares no East Village onde ainda se podia comer e beber por menos de vinte dólares, o Tver era bastante popular. Graças ao barulho dos fregueses e dos velhos hits de Blondie berrando no aparelho de som, eu era obrigada a gritar meus pedidos de bebida para Vitaly, o filho mais velho de Vadim. Depois, eu seguia para a cozinha e deixava meu pedido de comida com Sergei, o primo do dono. Tver era um empreendimento bastante familiar.

Coloquei um copo sob a máquina de Diet Coke, enchi até a metade e bebi depressa, antes de voltar para o salão. Meus pés latejavam de dor e eu tinha a sensação de que alguém estava cutucando minhas costas com um atiçador em brasa. Trabalhar como garçonete não era nada, nada fácil. Lamentei minha decisão de não malhar em Palm Beach; eu devia estar pelo menos uns cinco quilos mais pesada.

Empurrei as costas com as mãos e depois me inclinei para tocar o chão. Boris me olhou com cara feia. Ele só era legal com garçonetes russas três vezes mais ágeis e quatro vezes mais eficientes do que eu.

Então, de volta ao batente. Esta provavelmente devia ser minha última mesa antes de James chegar. Tinha ligado para ele mais cedo, pedindo para que me encontrasse no bar à meia-noite e meia. Embora meu turno terminasse à meia-noite, eu tinha que encher novamente os jarros de picles, os saleiros, os pimenteiros e as embalagens de ketchup e mostarda, bem como repor o estoque de fatias de limão, laranja e azeitonas do bar antes de sair. Geralmente, eu fazia tudo isso o quanto antes, para poder voltar para casa e desmaiar de cansaço.

Naquela noite, porém, ia me encontrar com James. Não tinha visto nem conversado com ele desde que cheguei a Nova York havia quatro dias. Liguei para ele no trabalho. E, para ser sincera, ele não me pareceu muito animado com a minha ligação. Eu tinha a ligeira impressão de que nosso namoro havia chegado ao fim, e não falava só por mim, não. Mas não estava numa de me lastimar. Ele havia sido bom para mim e eu esperava ter sido boa para ele, numa determinada época de nossas vidas. No entanto, o término de um relacionamento sempre dói, mesmo quando você sabe que é a coisa certa a fazer.

Servi a vodca e os picles para o Moicano e a Garota do Alargador, levando em seguida seus pratos. Depois, levei uma fatia de bolo de semente de papoula e café para um casal gay de meia-idade vestindo roupas de couro, que aparentemente havia se perdido no caminho e parado ali. Os dois tinham a testa congelada em uma expressão de surpresa perpétua, o que eu agora, graças a Marco, sabia ser resultado de um lifting malfeito.

Enquanto adiantava meu serviço, fiquei de olho para ver se James chegava. A vida é tão engraçada. Há um ano, eu estaria esperando por ele ansiosa — feliz, até. Agora, a única coisa que eu sentia era apreensão.

Estava terminando com as azeitonas no bar quando James entrou pela porta da frente. Ele estava vestido de acordo com o clima — chapéu, luvas, pesado sobretudo de cashmere. Por um momento, experimentei novamente a velha euforia da paixão. Mas era como sentir dor em um membro fantasma, algo que não existia mais.

— Cara, está um gelo lá fora — disse ele, me cumprimentando.

— Oh, eu só tenho que fechar minhas últimas duas mesas e entregar as contas — avisei. — Não vou demorar.

Ele foi até o bar, pediu um uísque on the rocks e ficou me observando trabalhar. Olha só, eu tenho um ego — detestei estar usando aquele maldito uniforme pavoroso. Mesmo não estando mais apaixonada por ele, ainda queria que a última imagem que guardasse de mim fosse "Cara, ela está linda" e não "Cara, ela deu uma boa engordada".

Finalmente, terminei e sentei num banquinho ao lado de James. Vitaly me olhou de relance.

— O de sempre, Megan? — perguntou ele.

Assenti com a cabeça. Na primeira noite de trabalho, quando terminei meu turno, pedi um flirtini e Vitaly olhou para mim sem compreender. Não só o seu inglês ainda era capenga, após apenas dois anos nos
Estados Unidos, como ninguém na história do restaurante havia pedido
um flirtini e provavelmente — exceto eu — ninguém jamais iria pedir.
Eu lhe disse os ingredientes e ele fez um drinque bem generoso, colocando a sobra em outro copo. Tomou um gole para provar e decretou que era
algo que soava como *taxi-bien* que, aprendi no dia seguinte, significava
"mais ou menos" em russo. Em russo, "mais ou menos" é um elogio e
tanto.

— Então... De acadêmica à garçonete — disse James, comentando o
óbvio.

— E minhas costas estão me matando. Caí tanto de nível que só podia
mesmo estar toda dolorida, né?

Ele não riu. Parecia triste.

Bebi metade do meu flirtini em um só gole. Lembrei do primeiro que
tomei, no baile Vermelho e Branco. — Sei que nos despedimos mal em
Palm Beach — disse. — Tenho pensado muito sobre...

— Olha só... — Ele terminou seu uísque. — Não sei como te dizer
isso, a não ser dizendo de uma vez. Estou gostando de outra pessoa.

Peraí, outra *pessoa*? Tipo *Heather*? — Heather? — perguntei, sem
sequer tentar disfarçar meu desgosto perante a ideia. — Eu sabia que ela
continuava dando em cima de você...

— Não é Heather. — Ele sorriu. — Embora você tenha razão.
Depois que ela voltou de Turks e Caicos, veio me dizer que achava que
você tinha alguma coisa com aquele tal de Will, que só estava me contando porque era minha amiga e tal.

Murchei visivelmente. Teria sido tão mais fácil se eu soubesse fingir
uma indignação hipócrita.

— E aí ela tentou me beijar.

Opa. Senti a indignação chegando. Como ela ousou tentar beijar meu quase namorado?

— Mas eu já tinha conhecido outra pessoa. Na festa da *East Coast*, na véspera do Ano-Novo — explicou James.

— Ela é escritora — sentindo que murchava novamente. Uma escritora muito mais talentosa do que eu e sem dúvida, um clone de Heather: alta, loira, atlética e com um corpaço, ganhadora do prêmio PEN/Faulkner. O tipo de escritora que o editor contrata Annie Leibovitz para fazer a foto e a amplia para cobrir toda a contracapa do seu romance. O tipo de escritora que faria os pais de James chorar de alegria por terem se livrado de mim.

— Na verdade, ela estava no bar preparando os coquetéis da festa.

Vitaly serviu mais uma rodada de drinques para nós. Tomei um gole demorado do flirtini número dois.

— Fazendo laboratório para seu próprio romance? — perguntei.

— Shoe-Shoe não é escritora. Ela acaba de se formar num curso de massagem terapêutica.

— É pintora? — chutei. — Atriz? Música?

— Não.

James havia se apaixonado por uma massagista. — Como é mesmo o nome dela?

— Shoe-Shoe. — Ele tomou um gole do seu segundo uísque. — Se escreve X-I-U X-I-U. Seu nome verdadeiro é Emily, mas ela adotou esse depois de uma viagem realmente impactante para Taiwan, ano passado. O nome apareceu em um sonho. Ela é tão *autêntica*, Megan.

Logo quando você acha que conhece bem uma pessoa... Só de imaginar Xiu-Xiu, a bartender-barra-massagista-tão-autêntica, sendo apresentada para a mãe esnobe de James, fiquei nas nuvens.

Certa vez, em uma rara conversa franca, minha tão brilhante mãe havia me dito que grande parte — possivelmente a maioria — dos homens muito inteligentes gostam de dizer que querem uma mulher igualmente inteligente. Mas, no fim das contas, eles acabam escolhendo alguém que não representa nenhuma ameaça. Meu pai, disse ela, era um dos poucos homens brilhantes que realmente queria uma mulher brilhante ao seu lado.

Pelo visto, James não era assim.

Sorri para ele. — Espero que você e Xiu-Xiu sejam muito felizes.

— Olha, obrigado por levar tudo numa boa. — Ele apertou a minha mão. — E você, como está?

Dei de ombros. — Estou deixando a vida me levar.

— Não está com ninguém? Nem com aquele Will? Heather não estava na pista certa? — brincou ele.

Eu pensava até demais em Will. Era como catucar uma cárie com a língua quando não se tem dinheiro para ir ao dentista. Doía, eu sabia que era melhor não fazer, mas mesmo assim continuava fazendo. — Sem chance — respondi.

— Que pena. — James terminou seu uísque e enxugou os lábios com um guardanapo de papel. — Detesto te ver trabalhando num lugar assim, sabe. Você devia realmente repensar o lance do artigo.

— Ah, eu repensei — garanti.

— Sério? — Ele me pareceu surpreso e orgulhoso ao mesmo tempo.

— Para a *Rockit*. Um dos editores quer dar uma olhada. Devo terminar o rascunho até o final da semana que vem. Doze mil palavras.

— Doze mil? — Ele assoviou. — Isso é ótimo. Olha, se você quiser que eu dê uma lida antes de mandar...

— Não precisa.

Ele deu um sorriso melancólico, como se percebendo que o tempo em que líamos e editávamos um o trabalho do outro havia ficado para trás.

— Vamos?

Vitaly disse que nossos drinques eram por conta da casa. Agradeci, fui até a cozinha bater o ponto e enfiei os braços na jaqueta de náilon apertada demais para fechar o zíper que Charma havia me emprestado. Eu ficava igual àquele boneco da Michelin. James e eu caminhamos juntos pela Avenue A no sentido da East Seventh Street e depois até a porta do meu prédio. Olhei para a escada de incêndio e me lembrei de como havia ficado com tudo de fora diante de metade dos vizinhos, há apenas nove semanas. Parecia um século.

— Tudo certo com seu apartamento agora? — perguntou ele.

— Tudo direitinho.

— Bem... — Ele abriu os abraços e eu me aninhei neles. Por um instante, quis permanecer lá, naquele lugar, que durante tanto tempo havia sido bom e seguro. Mas as coisas mudam. Queria aquele aconchego, mas sabia que não haveria de encontrá-lo mais em James.

— Boa sorte com Xiu-Xiu. Boa sorte com tudo — disse, de coração.

— Para você também, Megan. Não vejo a hora de ler seu artigo na *Rockit*.

Sorri. — Eu também.

Estava frio e escuro. Mas fiquei parada nos degraus da entrada, vendo James ir embora.

Escreva uma dissertação defendendo ou criticando a seguinte afirmação:

Discussões entre irmãos são inevitáveis. Faz parte da natureza biológica: eles competem pela atenção e pelo amor dos pais. Os membros da família não devem interferir nas brigas, por elas serem um fenômeno comum e compreensível.

trinta e oito

No dia seguinte, em um breve, porém significativo lapso de insanidade, concordei em encontrar minha irmã na sua academia fodona na Upper West Side. Cheguei a pensar em mandar um cartão-postal alegando despertar espiritual e retiro em um *ashram* em Katmandu, mas com o carimbo do correio de Manhattan e por termos os mesmos pais e tal, sabia que ela ia descobrir que eu estava em Nova York.

Por onde começar? "Fui despedida do meu emprego em Palm Beach." Não é uma abertura e tanto? Que tal então: "Só por curiosidade, aquele cara que você conheceu no réveillon beijou alguma coisa além da sua boca?" Na boa, era melhor deitar no meu caixão e passar logo os pregos e o martelo para ela.

Sob vários aspectos, nada ali era novidade. Lily conseguiu trabalhar como atriz e modelo assim que saiu da Brown. Ela conseguia todos os caras que queria. E lá estava eu. Mesmo com um diploma de Yale, o melhor emprego que consegui foi na *Scoop*, e ainda assim fui demitida. Emprego número dois em Palm Beach? Demitida também. Primeiro cara que me deixou arrepiada com seus beijos — estou falando de Will —, basicamente, fui demitida disso também.

A velha rivalidade entre irmãs era pouco para nós.

A rotina diária de Lily era ir para a Power Play, uma academia pequena, mas muito badalada, na Upper West Side, projetada exclusivamente para quem não queria ver muita gente durante seus exercícios matinais. Depois, ela almoçava com seus amigos em um restaurante natural, onde broto de feijão era considerado o prato principal. Em seguida, ou ela ia para suas aulas de atuação ou pegava um cinema; à noite, se apresentava no teatro, de onde seguia para tomar um drinque ou fazer uma refeição leve com qualquer famoso que tivesse aparecido para conferir sua atuação deslumbrante.

Como meu turno no Tver só começava às quatro da tarde, imaginei que um encontro às 11 da manhã na academia dela me daria tempo suficiente para reclamar da vida durante vinte minutos de tortura leve. Depois, eu ainda podia desfrutar um almoço carregado nos dois grupos alimentares principais — gordura e açúcar — e vestir minha fantasia de Supergarçonete para mais uma noite de atuação.

Cheguei antes de Lily na Power Play e esperei por ela numa cantina que cobrava os olhos da cara. A maioria das pessoas não se arruma para ir malhar. Mas, ei, eu ia me encontrar com Lily, então encontrei um leave-in perfeito para domar e deixar brilhosos os meus longos cachos. Fiz o que as gêmeas me ensinaram, usando meus cosméticos de farmácia. Não eram Stila e NARS, mas até que L'Oreal e Maybelline não são assim tão ruins. Coloquei uma calça Ralph Lauren cinza baixa (12 dólares no Sacred Threads, por causa de uma costura torta na bainha direita) e uma camiseta branca bem justa (Fruit of the Loom masculina) por baixo de um casaco buclê com botões de veludo (a etiqueta tinha sido arrancada, mas devia ser Chanel, 18 dólares na Housing Works).

Quando Lily chegou, me lançou um olhar esquisito, depois, abriu um sorriso e me abraçou. Ela arranjara para eu entrar como sua convidada, e logo fomos trocar de roupa num vestiário surpreendentemente espartano. Ela me perguntou sobre Palm Beach, é claro. Não me estendi no assunto e suprimi o pequeno detalhe de ter sido demitida. Ela me perguntou quando as gêmeas saberiam o resultado das provas. Respondi que em uma semana. Ela disse que estava torcendo por nós.

A academia se resumia a duas salas — uma para ginástica, outra para musculação. Nada de aulas de step, hataioga, kickboxing. Em troca, os membros recebiam exclusividade, nada de olhares embasbacados, e podiam usar os aparelhos sem precisar entrar em filas. Começamos fazendo esteira. Observei Lily programando a dela de modo que a velocidade e a inclinação pudessem aumentar gradualmente de um aquecimento básico até um exercício bem puxado.

Se ela conseguia, eu conseguiria também.

Dez minutos depois, ela estava começando a entrar no ritmo e eu estava sugando ar como um baiacu fora d'água.

— Diminui um pouco a velocidade — sugeriu ela, um tom acima do techno-pop que berrava pelo aparelho de som.

— Tô bem! — respondi, percebendo que estava difícil formar palavras.

Doze minutos depois, a inclinação alcançou a altura de Mont Blanc, enquanto a borracha acelerava sob meus tênis numa velocidade de Lance Armstrong fazendo uma corrida de teste. Agarrei as barras laterais e tentei com todas as minhas forças acompanhar o ritmo. Parecia estar me atracando com um gigantesco lutador de sumô de metal.

— Megan, diminui isso!

— Tô bem! — insisti.

— Mas você está fora de forma! — protestou ela.

Diante daquela é que eu não ia diminuir mesmo. Continuei resistindo igual a uma louca.

De repente, um cara com os bíceps do tamanho dos peitos de Suzanne de Grouchy surgiu diante da minha esteira, berrando para mim com as mãos em concha em volta da boca. — Ei! Você está passando dos seus limites físicos! — Ele usava uma camiseta regata oficial de instrutor da Power Play, e um pequeno crachá o apresentava como GERALD. Sem esperar meu consentimento, ele se inclinou sobre minha esteira e apertou o botão de parada de emergência. O botão fez o que devia fazer, e a esteira parou.

— Se você quiser marcar uma hora com um dos nossos instrutores, dirija-se à recepção — sugeriu Gerald. — Recomendo que você marque.

— Preciso beber água — murmurei para Lily. Toda vermelha tanto do esforço quanto de vergonha, saí depressa direto para o vestiário.

— Megan! — chamou Lily, vindo atrás de mim.

— Não quero ouvir nada. — Entrei no vestiário e fui até o bebedouro, bebendo avidamente.

Era demais para mim: ter deixado Palm Beach, ser pobre, ter terminado com James, estar trabalhando como garçonete, ter transado na praia com um cara por quem estava apaixonada — um cara que Lily havia beijado no réveillon —, só para ele me rejeitar depois. Tudo isso atestava, obviamente, que eu nunca, jamais, poderia competir com minha irmã. Enquanto bebia, senti meus olhos enchendo-se de lágrimas.

Minha irmã encostou a mão no meu ombro. — O que foi? — perguntou ela. — Qual o problema?

— Tudo. — Ergui o rosto do bebedouro e enxuguei as lágrimas que desciam pelo rosto com a bainha da camiseta.

Ela passou o braço pelas minhas costas. — Vamos.

Fomos até os fundos do vestiário, onde havia alguns sofás modernos e uma mesa com lanchinhos de cortesia — sucos, água mineral, biscoitos. Lily serviu chá gelado de hortelã sem cafeína para nós duas, mas deixamos de lado os biscoitos naturais sem açúcar.

— Está bem, me conta tudo — comandou Lily, enquanto nos acomodávamos em um dos sofás.

Estar guardando tudo aquilo para mim era muito cansativo. Então, coloquei a verdade para fora — pelo menos, uma boa parte dela. Contei sobre a matéria que eu planejara fazer e como as gêmeas descobriram tudo. Que elas achavam que eu era uma pessoa que eu não era. Quando terminei de falar, quase abri um sorriso. Tomei um gole do meu chá de hortelã, que eu teria preferido se acompanhado por um belo chocolate amargo.

— Sabe o que é engraçado, não engraçado de dar gargalhada, mas de irônico, eu diria? — perguntei, voltando para o que acabara de acontecer na academia. — De algum modo, morar com as gêmeas fez eu me sentir novamente a irmã caçula feia e gorda.

— É assim que você se vê?

— Não, estou minimizando minha perfeição para não ferir seu pobre ego — respondi, sarcástica, uma vez que a verdade era bastante óbvia. — Você não imagina como foi duro crescer à sombra de uma irmã linda, doce, talentosa.

Lily ficou sem jeito e colocou o cabelo para trás da orelha. — Eu me escondia por trás disso, sabe.

— Por trás de quê?

— De ser a irmã bonita — disse ela, falando baixinho. — Você era a inteligente, eu era a bonita.

Ah, não, eu não ia deixar *aquilo* passar batido.

— Lily, você conseguiu passar para a Brown...

— E me matei de estudar para isso, porque, pelo menos uma vez na vida, eu queria que mamãe e papai falassem da minha inteligência do modo como falavam da sua.

— Em outras palavras, ser mais bonita, mais meiga e mais talentosa do que eu não era o bastante para você — traduzi. — Você tinha que ser melhor do que eu *em tudo*?

— Digo o mesmo para você, maninha — respondeu Lily.

Meu Deus, era verdade? Pior que era. Inteligência era a única categoria em que eu saíra vencedora. — Bem, somos ou não somos um clichê ambulante? — perguntei.

— Um clichê sentado — corrigiu ela. — Mas, Megan, você tem se olhado no espelho ultimamente? Olhado de verdade? — Ela apoiou seu copo de chá gelado em uma mesinha, ao lado de edições da revista *Fitness* dispostas em leque. — Quando cheguei aqui hoje e te vi na cantina, percebi como você está deslumbrante.

Ergui uma sobrancelha. — Você está bancando a Lily legal agora?

— Não, estou bancando a Lily sincera. Alguma coisa aconteceu enquanto você estava em Palm Beach. Além das coisas ruins, quero dizer. Você está tão bonita, Megan. Sempre foi, só que antes você não se dava conta disso. E não estou dizendo isso para te agradar. Você tem tudo: é inteligente, talentosa *e linda*.

Tive que me controlar para não dar uma gargalhada. — Você faz ideia de quantas vezes quis que você fosse uma pessoa ruim para que eu pudesse te odiar em paz?

— Isso é engraçado. Esqueci de acrescentar, por sinal. Inteligente, talentosa, linda e engraçada.

— E falida. Não se esqueça do falida. E garçonete. Uma garçonete falida.

— Você nunca aceita nada de mim, Megan, eu sei disso — começou Lily. — Mas eu sou sua irmã. Por favor, me deixa te emprestar um dinheiro? Eu tenho, não vai me fazer falta e você está precisando.

Lily tinha razão. Pegar dinheiro emprestado significava que eu ficava em dívida com ela de alguma maneira. Mas não estava na hora de crescer e admitir que o amor carregava consigo certas responsabilidades? Como aceitar ajuda quando se precisava, do mesmo modo que se oferecia ajuda quando alguém estava precisando? Como ser completamente sincera?

Cara, maturidade é um saco.

Pigarreei. — Tem mais uma coisa que não te contei sobre Palm Beach.

— O quê?

Era a parte mais difícil de todas. — Aquele cara que eu te apresentei no réveillon, lembra? Will Phillips, que era vizinho das gêmeas? Nós meio que tivemos um lance.

A rainha da ambiguidade ataca novamente. Quer saber? Que se dane.

— Eu me apaixonei loucamente por ele — confessei. — E no réveillon eu vi vocês se beijando, mas ele não sabia que você era minha irmã e você não sabia que eu gostava dele, porque eu estava mentindo para todo mundo sobre tudo. Eu e Will ficamos na última noite que passei em Palm Beach. Ele estava comigo quando as gêmeas me confrontaram, então, ele agora me odeia tanto quanto elas. — Terminei de tomar meu chá. — E este é o fim da minha sórdida confissão.

— Relaxa. Foi só um beijo de meia-noite — garantiu Lily. — Além do mais, ele não é o cara para mim.

— Ah, sim, lindo e rico, realmente, péssimo partido — brinquei.

— A verdade é que eu meio que quis que rolasse algo mais, mas... — Ela sorriu. — Ele disse que estava a fim de outra pessoa.

De mim? Ele estava a fim de mim aquele tempo todo? Esfreguei a mão no peito, como se tocar meu coração partido ajudasse em alguma coisa.

A dor ia se dissipar com o tempo, eu sabia. Mas eu também sabia que restaria uma cicatriz, algo dilacerado dentro de mim, desejando o que poderia ter sido e não foi.

Escolha a definição que melhor descreve a seguinte palavra:

MODERNO

(a) uma pessoa que acompanha as tendências
(b) alguém que gasta dinheiro em piercings no umbigo
(c) alguém com déficit de higiene
(d) alguém que se faz passar por roqueiro indie
(e) alguém que se acha a última bolacha do pacote

trinta e nove

Uma estagiária encalhada na fase tenho-vários-piercings-no-rosto-vejam-como-sou-moderna me conduziu até a sala de reuniões da *Rockit* e pediu que eu aguardasse. Tirei a jaqueta de náilon de Charma e me sentei. Era bizarro estar naquele lugar, uma réplica idêntica da sala de reuniões da *Scoop*, sete andares abaixo: a mesma mesa preta padrão, mesmas cadeiras de couro sintético da Office Depot. A única diferença é que, ali, alguém no comando tinha um fetiche por quadros brancos. Havia três nas paredes e um havia sido pregado, não sei como, na janela panorâmica, destruindo a vista maravilhosa da torre do relógio da Metropolitan Life, do outro lado da rua.

Tantas vezes na *Scoop*, enquanto estava criando legendas de foto sobre as celebridades e suas dietas, as celebridades e seus namorados, as celebridades e suas anorexias, sonhava em ver meu nome assinando uma matéria para a *Rockit*. Agora, finalmente, eu só dependia de um sinal verde do editor para realizar meu sonho. Enviei meu artigo para Gary — agora que ensaiávamos uma relação profissional, estava me forçando a não pensar nele como Wolfmother — na quarta-feira e solicitei uma reunião na sexta, para conversarmos a respeito. Sabia que estava forçando a barra, mas era minha única chance.

— Bom-dia, Megan. — Gary adentrou a sala. Usava uma camisa azul com punhos desfiados e um jeans frouxo na bunda, resultado de uso contínuo e pouca lavagem.

— Oi, Gary — cumprimentei, esperançosa.

Ele jogou o manuscrito na mesa e se sentou numa cadeira. — Não entendi, Megan. Você sabe o que publicamos aqui na *Rockit*. Conversamos sobre o que eu queria, então, você deve saber que não é o que você escreveu.

Sabia que não havia entregado a história que ele queria. Mas torcia para que meu artigo estivesse tão bom, tão convincente, que ele acabasse publicando assim mesmo. Foi por isso que solicitei uma reunião.

Era a história de uma recém-formada em Yale, atolada em dívidas até a raiz dos cabelos, que vai para a Flórida com a intenção de transformar duas garotas podres de rica em algo próximo de estudantes universitárias. Mas, durante o processo, ela própria acaba se transformando em vários aspectos, como jamais poderia imaginar. No fim das contas, as garotas podres de rica eram inteligentes e amáveis; estavam apenas à espera de alguém que trouxesse à tona o que tinham de melhor. A professora, que havia passado tantos anos com mágoa da irmã mais bonita, acaba aprendendo também uma lição. As gêmeas e as pessoas que as cercam, especialmente o *chef* e seu namorado, mostram à professora o quanto ela é bonita de verdade.

Cheguei mesmo a incluir uma pitada de romance — eu namorando J. e fingindo estar solteira. Me apaixonando por W., a versão Palm Beach do mocinho das matinês. Eu o tomara por um babaca superficial porque ele era rico e bonito, mas, no fim, a única babaca era eu.

Contei tudo isso a Gary.

Ele me ouviu com toda atenção. — Continue — disse, com um aceno de mão. — Estou te ouvindo.

— É claro que tem alguns excessos lamentáveis — expliquei. — E escrevi sobre isso, você viu. Mas também existem centenas de mulheres na África que puderam começar seus próprios negócios graças à fundação de Laurel, crianças em hospitais que receberam presentes de Natal graças às dezenas de milhões arrecadados por esses bailes lamentavelmente exagerados. As pessoas deviam saber disso também.

Sabia que não havia mandado um artigo típico da *Rockit* sobre o lado sórdido do ponto fraco da sociedade americana. Mas tinha certeza de que os leitores dele engoliriam minha história. Eles poderiam entrar na pele da garota de cidade pequena que tirara vantagem das suposições daqueles que a cercavam para ludibriar uma das sociedades mais exclusivas do país, passando-se por um deles. E, durante o processo, ela possivelmente havia preservado a fortuna de suas meninas festeiras de Palm Beach.

— Eles vão enxergar sob meu ponto de vista — disse a Gary. — Vão ter suas suposições abaladas e seus preconceitos vão para o espaço, assim como aconteceu comigo. Podemos acrescentar uma notinha daqui a duas semanas, se as gêmeas conseguirem entrar na Duke.

Tenho que reconhecer: o namorado de Charma era um ótimo ouvinte. Respirei fundo e esperei seu veredito.

— Tem um bom apelo — disse ele.

Por favor-por favor-por favor...

— Você é uma excelente escritora, Megan. Mas não é nosso estilo.

Não. Eu tinha feito minha melhor e mais passional tentativa e ele me dera um não.

— Boa sorte em outras revistas. — Gary se levantou e estendeu a mão para mim. Fiquei em pé e o cumprimentei, depois coloquei meu artigo rejeitado numa pasta e vesti a maldita jaqueta de náilon.

Ele me acompanhou até o elevador, depois se despediu. E, como dizem, isso é tudo.

Apertei o botão para descer e encostei a testa na parede fria de metal. Eu chegara perto. *Tão* perto.

A porta se abriu e apertei o botão do térreo, percebendo que não tinha ideia do que fazer com o resto do dia. Desde que havia voltado de Palm Beach, estava escrevendo e reescrevendo aquele artigo. Jamais 12 mil palavras foram tão cuidadosamente reescritas e editadas. Meu turno no Tver só começava às quatro. Estava muito frio para passear na rua. Não queria gastar dinheiro num cinema.

O elevador parou no oitavo andar — um dos andares ocupados pela *Scoop*.

A porta se abriu e Debra Wurtzel, a última pessoa no planeta que eu gostaria de ver naquele momento, entrou no elevador.

Pelo visto, meu dia de cão só estava começando.

Ela me olhou friamente. — Bela mudança na aparência, Megan. Talvez seja a hora de considerar uma mudança no caráter também.

Merda. Ela sabia. Bem, fazia sentido. Ela e Laurel Limoges eram amigas.

— Você ficou sabendo. — Minha voz estava fraca.

— Claro que fiquei sabendo. Levei uma hora tentando convencer Laurel de que não tinha nada a ver com a sua "pesquisa".

Descemos em silêncio até o térreo.

— Eu não ia mais escrever nada — disse, enquanto saíamos do elevador. Sabia que era tão pouco convincente quanto naquela última noite em Les Anges.

— Hum, hum. — Era óbvio que ela não acreditava em mim. — O que a trouxe até aqui? — ela perguntou, calçando suas luvas de couro.

— Tive uma reunião na *Rockit*.

Aquilo chamou sua atenção.

— Eles te entrevistaram?

— Não... escrevi um artigo. Um freela.

— Sobre Palm Beach? — perguntou ela, estreitando os olhos. — Você é uma vergonha, Megan.

Todo mundo tem seu limite. Até mesmo eu. — Você pode pensar o que quiser, Debra — respondi, exausta. — Desisti da matéria bombástica sobre Palm Beach porque, embora fosse completamente verdadeira, não era um retrato absolutamente fiel. O que entreguei a *Rockit* foi uma história sobre mim e sobre como o tempo que passei em Palm Beach me transformou em outra pessoa. É cem por cento verdadeira e cem por cento fiel. Mas você vai ficar feliz em saber que a *Rockit* tem tanto interesse na minha história quanto você tem em mim.

Estava me dirigindo para a porta quando Debra me chamou.

— Espera, Megan.

Virei, na defensiva. — O que foi?

— Você está com a história aí?

— Estou.

— Quero ler — disse ela, esticando o braço.

Balancei a cabeça. — Não acho que...

— Megan. — Debra me lançou um olhar feroz. — Eu diria que depois de tudo que aconteceu, você me deve isso.

Que se dane. Não ia precisar daquilo para mais nada mesmo. Peguei meu artigo e despejei na mão dela. Ela o enrolou, jogando-o na mesma bolsa Fendi verde-musgo imensa que eu vira Sage usando uma vez. Depois, cruzamos a porta giratória e fomos de encontro ao vento cortante de janeiro.

Debra apertou sua echarpe marfim de cashmere em volta do pescoço e foi andando em direção ao Town Car preto que a aguardava.

— Debra? — chamei. — Só queria dizer... se eu te decepcionei, peço desculpas.

Ela parou e virou para trás. — Você conheceu alguém interessante por lá?

— Para ser franca, sim — admiti, embora aquele fosse um momento bastante bizarro para ela se interessar pela minha vida pessoal. — Mas não deu certo. Está tudo no artigo.

— Que pena. — Ela pareceu estranhamente desapontada. Depois, ela apoiou a mão na maçaneta do carro. — O que você quer que eu faça com isso depois de ler?

— Pode jogar fora, se quiser.

— Cuide-se, Megan. — Ela mergulhou no banco traseiro do carro antes mesmo que o motorista pudesse sair e abrir a porta para ela.

Virei em direção à Broadway e à linha R do metrô. Era mais uma desempregada em Nova York, tentando vencer o frio e esperando mais um dia passar.

Escolha a definição que melhor descreve a seguinte palavra:

JÚBILO

(a) euforia

(b) deleite

(c) delirante

(d) estar com a cabeça nas nuvens

(e) estar tão feliz que dá vontade de abrir os braços e sair girando e cantando tipo Julie Andrews na Noviça rebelde

quarenta

ai querer seu flirtini? — perguntou Vitaly, enquanto eu terminava de encher a bandeja de azeitonas.

Era noite de segunda-feira, depois do malfadado encontro duplo com Gary e Debra. Eu estava trabalhando e passando mais tempo com Lily desde a nossa sessão de Confissões Sinceras na academia dela. Eu ia até mesmo deixar que ela me comprasse um novo casaco de inverno no dia seguinte, mas, naquela noite, o que eu mais queria era minha cama.

— Sem drinques hoje — respondi a Vitaly. — Vou para casa desatarraxar meus pés e colocar os de reserva.

Ele me olhou sem compreender, confirmando que para apreciar meu senso de humor é preciso já estar profundamente familiarizado com a língua inglesa.

Meus pés estavam latejando e, embora o restaurante tivesse ficado cheio durante todo o meu turno, eu só ganhara 25 dólares em gorjetas. Todos os marginais da cidade decidiram sentar na minha seção. Teve um bêbado na mesa um que apertou minha bunda quando eu estava servindo seu arroz-doce e um casal de lésbicas na mesa quatro que mudou de pedido três vezes sem sequer me olhar nos olhos. Mais tarde, dez garotas de Nova Jersey pegaram as mesas dois, três e quatro, pediram metade do cardápio, devoraram tudo, e depois apontaram para uma barata morta debaixo da folha de alface do cheeseburger especial de uma delas. O risinho abafado da menina me fez desconfiar de que elas próprias haviam providenciado o inseto em questão, para irem embora sem pagar a conta. A câmera de segurança do Tver confirmou minhas suspeitas. Vitaly e Vadim obrigaram-nas a pagar, mas não recebi uma moedinha de gorjeta.

Despedi-me dos meus colegas e saí para encarar mais uma noite gelada. A caminhada até em casa foi acompanhada das imagens e sons de sempre — sirenes distantes zumbindo, um viciado mijando entre duas latas de lixo, um casal discutindo aos berros na porta do meu prédio. Eles continuaram se matando depois que entrei e subi os cinco lances de escada. Liguei antes, para avisar que estava chegando, já que nas últimas noites dei de cara com Charma e Gary transando no lado deles da divisória.

Abri as três fechaduras e entrei na cozinha. Se a avó de Charma estivesse nos visitando, haveria caldo de galinha caseira no fogão, em vez do que vi: taças de champanhe e uma garrafa fechada de Taittinger.

Ou Charma havia conseguido um papel muito importante, ou Gary tinha recebido um mega-aumento, ou...

— Surpresa!

Na minha frente, surgiram as gêmeas Baker. Estavam sorrindo para mim. Não estavam bravas nem nada. Correram para me abraçar, as duas, ao mesmo tempo.

— O que vocês estão fazendo aqui? Quando... como é que cês entraram? — gaguejei.

— "Cês", não, vocês — corrigiu Rose. — Como é que vocês entraram? Eu sei isso e muito mais, já que vou ingressar na Duke no semestre que vem. Precisei vir te contar pessoalmente.

— Meu Deus do Céu, você conseguiu! — Abracei as meninas novamente. Eu sabia o que aquilo significava. Se Rose tinha conseguido entrar na faculdade, as gêmeas estavam com meio caminho andado para...

— Eu também — disse Sage, lacônica, examinando meu uniforme de garçonete. — Você não aprendeu *nada* com a gente?

— Vocês conseguiram! Vocês vão para a faculdade! Vão receber seu dinheiro! — exclamei, dançando pela cozinha. — Estou tão feliz! — E eu estava mesmo, de coração. — Vocês estão ricas!

— Sabe quem mais está feliz por mim? — perguntou Rose, abrindo um sorrisão. — Thom! — gritou ela, antes que eu pudesse perguntar.

Sage sorriu. — Eles estão loucamente apaixonados — informou. — E eu nem estou pegando muito no pé deles. Pelo menos, não na frente do casal. Brincadeira.

Rose mostrou a língua para a irmã e depois se virou novamente para mim. — Ei, você não quer saber como nós te descobrimos? — perguntou ela, ansiosa.

— Besteira. Conta para ela depois. Vamos abrir o champanhe — ordenou Sage. Ela puxou a rolha e serviu quatro taças. — À nossa professora, Megan Smith, que conseguiu o impossível: nos colocar na faculdade e adquirir senso de estilo, embora, ao que tudo indica, já o tenha perdido.

Brindamos e bebemos. O champanhe era inebriante, mas mais inebriante ainda era saber que eu tinha sido perdoada. A questão era: como?

Antes mesmo que eu pudesse perguntar, Rose explicou. — Lemos o seu artigo — disse ela, baixinho.

— Que arti...

Foi então que entendi. O artigo que eu tinha escrito para a *Rockit*. Eu tinha entregado para Debra Wurtzel. Debra conhecia Laurel. Deve ter lido e mandado para ela. A gentileza daquele ato me comoveu.

— Você nos descreveu lindamente, devo acrescentar — disse Sage.

— Então... vocês me perdoam? — perguntei, temerosa.

Em vez de me responder, Rose tirou um envelope do bolso de sua calça jeans. — Para você.

Com o coração aos pulos, rasguei o envelope. Era da conta bancária de Sage e Rose Baker para Megan Smith. Cento e cinquenta mil dólares.

— Perguntamos à vovó quanto você ia receber. E aí duplicamos. Acho que valemos 75 mil dólares cada uma, facinho — explicou Sage.

Não é sempre que fico sem palavras, mas, naquele momento, não consegui dizer nada.

— É porque você foi muito generosa conosco — disse Rose, simplesmente.

Caraca. Cento e cinquenta mil. Dava para pagar todos os meus empréstimos. Eu podia sair do restaurante, escrever num esquema freelancer e esperar um emprego numa boa revista.

— Não estou mais pobre e as gêmeas Baker vão cursar uma faculdade — disse, admirada.

Sage me olhou horrorizada. — Faculdade? — Ela estremeceu. — Deus me livre. Imagina que *chatice*, credo.

— Mas e o dinheiro? Como você vai conseguir...

— Megan, Megan, Megan — entoou Sage, com um suspiro sofrido. — Pensei que uma graduada em Yale fosse prestar mais atenção nos detalhes. O combinado era: Rose e eu receberíamos o dinheiro se nós duas *passássemos* para Duke. Não se nós duas *cursássemos* a faculdade.

Era hilário. Sage tinha razão. — Quer dizer que vocês conseguiram ser mais espertas do que sua avó?

— Não é demais? — perguntou ela, erguendo sua taça. — Outro brinde. A nós. E especialmente à *Temporada de Sage Baker*.

— O que é isso? — perguntei.

Ela abriu os braços. — É inverno em Palm Beach e a menina mais popular da ilha vem participando da Temporada desde que estava na sexta série: noites de gala, bailes, jantares beneficentes com convites que custam dez mil dólares. Só que este ano, ela vai ter que organizar seu próprio evento. — Ela apoiou as mãos nos meus ombros. — Vou chamar de Sage Stage. — Sage vislumbrou o letreiro com as mãos. — Para ajudar mulheres desempregadas ou drogadas que acabaram de sair da clínica de reabilitação, tanto faz.

— Como um centro de reabilitação? — perguntei, cética.

— Mais como um *makeover* definitivo — decretou Sage. — Vai estrear no E! no próximo inverno.

Rose repousou sua taça sobre a mesa. — Então, você não vai nos mostrar seu apartamento?

— Não tenho muito para mostrar — respondi, fazendo sinal para que me acompanhassem. — Addison Mizner projetou a elegante sala de estar de dois metros por três; e a divisória que forma dois quartos semelhantes a celas de prisão foi um tributo de Mizner à cadeia Riker's Island, onde...

Parei de falar. Em cima da minha cama, estavam a mala e a bolsa de viagem que Marco havia me dado no primeiro dia em que me ajudou com o guarda-roupa. Estavam gordas de tão lotadas. Obviamente, as gêmeas já tinham circulado pelo meu apartamento antes de eu chegar.

— Marco também leu o seu artigo — explicou Sage. — E ele disse que você deixou um bilhete para ele antes de partir. Mandou dizer que quer interpretar a si mesmo quando virar filme.

— E mandou dizer também que não conseguia imaginar ninguém mais usando essas roupas. Anda — apressou Rose. — Abre uma.

Deslizei o zíper da bolsa de viagem. Estava cheia de roupas de grife: Chloe, Zac Posen, Vera Wang, Pucci, Gucci e Alaia. Algumas eu reconheci, outras não.

— Um dos amigos de Marco abriu uma loja chamada *When Good Clothes Go Drag* — explicou Rose. — Ele escolheu essas peças a dedo para você.

Eu estava pasma.

— Não comemore ainda — alertou Sage. Ela cutucou meu ombro esquerdo e eu me virei para a parede, que estava nua desde que vendi a camiseta de Woodstock emoldurada dos meus pais. Havia uma pintura lindíssima pendurada lá.

Eu e Will no jardim de Hanan, feita no estilo inimitável dela. Ela deve ter usado as fotografias que tirou de nós dois como modelo.

— Will queria que ficasse com você — disse Rose, baixinho.

Senti um aperto no peito.

— Ele também leu o artigo? — perguntei.

— Foi por isso que mandou o quadro por nós — contou Sage. Ela olhou para seu relógio Hermès Medor. — Uma e meia. Se não sairmos agora, vamos perder o último set.

— Então é melhor irmos logo — concordou Rose.

— Último set de quê? — perguntei, enquanto elas se dirigiam para a cozinha e tiravam seus casacos do gancho atrás da porta.

— Do show do Brain Freeze — explicou Rose. — Thom conhece o baixista do colégio. Eles estão tocando no Pyramid Club hoje à noite.

— É logo aqui na esquina — disse a elas. — Só me deem um minuto para tirar esse uniforme horroroso primeiro. — Eu já estava indo me trocar quando Rose me segurou.

— Megan... sinto muito, mas é um lance de casais. Vou apresentar um amigo de Thom para Sage.

— Cheguei à conclusão que namorar um músico pega superbem — explicou Sage.

Hum. Tudo bem. Fiquei meio frustrada, mas não dei muita importância.

— Estamos hospedadas no Gansevoort — disse Rose. — Você não vai trabalhar amanhã, né?

Combinamos um almoço bem tarde no Fatty Crab, o restaurante malasiano em West Village. Me despedi das meninas com um abraço e me sentei à mesa verde de fórmica. Tomei um gole de champanhe no gargalo. Na boa, eu merecia. Que reviravolta fantástica e inesperada.

Inebriada pela sorte e pela bebida, fui andando lentamente até o banheiro, liguei o chuveiro, e já estava prestes a tirar o uniforme pela última vez quando ouvi o alarme de incêndio disparar estridente no corredor.

O alarme de incêndio. De novo. Estou falando sério. Droga. A única coisa que me ocorreu foi: vou me mudar desta merda de lugar assim que depositar o cheque.

Como não sou boba, peguei logo o cheque, depois, abri depressa a porta da frente e corri para as escadas. Mas o meu senhorio sérvio estava no patamar do quarto andar, gritando para mim. — As escadas estão bloqueadas! Vá depressa para o telhado, Megan! Atravesse para o prédio ao lado!

Merda! Mudei minha direção, subi as escadas de dois em dois degraus e dei um golpe com o antebraço na porta pesada de metal para abri-la. Só consegui na terceira tentativa e, assim que a cruzei, senti a areia sob meus pés.

Areia.

Não era concreto, era *areia* mesmo.

Havia uma *praia* cobrindo o telhado. Com barracas, espreguiçadeiras e meia dúzia daqueles aquecedores a gás portáteis que mantêm os cafés na calçada quentinhos mesmo no auge do inverno.

Em uma das espreguiçadeiras, usando bermuda de surfista e óculos escuros, com um drinque comprido na mão, estava Will.

— Flirtini? — Ele me ofereceu o drinque. — Já que você não pôde ir para Palm Beach, decidi trazer Palm Beach até você.

Fui caminhando em sua direção, tentando encontrar as palavras.

— Nada de incêndio, então. — Foi o melhor que consegui.

— Subornar seu senhorio para colaborar conosco foi tão fácil que chega a ser patético, lamento dizer. Ele nem pensou duas vezes antes de abrir a porta do seu apartamento ou deixar que o time de trabalhadores braçais que contratamos subisse com a areia. Eu, se fosse você, pensaria seriamente em me mudar.

Cheguei mais perto e o belisquei.

— Ai! — exclamou ele, recolhendo o braço.

— Só queria ter certeza de que isso é real.

Ele esfregou o braço. — O meu gritinho bem másculo serviu de confirmação?

Sorri, sentando na cadeira em frente a ele. — Amei a pintura de Hanan.

— Não é maravilhosa? — perguntou, me passando o drinque. — Foi naquele dia que eu me apaixonei por você, sabe.

Olhei para Will, seus braços sardentos e seus dedos finos. Ele era tão lindo. Eu ainda não conseguia me convencer de que ele pudesse gostar de alguém como eu. — Por quê? — me ouvi perguntando a ele.

Ele tirou os óculos. — Porque você foi tão natural, tão você. Cabelo bagunçado, rosto sujo de terra, meio pateta.

— *Pateta?* — perguntei, rindo. — Está bem. Foi naquele dia que as coisas mudaram para mim também, sabe. O modo como você falou sobre as pinturas de Hanan, mesmo sabendo que seu pai jamais as exibiria. Ainda espero que você faça isso. Um dia.

— O primeiro passo vai ser mudar para cá — disse ele.

Calma aí, ele tinha acabado de dizer que... — Dá para repetir isso?

— Mudar para cá — repetiu ele. — Para Nova York. Onde vou abrir minha própria galeria. Minha primeira exposição vai ser com os trabalhos de Hanan.

Minha empolgação devia estar estampada na cara, porque ele ergueu a mão, como quem pede calma.

— Não vai ser fácil. Meu pai não está gostando nada disso. Ele não vai investir em mim. Mas as gêmeas vão. E já conversei com alguns amigos da época de faculdade, meus companheiros de fraternidade na Northwestern.

— E eu achava que pertencer a uma fraternidade era perda de tempo — impliquei. Tomei um gole do flirtini. Estava tão gostoso quanto em Palm Beach. Talvez melhor. — Isso... — disse, fazendo um gesto vago para o telhado. — Tudo isso. É incrível.

— Engraçado, usei exatamente a mesma palavra para descrever o que você escreveu. — Ele olhou para baixo, contemplando o telhado de areia. — Tudo que você fez acabou tendo sentido, de uma maneira meio bizarra.

— Estou tão feliz por elas terem te mostrado o artigo.

Ele olhou para mim. — Não, eu li antes das gêmeas. Minha mãe me mandou por sedex.

— A sua... o quê?

— O quê não, quem. Debra Wurtzel é minha mãe. — Ele abriu um sorriso ao contemplar o que certamente deve ter sido minha mais contundente expressão de surpresa. — Sério, não fazia a menor ideia de que ela havia te mandado para Palm Beach até ler o que você escreveu. Ela armou tudo.

Eu estava pasma. — Mas... por quê?

— Ao que parece, ela achou que você daria uma excelente professora para as fantásticas gêmeas Baker de Palm Beach... e ela também aproveitou para dar um empurrãozinho no destino. Basicamente, ela acha que você é perfeita para mim.

— Os pais sempre se enganam com esse tipo de coisa — observei.

— Talvez fosse melhor mudar para "geralmente se enganam".

Ele se levantou e foi até um pequeno bar, improvisado próximo ao canto do telhado. Ele apertou o botão do aparelho de CD. "One Love", de Bob Marley, começou a ecoar pelo ar da noite. Dei uma risada e Will estendeu a mão, me ajudando a levantar.

E lá, em pleno East Village, numa noite fria de inverno, na praia de areia clara que antes não passava de um simples telhado, nós dançamos.

Agradecimentos

Obrigada a Sara Shandler, Josh Bank e sua equipe; a Amy Einhorn, Emily Griffin, Frances Jalet-Miller e sua equipe; e, especialmente, à minha agente superpoderosa, Lydia Wills. Também gostaria de agradecer aos meus diversos amigos em Palm Beach e especialmente ao meu bartender favorito, Pablo. Sem Pablo, seria impossível continuar vivendo.

Impresso no Brasil pelo
Sistema Cameron da Divisão Gráfica da
DISTRIBUIDORA RECORD DE SERVIÇOS DE IMPRENSA S.A.
Rua Argentina 171 – Rio de Janeiro, RJ – 20921-380 – Tel.: 2585-2000